KB083375

마음을 치유하는 부엌

마음을 ✶ 치유하는 ✶ 부엌

우노 아오이 지음
김현화 옮김

BOOK PLAZA

목차

제1화

혼돈의 카레

나 혼자만 이 세상에서 갈 곳을 잃은 미아가 된 것 같았다.

교차로, 지하철 안, 주택가, 오래된 빌딩 계단. 사람과 정보가 많은 곳이든, 쇠락해 잊힌 곳이든, 그곳을 지나는 사람들은 모두 자신이 가고자 하는 장소와 해야 할 일을 정확히 알고 있다는 특유의 자신감으로 가득 차 있는 듯했다.

아무리 지치고 언짢은 표정을 짓고 있다고 해도, 심지어 머리가 벗겨졌어도 말이다.

나만 규칙을 모르는 게임 속에 있는 기분이다. 늘 불안하고 두려워서 참을 수 없다. 언제 내가 모두와 다른 존재인 '미아'라는 걸 들켜서 신고당할까. 언제 내가 여기에 있으면 안 되는 존재라며 내쳐질까. 너무 두려운 나머지 먼저 자백해버릴 것만 같았다.

하지만 오늘은 가고자 하는 장소가 있었다.

내가 정말 가야 하는 장소인지는 모르지만 어쨌거나 명확한 목적지가 있다. 그래서 오늘의 나는 아주 조금 당찼다. 버스 요금으로 낼 동전이 없어서 동전교환기로 돈을 바꿔야 했을 때도, 버스가 깜짝 놀랄 정도의 급경사를 올라가는 바람에 바닥에 놓아둔 종이봉투가 쓰러졌을 때도, 자연스럽게 평범한 사람인 척할 수 있었다.

버스에서 내린 장소는 고급 주택가였다. 3월 끝자락에 접어들 무렵의 부드러운 햇살이 큰 집들을 비추고 있을 뿐 인기척은 거의 없었다. 어째서 부자들은 불편한데도 높은 지대에 살고 싶어 할까. 그런 생각을 하면서 여러 대저택을 지나갔다.

주택가가 사라지고 얼마 안 가 포장된 길조차 끊어진 산기슭에 도착했다.

아무리 봐도 등산객조차 오지 않을 법한 이름도 없는 산이다. 표지판이나 팻말 하나 없이 전혀 정비가 되지 않은 모습이었다. 이곳은 산으로 둘러싸인 이 동네의 서쪽 끝자락에 자리했다. 동네가 여기서 끝나는 것이다.

갑작스럽게 쌀쌀한 바람이 팔을 스쳐지나갔다. 집을 나설 때는 완연한 봄 햇살로 가득했는데 갑자기 2주 정도 전의 날씨로 되돌아간 듯했다. 팔과 목덜미가 서늘했다.

산으로 들어가는 길은 산에서 일하는 사람이 간소하게 터놓은 듯한 오솔길로 기껏해야 두 사람이 나란히 걷는 게 고작일 정도로 좁았다. 울창한 나무들 때문에 겨우 앞만 보일 정도로 어두워서 안으로 들어가는 게 망설여졌다. 인기척이 없어서 으스스했지만 기척이 있으면 그건 그것대로 무서웠을 것이다.

이 길로 가도 될까. 애초에 이건 정식으로 뚫린 길이라고 부를 수 있을까.

판단하기를 망설이는 순간 뇌를 휘저은 듯 머리가 휘청거렸다.

체온이 급격하게 떨어지는 느낌이 들어 몸서리를 쳤다. 나는 어째서 반팔 셔츠를 입고 왔을까. 판단 오류다. 짐이 너무 무겁다. 다리는 벌써 지쳤다. 나는 왜 이렇게 체력이 없을까. 정말 넌 더리가 난다.

조금만 더 있다간 울음이 터질 것 같았지만 가방 안에 겉옷이 들어 있다는 걸 가까스로 생각해냈다. 회색 카디건을 입고 몸이 따뜻해지자 기분도 조금 차분해졌다.

그냥 되돌아갈까도 생각했지만 돌아가는 길이 터무니없이 멀게 느껴져서 우울했다. 더구나 목적지가 또 없어진다는 게 두려웠다. 계속 가는 편이 나을 것 같아서 잘 모르는 길을 더듬어가며 산속으로 들어갔다.

─꽤 걷다가 불안해진다 싶으면 왼쪽 길로 꺾으세요.

전화로 이런 설명을 들었을 때부터 이미 불안해졌다. 너무 애매한 표현이라 가늠할 수가 없었다. 나처럼 금방 불안해지는 사람은 어쩌란 말인가.

자신은 없었지만 잠시 걷다 보니 좁은 샛길이 보여서 왼쪽으로 꺾었다.

—꺾고서 잠시 걸어가다가 조금 피곤해졌을 무렵이면 보일 겁니다.

불안감은 부풀어 오르기만 했다. 곰이나 뱀 같은 게 나올 것만 같았다. 촘촘히 심긴 삼나무와 노송나무, 발바닥에 울퉁불퉁하게 닿는 수많은 자갈, 두툼하게 부풀어 오른 이끼. 빛이 그다지 들지 않아 산중의 공기가 차갑고 습했다. 어디선가 들려오는 강물 소리는 거리를 가늠할 수 없었다. 아무리 걸어도 경치가 달라지지 않는 듯했다. 길 양쪽 가장자리에 마구잡이로 빽빽이 들어찬 양치식물들이 사납게 덮쳐올 것만 같았다.

집이 있을 만한 곳은 어디에도 없었다. 애초에 내가 가려고 했던 장소가 존재하지 않는 것은 아닐까. 그런 의심이 들자 등에 식은땀이 흘렀다.

또다시 울음이 터질 뻔한 그때, 갑자기 숲이 뚝 끊기더니 시야가 탁 트였다.

밝은 햇살이 구석구석까지 비치는 공터가 갑자기 턱 하니 나타나자 공간이 통째로 하늘에서 떨어진 것 같은 느낌이 들었다.

부지가 시작되는 곳에 높이가 허리 정도 되는 아담한 출입문이 있었다. 근처에 떨어진 나뭇가지를 주워서 만든 게 분명한 귀여운 문을 보니 절로 미소가 지어졌다.

출입문 오른쪽에 서 있는 낡은 황록색 우편함에는 흰 글자로 '마치다 진료소'라고 쓰여 있었다. 글자는 스텐실 기법으로 페인트를 발라서 쓴 것 같았다. 단정한 명조체 같으면서도 어딘지 모르게 힘없어 보이는 글씨체였다.

문 안쪽에는 여기저기 식물과 꽃이 무성했다. 사람이 심은 것은 확실해 보였지만 딱히 가꾸지는 않았는지 높낮이가 다 달랐다. 햇빛을 받아 반짝이는 각양각색의 초록색, 연보라색, 병아리색, 복숭아색 사이로 지그재그로 자수를 놓은 것처럼 벽돌이 깔린 오솔길이 보였다. 이쪽도 역시 직접 손으로 만든 느낌 그 자체였다.

오솔길을 걸어가자 오두막 스타일의 집이 있었다.

문은 닫혀 있었지만 언제든 들어오라는 것 같은 분위기가 감돌았다. 그 모습을 보자 몸에 긴장이 풀렸다.

한쪽 면만 경사진 흑회색 지붕에 적갈색 벽돌로 된 굴뚝이 포인트를 주고 있었다.

호리호리한 활엽수들의 가지와 잎이 집을 보호하듯 뻗어 있었고, 늘어선 세 개의 창에는 주변의 나뭇잎들이 비쳐 유리가 초록으로 물든 것처럼 빛나고 있었다. 반짝이는 모습이 마치 이쪽을 응시하는 초록색 눈 같았다. 집 왼편에는 나무로 만든 작은 창고에 장작이 빼곡히 쌓여있었다.

나는 늘 '타인의 영역'에 들어갈 때는 몸이 경직되어 거부감을 느끼는 타입이다. 가게에 들어갈 때도 점주의 영역이라는 분위기가 강하게 느껴지면 선뜻 들어가기 힘들다. 그런데 지금은 출입문을 지나 집을 향해 걸어가는데도 신기하게 마음이 편안했다.

숲속을 걷고 있을 때보다 뺨에 닿는 바람이 꽤 순해졌다. 훈제향과 파릇파릇한 풀 냄새, 허브향이 뒤섞인 바람이 불어왔다. 집으로 다가갈수록 냄새가 더욱 생생해졌다. 집 앞에 서자 무언가를 볶는 냄새가 더해지며 나를 유혹하듯 에워쌌다.

건물 정면 오른쪽 가장자리에 문이 있었고 그 옆에 크림색이 섞인 초록색 자전거가 기대어 세워져 있었다. 바퀴 흙받이에는 우편함과 같은 글씨체로 '마치다 1호'라고 적혀 있었다.

간신히 도착했다.

안심한 것도 잠시, 문 앞에 서니 다시 긴장이 됐다. 심호흡을 한 뒤 노크하려고 주먹을 쥐었다.

그 순간 아무 예고도 없이 문이 열렸다.

나는 숨이 멎을 만큼 놀라 들고 있던 종이봉투를 떨어뜨렸다. 봉투 안에 있던 물건들이 일제히 바닥에 부딪히며 쨍그랑 소리를 냈다. 마치 작은 세상이 부서지는 듯한 소리였다.

"죄송합니다. 갑자기 열어서 놀랐죠?"

키가 큰 사람이 큼직한 눈으로 이쪽을 내려다보며 말했다.

"아…… 그게."

말이 잘 나오지 않아 그를 다시 보았다.

말이나 소를 연상시키는 긴 속눈썹으로 둘러싸인 호박색 눈동자. 카페오레 같은 피부색에 철 수세미를 펴놓은 것 같은 검은 머리카락. 마치 이집트의 스핑크스와 태국의 불상을 섞어놓은 것 같은 생김새였다.

할 말을 잃은 건 갑작스럽게 문이 열려서도 그의 외모가 국적불명이어서도 아니다.

"마치다 모네입니다."

손을 내민 마치다 씨가 어째서인지 눈물을 주룩주룩 흘리고 있어서였다.

"헤매지 않으셨어요?"

"엄청 헤맸어요."

대답하고 보니 여기까지 오는 길에 대한 질문인지 다른 걸 묻는 건지 헷갈렸다.

"그렇군요. 헤매는 것도 즐거운 일이죠. 헤매다가 자기도 모르게 도착하는 것이 가장 추천하는 도착 방법이에요."

마치다 씨는 미안해하는 기색도 없이 손수건으로 눈물을 닦으며 현관을 활짝 열어젖혔다. 마치다 씨의 등 뒤로 안쪽까지 뻗은 복도가 보였다.

"어째서…."

눈물을 흘리고 있는지 물어보려고 했지만 이제 막 만난 사람에게 할 질문으로는 적절하지 않은 듯했다. 어째서 명함에 주소가 적혀 있지 않은지도 물어보려 했지만 이런 산속에 주소가 있을 리가 없다는 데 생각이 미쳤다.

나는 주머니에서 초록색 명함을 꺼냈다.

'약을 함께 만드는 부엌'

빈말로도 잘 썼다고는 할 수 없는, 초등학생이 연필로 열심히 쓴 듯한 글씨체였다. 뒷면에는 주소도 없이 딸랑 전화번호만 적혀있었고, 오른쪽 아래에 '마치다 진료소, 마치다 모네'라고 아주 작게 쓰인 글자가 보였다.

이 기이한 명함을 발견한 건 닷새 전이었다.

몇 번인가 갔던 아담한 빌딩 2층에 있는 잡화점에 들렀는데, 두툼한 회반죽벽에 뚫린 토끼굴 같은 공간에 잡다한 전단지에 뒤섞여 이 명함이 한 장 놓여 있었다.

불친절하게 느껴질 정도로 적은 정보량에 오히려 기분이 평온해졌다. 무작정 길을 찾아보겠다며 손에 쥐었던 온갖 강연 정보와 자기계발서, 테라피 용품들과는 정반대였기 때문이다. 그럴듯하게 포장된 수많은 정보들이 자기를 손에 넣으면 얼마나 이득인지, 놓치면 얼마나 손해인지를 나열하며 서로 자기 말을 들으라고 떠들어댔다. 그럴수록 내 마음은 더욱 초조하고 혼란스러워졌다. 종류가 다른 지도 여러 개를 같이 보면서 길을 찾으려 하니 당연히 길을 잃을 수밖에.

소박한 명함에서 위안을 느낀 나는 어째선지 그곳에 전화를 걸었다. 미아가 되는 바람에 이상을 감지하는 센서가 마비되어 버린 것일지도 모른다.

"그 명함은 직접 만들어서 어딘가에 놔두거나 누군가에게 주고 있어요. 워낙 집중력이 필요해서 하루에 한 장밖에 못 만들지만요."

마치다 씨는 손수건으로 코를 풀며 말했다.

……이렇게 적당히 휘갈겨 쓴 것 같은 명함이?

믿기지 않는다는 생각을 뒤로한 채 신발을 벗었다. 깨끗했던 신발은 산을 걸어온 탓에 흙이나 풀 조각이 묻어 더러워져 있었다.

비좁은 원룸 현관에 익숙해져 있어서인지 현관이 꽤 널찍하게 느껴졌다. 용암 같은 질감의 쥐색 시멘트 바닥은 깨끗하게 청소되어 있었다. 턱이 예상외로 높아서 한쪽 발을 걸친 후 '윽' 하고 기합을 넣으며 올라가야 했다. 다리가 긴 마치다 씨에게 맞춰진 것 같았다.

마치다 씨를 따라 현관에서 바로 이어진 복도를 지나갔다. 오래된 느낌의 복도 바닥은 밖에서 비친 빛에 자잘한 흠집이 드러났다. 폐자재를 재활용해 만든 것 같았다. 오른쪽 벽에 늘어선 긴 창문 밖으로 숲이 보였다.

위층까지 뻥 뚫린 개방적인 복도에는 잡다한 것들이 아무렇게나 장식되어 있었다. 왼쪽 벽에서 쑥 나와 있는 사람 손 모양의 조명. 남쪽 섬 부족의 것으로 보이는 가면. 아이도 들어갈 만한 크기의 나무 볼. 앤틱한 서랍장에 걸린 중동풍 태피스트리. 그 위에 놓인 다양한 나라의 빈 과자 통에는 드라이플라워와 놋쇠 장식이 들어 있었다.

벽에는 아이가 아무렇게나 낙서한 것 같은 그림이 작은 나무 액자에 담겨 걸려있었다. 지나칠 때 보니 '부엌'이라는 글자가 눈에 들어왔다.

마치다 씨에게 시선을 옮겼다. 그 뒷모습을 보자 어째서인지 예감이 좋았다. 가만히 이유를 생각해 보니 아래로 갈수록 넓어지는 사다리꼴 모양에는 운이 따른다는 미신 때문인 것 같았다. 마치다 씨는 중동 남성이 입을 법한 헐렁한 원피스 같은 상의에 통이 넓은 바지를 입었는데, 그 실루엣이 사다리꼴 모양처럼 보였다.

복도 막다른 곳에 다다르자 왼쪽으로 입구가 보였다. 동굴 입구처럼 일그러진 아치 형태에 문은 달려있지 않았다.

마치다 씨를 따라 안으로 발을 내딛었다.

"와아."

무심코 소리가 나올 만큼 부엌이 널찍했다.

크기는 아담한 강의실 정도였고 위층까지 뚫린 천장은 올려다봐야 할 만큼 높았다. 발을 내딛은 순간, 와본 적이 있는 것 같은 기분이 들었다.

뻔질나게 드나들었던 대학교 연구실 분위기와 어딘가 비슷해서라는 생각이 잠시 들었다. 모든 조리 도구와 장비, 식료품이 제자리에 가지런히 수납되어 있어서 목적을 가지고 조성된 공공장소처럼 느껴졌다.

그런데도 이곳은 '조리실'이나 '주방'이 아닌 '부엌'이라는 명칭이 가장 잘 어울리는 무언가가 있었다. 조리 기구나 식기의 취

혼돈의 카레

향이 제각각이라서일까. 직접 만든 것 같은 사발과 나무 주걱이 있는가 하면, 프로 요리사가 사용할 것 같은 스테인리스 볼 세트와 믹서기도 있었고, 아주 오래된 것 같은 냄비도 보였다.

마치 도구나 식재료들이 '지금은 여기에 수납돼 있지만 언제든지 다른 장소로 이동할 수 있어'라고 말하는 것 같은 유연성이 느껴졌다. 강제적으로 만들어진 '경직된 질서'가 아니라 좀 더 편안하고 부드러운 질서였다.

문득 본가에 있는 부엌이 뇌리에 스쳤다. 결벽증이라고 해도 될 정도로 깨끗한 걸 좋아하는 엄마가 늘 박박 윤을 내던 부엌은 어지럽히면 안 된다는 '경직된 질서'로 뒤덮여 있었다. 무언가를 마신 컵 하나라도 싱크대에 내버려두는 것을 엄마는 용납하지 않았다.

호흡을 가다듬기 위해 크게 숨을 들이쉬고 다시 주변에 주의를 기울였다.

왼쪽 벽을 따라 수납장, 캐비닛, 바나나색 냉장고가 있고, 널찍이 떨어진 맞은편에는 4구 가스레인지와 눈이 시릴 정도로 새하얀 조리대 그리고 싱크대가 일체화된 직사각형의 아일랜드형 시스템키친이 있었다.

방 중앙에는 열 명은 앉을 수 있을 법한 커다란 통원목 식탁이 자리 잡고 있었다. 원목의 붉은 빛이 뭐라 할 수 없는 포용력을 자아냈다. 식탁 주위에는 의자 몇 개가 놓여 있었다. 천으로 된 스툴, 둥근 라탄 바구니에 다리를 붙여놓은 것 같은 의자, 통나무를 조립한 투박한 의자……. 취향은 전부 제각각인데도 한 밴드의 멤버처럼 묘한 일체감이 있었다.

오른쪽 모퉁이에는 존재감이 넘치는 검은색 장작 스토브가 같은 색 굴뚝으로 지붕과 연결돼 있었다. 시선을 조금 더 오른쪽으로 돌리면 뒤뜰로 나갈 수 있는 큼직한 유리창이 보이고, 그 앞에 깔린 러그에는 산나물이 담긴 소쿠리, 주방 가위, 천 행주 등이 놓여 있었다.

입구에서 보면 정면에도 창문이 있어서 바깥이 보였다. 그렇다는 건 이 공간 말고는 방이 없다는 뜻이다. 복도 모퉁이에 문이 하나 있었지만 위치로 봐서는 아마 화장실일 것이다. 즉 이 건물은 전체가 하나의 부엌이나 마찬가지였다.

정돈되어 있지만 자유롭고, 활기차지만 고요했다.

신기한 인상을 가진 부엌이었다.

"……엄청 넓네요."

"그래요. 어디든 좋아하는 곳에서 자유롭게 요리할 수 있어요."

마치다 씨는 더할 나위 없이 행복한 듯 가스레인지 옆에 있던 도마 언저리로 갔다. 작업 도중이었던 모양이다. 도마 위로 잘게 다져지던 중인 양파가 보였다.

"나를 울리는 녀석을 만난 건 오랜만이네요."

그래서 눈물을 흘리고 있었던 거구나. 구닥다리 코미디 같은 농담이었다.

"요즘 양파들은 이런 기백을 잃었죠. 이건 구마모토에서 유기

농을 하는 친구가 보내줬어요."

구마모토라는 말에 흠칫하며 가슴이 메는 기분이 들었다.

마치다 씨는 남은 양파를 순식간에 다 썰었다.

칼이 도마에 닿는 소리조차 거의 나지 않았다. 눈덩이가 사르르 풀어져서 다시 눈으로 돌아간 것처럼 양파 덩어리가 자잘한 입자의 설산으로 변모했다.

단순히 하얀 것이 아니라 싱그러운 투명감이 도는 불투명 유리 같은 색이었다. 양파 색이 이렇게 예쁘다는 걸 처음 알았다.

마치다 씨는 싱크대 아래의 수납공간에서 지름 50센티미터 정도 되는 철제 냄비를 꺼내 가스레인지 위에 올렸다. 네 개의 화구가 나란히 놓인 빌트인 가스레인지의 플레이트는 검은색에 펄이 들어가 있어서 무수히 많은 별이 흩뿌려진 은하계를 연상케 했다.

"근사하죠? 여럿이서 요리를 할 때도 나란히 작업하기 쉬워요."

마치다 씨는 자랑스럽다는 듯 말했다.

냄비가 데워졌을 때 흰 도자기에서 기름 덩어리를 퍼내 냄비에 떨어뜨렸다.

"기Ghee예요. 인도의 정제버터죠".

그러더니 나에게 손을 씻게 한 뒤 "자, 여기 있어요"라며 나무 주걱을 내밀었다.

"우선 양파를 볶아주세요."

마치다 씨가 도마를 기울이자 양파 조각들이 미끄럼틀을 타듯이 냄비로 뛰어들었다. 치이익, 기분 좋은 소리와 더불어 냄비에서 알싸한 열기가 피어올라 눈과 코를 찔렀다.

"이게 뭐죠?"

나는 눈물을 글썽이며 물었다.

사실 이곳에 오기 전까지 나는 아무것도 몰랐다.

고객에 맞게 허브나 한약재를 함께 조합해주는 테라피스트 같은 거라고 생각했다. 전화로 자세히 설명해주겠지 싶었지만 전화를 받은 마치다 씨는 내 이름만 묻고 "그럼 약을 함께 만들어봐요"라고 명함에 있는 글을 그대로 읊더니 날짜를 정하고 위치를 설명했다. 그러고는 "집에 있는 식재료를 하나도 남김없이 전부 가지고 와주세요"라는 묘한 지시를 내리고 통화를 마쳤다.

분명 실제로 만나면 제대로 된 설명을 듣고 카운슬링을 받을 수 있을 것이라고 자신을 타이르면서 찾아왔는데 그가 보여준 건 눈물과 양파와 나무 주걱뿐이었다.

너무 불친절한 거 아닌가?

평소와 다르게 따지려고 입을 떼려는데 마치다 씨가 글썽이는 눈으로 나를 응시했다.

"알아요."

"네?"

"목소리만 들어도 알아요. 키타하라 타쿠미 씨, 당신은 카레를 만들 필요가 있어요."

혼돈의 카레

"무슨 소리세요."

그리 대답하자 마치다 씨는 '잠깐만요'라는 포즈처럼 양손을 가슴 앞에서 펼치고 눈을 크게 떴다.

"카레를, 만들, 필요가, 있어요."

"아니, 말뜻은 알아요. 목소리만 들어도 안다니, 저는 아무 얘기도 하지 않았는데 뭘 안다는 거죠? 애초에 여긴 '진료소'잖아요. '약을 만든다'고 하지 않았어요?"

"이게 약이에요."

마치다 씨는 철제 냄비 안의 양파를 가리켰다.

"네?"

"여기가 진료소인 건 부엌이 사람을 치유하는 장소라서예요. 그래도 착각하지 마세요. 치유라는 건 돈을 내면 받을 수 있는 서비스가 아니에요. 각오가 필요한 일이죠. 약도 남이 주는 게 아니에요. 스스로 만들어야 해요."

전혀 답이 되지 못했지만 일단 주걱으로 냄비를 젓기 시작했다. 양파가 탈 것 같았기 때문이다.

"타쿠미 씨는 왜 이곳에 왔나요?"

마치다 씨가 지글지글 물었다. 아니, 지글지글 소리를 내는 건 양파다. 뭐가 뭔지 모를 상황이라 마치다 씨의 목소리와 양파를 볶는 소리도 구별이 가지 않았다.

"……모르겠어요."

"그렇군요. 그 명함을 발견한 사람이라면 뭔가 '증상'이 있을 거예요. 그래도 조급해할 필요는 없어요. 40분 정도 볶을 테니 생각할 시간은 많아요. 양파를 볶는 작업은 그걸 위해서 있는 거니까요."

느긋하게 말하는 마치다 씨의 얼굴에는 마른 눈물 자국이 남아 있었다.

멍하니 냄비 안을 들여다봤다. 양파는 점점 투명도를 더해갔고 찌르는 것 같던 냄새도 서서히 부드러워졌다.

"······정말 모르겠어요."

여전히 그 말밖에 나오지 않았다.

"전부 다 모르겠어요. 뭘 모르는지도 모르겠고요."

➤➤➤➤➤

생각해 보면 대학원에 진학한 지 3개월도 지나지 않아서 증상이 나타났다.

재수해서 들어간 이공계 대학을 졸업한 후 이름만 대면 누구나 알 만한 대학원에 진학해 유전자 공학 연구실에 들어갔다. 어설픈 기업에 연구직으로 취직하는 것보다 더 효율적인 길을 선택하고 싶어서였다.

부모님에게 비싼 학비를 받아서 이 길로 나아간 이상 세상을 떠들썩하게 할 만한 발견을 하고 싶었다. 구체적으로 말하자면 노벨상을 타고 싶었다. 그러다보니 어느샌가 상을 타지 못하면

살아갈 가치가 없다고 생각할 지경에 이르렀다.

연구실 안은 시간이 특수하게 흐르는 세계다. 정신이 아득해질 만큼 조용하고 차분한 작업을 계속하다가 TV나 인터넷을 보거나 번화가에 나가면 너무 큰 속도의 차이에 깜짝 놀라곤 한다. 달팽이의 세계와 치타의 세계를 오가는 느낌이었다.

대학 시절에 사이가 좋았던 도미노 동아리 친구들과는 종종 메신저로 대화를 나눴고 매달 모여서 술도 마시러 다녔다. 하지만 점차 공통된 화제가 사라졌다. 나 말고는 모두 취직을 했고, 빠른 친구는 이미 결혼을 했거나 집을 샀다. 어느새 대화를 따라가지 못하는 정도가 아니라, 나 혼자 다른 시공간에 와 있다는 느낌이 들기 시작했다.

"타쿠미, 지금 타임워프 했지?"

"타쿠미 주변만 시간이 몇 초 멈췄어. 말 걸었는데 반응도 없고."

친구들은 농담처럼 말했고, 나도 그 얘기에 웃었지만 어렴풋이 뭔가 이상하다는 게 느껴졌다. 몇 초, 또는 수십 초 동안 다른 시공간에 있던 나는, 그들이 나눈 이야기를 전혀 기억하지 못했다.

"타쿠, 여름인데 아무리 그래도 너무 창백한 거 아냐? 햇볕을 덜 쬐면 비타민D가 부족해서 우울증에 걸리기 쉽대. 연구실에만 틀어박혀 있지 말고 가끔은 여행이라도 가는 게 어때?"

아즈마가 그렇게 말을 걸어준 건 9월 중순에 접어들었을 무렵이었다.

"연휴에 구마모토에 있는 본가에 가는데 괜찮으면 같이 가자. 전에 구로카와 온천 얘기했을 때 가보고 싶다고 했잖아. 아소 고원 같은 곳도 가보자."

혼자만 나를 '타쿠'라고 부르는 아즈마는 동아리에서 제일 가까운 사이였다. 대범하고 개방적인 성격이라 사람을 부정적으로 보거나 단정 짓지 않아서 같이 있으면 편안했다. 아즈마와는 의견이 맞을 때가 많았고 둘 다 수공예품이나 미술관을 좋아해서 자주 같이 돌아다니기도 했다.

모두가 나를 버려두고 성큼성큼 앞으로 나아가 따라잡을 수 없을 만큼 멀어져도 아즈마만은 걱정스러운 듯 돌아보며 "괜찮아?"라고 말을 걸어줄 것 같았다.

처음에는 나에게 여행 같은 건 무리라고 생각했다. 하루라도 실험실을 비운다는 건 생각조차 할 수 없었다. 그사이에 중요한 세포 변성을 놓치거나 다른 대학 연구실에 따라잡힐지도 모른다.

그래도 아즈마가 본가에 함께 가자고 할 만큼 나와 친하다고 생각해주는 게 기뻤다. 고민한 끝에 과감히 교수님께 허락을 구했다. 연구는 연구실 동료에게 부탁하고 아즈마와 같이 가기로 했다.

공항으로 가는 도중에 '역시 가지 말 걸 그랬나' 하는 후회가 몰려왔다. 누군가와 둘이서 여행을 가는 것도 처음이고, 마음편히 놀고 있을 상황도 아니라 제대로 즐길 수 있을지 불안했다.

하지만 공항에서 아즈마가 환하게 웃는 얼굴로 "타쿠, 여기!" 하며 가볍게 손을 들어 부르는 모습을 보자 불안감이 반으로 줄어들었다. 더구나 일상에서 벗어나려는 여행객들 사이에 섞여 있다 보니 갈수록 기분이 홀가분해졌다.

비행기에 탈 때쯤에는 공항과 아즈마의 효과가 정말 대단하다고 느낄 정도로 긍정적인 상태가 됐다. 유리창 너머로 보이는 비행장이 하늘을 나는 대형 동물이 휴식하거나 먹이를 먹는 거대한 사육장처럼 보였다.

구마모토행 비행기가 이륙하자 미련을 완전히 떼어내 육지에 두고 온 것 같은 느낌이 들었다. 기내 잡지를 보면서 아즈마와 시시한 얘기를 주고받았다. 공항에서 구로카와 온천으로 향하는 렌터카 안에서는 연예계 가십에 대해 이야기하거나 주변에 보이는 것들에 대해 시답지 않은 소감을 말하기도 했다. 그런 시간이 나에게는 의외로 힐링이 됐다.

구로카와 온천 마을은 생각 이상으로 멋졌다.

푸르른 산에 녹아든 것 같은 운치 있는 전통 료칸이 여기저기 흩어져 있어서 어디를 걸어도 아름다웠다. 흐르는 강물 소리와 소곤대는 나뭇잎 소리가 서로 어우러지고 그 위로 유카타 차림으로 걷는 사람들의 나막신 소리가 가로질렀다.

싱그러운 공기와 온천물 냄새, 은은하게 빛나는 기와지붕과 나뭇잎 사이로 새어 나오는 햇빛, 나도 모르게 빨려 들어갈 것 같은 가게의 대문들. 경관이라는 건 보는 게 아니라 몸으로 느끼는 거라고 처음으로 생각했다.

얇게 썬 바움쿠헨처럼 생긴, 둥근 나무로 만들어진 온천 출입증을 목에 걸고 나란히 걸어가면서 나는 연달아 감탄사를 입에 올렸고, 아즈마는 자신이 칭찬받은 듯 "어때, 괜찮지?"라며 웃었다.

"우리 아버지가 어릴 적에는 굳이 올 만한 곳이 아니었대. 80년대에 당시 료칸 조합을 재편성해서 본격적으로 이런 그림 같은 경관을 만들기로 한 모양이야. 간판을 전부 철거해서 통일된 느낌으로 다시 달고, 살풍경한 삼나무 숲을 가지치기해서 나무도 심고, 자연이랑 조화로운 노천탕을 만들면서 말이지. 40년에 가까운 세월동안 수많은 사람들의 손을 거쳐 만들어진 경관이야."

"아, 그래서 이렇게 감동하게 되나? 그냥 자연에 맡긴 게 아니라 사람의 손을 거쳐서 만들어진 아름다움이라서?"

절절히 와닿았다. 지금 같은 모습으로 머물고 싶다는 강한 의지와 세심하게 유지해 온 미관을 앞으로도 지켜가겠다는 자부심. 절로 어깨가 펴지는 기분 좋은 감각에 휩싸였다.

"정말 아름다운 것 같아. 갑자기 이렇게 예쁜 곳에 왔더니 지금까지 연구실에서 보낸 나날들과 차이가 너무 커서 쇼크로 죽을지도 몰라."

"타쿠, 그건 오버야."

혼돈의 카레

아즈마는 껄껄대며 웃더니 "내가 제일 괜찮다고 생각하는 건 전부 하나가 돼 있어서야"라고 목에 걸린 출입증을 바라보며 진지한 목소리로 말했다.

"그중에 한 곳만 벌이가 좋으면 의미가 없어. 마을에 있는 모든 료칸은 하나라는 생각으로 불리한 조건에 있는 료칸을 살리기 위해 이 온천 순례 출입증도 만들어진 거야. 그래서 이렇게 전부 조화로운 거지. 마을 전체가 하나의 료칸이라는 콘셉트라서 그런지 하나의 생명체처럼 느껴질 정도야."

골짜기가 내려다보이는 노천탕에 몸을 담그고 있을 때 바람 한 줄기가 뺨을 스쳐 지나갔다. 행방을 좇아 시선을 움직이자 흠칫할 만큼 아름다운 색이 눈에 들어왔다.

벼랑 끝에 한 송이 꽃이 피어 있었다. 노을빛에 에워싸인 복숭아색 꽃은 안쪽에서부터 빛나고 있었고, 조릿대처럼 꼿꼿한 잎은 싱그럽고 투명한 초록빛을 띠고 있었다.

해 질 녘의 골짜기와 한 송이 꽃. 잊을 수 없는 그림 같은 풍경이었다.

아즈마가 말한 '전부 하나가 된' 조화에 지금 나도 들어가 있었다. 그런 감각이 물의 따스함과 함께 온몸을 채웠다.

"같이 오자고 해줘서 고마워"라고 조금 떨어진 곳에 있는 아즈마에게 말하고 싶었다. 하지만 남자 둘이 온천에 몸을 담그고 있는 상황에서 말하기에는 징그러운 느낌이 들어서 "다음엔 다 같이 오고 싶네"라고만 말했다.

다음 날은 아소 고원에 들른 다음 구마모토 시가지로 들어가 아즈마네 본가에서 가족들과 함께 식사를 할 예정이었다.

우리가 묵은 료칸은 식사도 맛있었고, 잠자리가 바뀌면 잠을 제대로 못 이루는 내가 푹 잘 만큼 편안했다.

모든 게 순조로워서 여행이 꿈만 같았다.

다음날 그런 일이 벌어지리라고는 전혀 예상할 수 없었다.

⋙

"……정말 아무 문제도 없었어요. 다음 날 아즈마네 '본가'에 가기 전까지는요."

양파가 서서히 갈색이 되면서 졸아든 수분이 보글보글 소리를 내고 있었다.

시간이 꽤 지난 듯했다. 그런데도 아직 구마모토에 간 것까지밖에 말하지 못했다.

스스로의 말솜씨에 자괴감이 들었다. 원래부터 의사소통을 잘하는 편은 아니었지만 예전의 나는 좀 더 논리정연하고 정확하게 이야기할 수 있었다. 지금처럼 이렇게 아무 생각 없이 나무 주걱을 휘젓듯 자연스럽게 말이다.

어째서 이렇게 돼버린 걸까.

답을 알고 싶다. 정답을 알고 싶다. 누군가가 알려줬으면 좋겠다. 절박한 심정으로 마치다 씨 쪽으로 몸을 틀었다.

"저기, 이건 이제 끝내도 될까요?"

잘게 다진 양파들은 군데군데 윤곽이 녹아서 옅은 갈색을 띠는 페이스트* 상태가 되었다. 기름을 듬뿍 머금어서 전체적으로 윤기가 흘렀다.

"타쿠미 씨가 끝이라고 생각하면 끝내주세요."

마치다 씨는 온화한 말투와 표정으로 말했…지만, 갑자기 강한 플래시가 터진 것처럼 머릿속이 하얘지고 마치다 씨가 악마 교관처럼 느껴졌다. 몸에서 의식이 빠져나려고 하는 것을 간신히 붙들었다.

"양파를 다 볶은 게 맞는지 모르겠어요. 그런 큰 판단을 나한테 맡기지 마세요."

목소리가 떨렸다. 지금의 나에게는 이런 간단한 선택도 한 나라의 정책을 정하는 것만큼이나 과중한 일이었다.

마치다 씨가 고개를 끄덕이더니 "끝입니다"라고 말했다. 단호한 목소리에 겨우 안심하고 불을 끌 수 있었다.

팔이 무겁고 나른했다. 그다지 힘이 들지 않는 작업이라도 오래 계속하면 힘든 법이다. 이곳까지 무거운 짐을 들고 온 탓이기도 했다.

"그런데 부탁드린 건 가지고 오셨나요?"

마치다 씨가 느닷없이 묻는 바람에 순간 당황했지만, 입구 옆에 놓아둔 종이봉투를 가리켰다.

---

* 식품을 갈거나 개어서 풀처럼 만든 것

"아, 네. 저기에 있어요."

마치다 씨는 종이봉투를 가지고 오더니 "봐도 될까요?"라며 내 허락을 구한 다음 내용물을 하나씩 꺼내기 시작했다.

4등분 한 무. 냉동한 다진 고기. 쓰다 남은 타바스코와 무첨가물 케첩, 튜브형 와사비 그리고 작은 병 소금. 간장. 미개봉 백된장. 버터향 마가린. 무설탕 블루베리잼, 토마토 파스타 소스 한 병. 3분 조리 파스타 한 다발. 알로에 요거트. 소분한 팩 가다랑어포. 야채주스 200밀리리터짜리 두 병.

딱히 부끄러울 것도 없는데 어째서인지 속옷을 꺼내 나열해놓은 것처럼 온몸이 화끈거렸다.

—집에 있는 식재료를 하나도 남김없이 전부 가지고 와주세요.

마치다 씨가 전화로 얘기한 묘한 지시였다.

평소에 먹는 걸 전부 보여주는 게 아주 사적인 영역을 드러내는 일이라는 것을 이제야 깨달았다. 이렇게 수치스러울 걸 알았더라면 따르지 않았을 텐데.

"우선 쿠민을 넣을게요."

마치다 씨는 펼쳐놓은 나의 프라이버시에 대해서는 아무런 언급도 없이, 양파가 담긴 냄비에 잡초 씨앗 같은 것을 한 꼬집 넣었다.

"섬유질이 남으면 식감이 좋지 않으니 먼저 볶아서 겉껍데기를 날려보내요."

껍데기가 벗겨진 쿠민에서 이국적이고 강렬한 향이 피어올랐다. 감싸고 있는 막 같은 것이 순간 바사삭하고 벗겨진 듯했다. 정신이 확 들 정도로 산뜻하면서도 어딘가 익숙한 냄새였다. 분명 인도 요리점에서 맡은 적이 있었다. 정통 카레의 핵심을 이루는 향신료일 것이다.

"인도에서는 위장을 튼튼하게 하려고 그대로 씹어 먹기도 해요. 드셔보실래요?"

손바닥에 올린 세 알 정도의 알갱이를 조심스럽게 입에 넣고 씹었다. 묵직하고 강한 향기가 콧구멍으로 빠져나가는 것이 또렷하게 느껴졌다.

"생기발랄한 쿠민이죠? 파는 사람도 그랬어요. 만화영화처럼 불도저에 깔려 납작해져도 금세 부풀어 올라 화를 낼 것만 같은, 빨간 인도 전통 의상이 잘 어울리는 아주머니였죠. 생선 요리에는 어떤 향신료를 써야 하는지부터 해서 잔소리를 두 시간이나 들어야 했어요."

마치다 씨는 그것 말고도 수많은 병을 찬장에서 꺼냈다.

"향신료는 전부 인도에서 사나요?"

"인도, 네팔, 스리랑카, 파키스탄, 모로코 것도 있어요. 고수는 일본에서도 길러 봤는데 아무래도 향이 덜해서요. 땅이 안 맞나봐요."

몇몇 병뚜껑을 열자 다양한 향이 뒤섞이더니 순식간에 이국의 시장 같은 공간이 펼쳐졌다. 수많은 바구니에는 향신료나 과일이 산더미처럼 쌓여 있었고, 컬러풀한 의상을 입은 사람들이 머리에 짐을 지고 오갔다. 정보라고는 향기뿐인데도 입체적인 영상이 어슴푸레 떠올랐다. 향기가 연주하는 교향곡을 듣고 있는 듯한 기분도 들었다.

마치다 씨는 요리용 막자사발을 나에게 건네더니 향신료를 순서대로 빻아서 섞으라고 했다.

"이건 카레가 황색이 되게 하는 터메릭, 간에 좋은 약이기도 합니다. 인도 여성은 미용 팩으로 사용하기도 해요."

"얼굴이 노랗게 변하진 않나요?"

내가 소소한 질문을 던지자 마치다 씨는 다시 가슴 앞에서 양손을 펼치고 힘을 실어 눈을 크게 뜨는 리액션을 했다. 습관적으로 하는 리액션 같았지만 방금은 그렇게 크게 반응할 만한 상황은 아니었다. 마치다 씨의 리액션 타이밍을 파악하기 힘들어서 조금 당황했다.

"해본 적이 없어서 모르겠네요. 타쿠미 씨, 해보실래요?"

"관둘게요."

시큼한 흙냄새가 싫어서 정중히 사양했다.

마치다 씨는 그 이후에도 차례대로 병을 꺼내면서 각각의 향신료에 관해 설명해주었다.

카다멈은 초록색 불꽃놀이 같이 맺힌 열매의 씨앗으로 만들고, 클로브는 올려다볼 정도로 크게 자라는 나무의 작은 분홍빛 꽃봉오리를 건조 시켜서 만든다. 후추는 덩굴식물이라 다른 나무에 엉켜서 자라고, 시나몬은 나무 속껍질을 말려서 만든다.

좀전의 이국적인 시장 이미지 너머로 이번에는 울창한 향신료 숲이 모습을 드러내 크고 무성하게 자라나는 느낌이 들었다.

"향신료마다 가열했을 때 향이 나는 타이밍이 달라서 요리의 어느 단계에서 어떻게 넣을지를 신중하게 조절해야 해요. 하지만 이번에는 전부 섞을 거니까 먼저 볶아보죠."

마치다 씨는 향신료 몇 가지를 작은 프라이팬에 볶았다. 얼마 동안 볶을지 가늠하는 마치다 씨의 거침없는 옆얼굴을 나는 선망하는 마음을 담아 보고 있었다.

나는 볶아진 향신료를 하나하나 순서대로 빻아나갔다. 입자가 작은 것은 사발에 넣고 빻았고, 크고 단단하거나 잎 상태인 것은 마치다 씨가 강판이나 전동그라인더로 간 다음에 다시 사발에 넣고 빻았다. 향신료를 선별하거나 양을 조절하는 일은 마치다 씨가 거침없이 해나갔기 때문에 나는 아무 생각 없이 안심하고 단순한 작업에 몰두할 수 있었다.

"이렇게 하면 돼요."

마치다 씨가 야구에서 배팅 폼을 지도하듯 막자를 다루는 법을 알려줬다.

왼손으로 막자를 고정하고 그걸 축으로 해서 돌리는 느낌으로 움직인다. 그 순간 막자가 혼자서 움직이는 것처럼 편해졌다.

두껍고 무거운 막자는 힘을 실어 누르지 않아도 흔들리지 않아 믿음직했다. 막자사발과 막자, 호흡이 척척 맞는 장인들 같아서 뭔가 뿌듯했다.

변화해가는 향기 속에서 막자를 쥔 채 계속해서 원을 그리며 향신료를 으깨고 섞었다.

까끌까끌하고 묵직한 느낌에서 보슬보슬한 가벼운 느낌까지 감촉의 그러데이션이 반복됐다. 갈리는 소리가 속삭임처럼 이어지자 기분이 점점 좋아졌다. 아무것도 생각하지 않아도 되는 쾌감으로 가득 차 몸이 제멋대로 움직이고 있었다.

나는 말도 안 될 정도로 집중하고 있었다. 주위 모든 것이 사라져 아무것도 없는 공간에 떠 있는 것 같았다. 몸속 알맹이까지 곱게 갈려서 몸 안이 기분 좋게 텅 비어 가는 것 같았다.

"이 정도면 될까요?"

마치다 씨의 목소리에 정신이 들었다.

사발에서 피어오르는 향을 들이쉬자 향이 세포 하나하나에 다 대고 같이 춤추라고 재촉하듯 몸의 중심을 맴돌았다. 지치지 않고 계속 갈 수 있었던 건 이 활기로 가득 찬 향 덕분일지도 모른다.

흙냄새 같은 향, 시큼한 생강 향, 기름지고 달콤한 향, 코를 찌르는 자극적인 향. 이런 강한 향들이 서로 자기주장만 하는 게 아니라 하나로 조화를 이루고 있었다.

"된…… 것 같아요."

그렇게 말하자마자 잠들어 있던 거대한 물고기가 움직이기라도 한 것처럼 가슴이 울렁거리기 시작해서 "잘 모르겠지만"이라고 덧붙였다.

나는 다시 한번 더 그 조화로운 향을 들이마셨다. 루Roux를 사용해서 만든 카레처럼 예측이 가능한 향이 아닌 변화무쌍한 생명력으로 가득 찬 향이었다.

사발에 얼굴을 가까이 대고 냄새를 맡던 마치다 씨가 만족스럽다는 표정을 지었다.

"균형감이 잡혀 있고 간이 잘 됐어요. 필요하면 나중에 더 조절합시다."

마치다 씨는 철제 냄비를 다시 가열하더니 찬장에서 토마토 통조림을 꺼내 넣었다.

"그럼 지금부터는 타쿠미 씨의 영역이에요."

나를 똑바로 쳐다보는 마치다 씨의 눈빛이 부담스러웠다.

"방금 섞은 향신료랑 가지고 오신 식재료를 전부 넣어주세요."

"이걸 전부 다요? 이건 아무리 생각해도 카레 재료가 아닌데요?"

이해가 안 가는 지시에 땀이 삐질삐질 번져 나왔다. 무방비 상태로 끌려온 식재료들이 불안한 듯 나를 올려다보고 있었다.

"무엇이든 카레 재료가 될 수 있어요. 카레의 포용력은 무한하니까요."

마치다 씨가 신자를 타이르는 신부 같은 투로 말했다.

"포용력이 무한하다고요? 그런 말이 어딨어요?"

"무한 속에 있지요."

마치 선문답 같았다. 마치다 씨는 지시를 취소할 생각이 전혀 없어 보였다.

나는 에러를 일으킨 AI처럼 사고가 멈춰버렸다. 손바닥은 땀으로 축축했다. 마치다 씨의 웃는 얼굴이 가까워졌다 멀어지는 것을 반복했다. 멀어지려는 의식을 겨우 붙잡고 있었다.

내가 꽤 오랫동안 굳어 있자 마치다 씨가 입을 열었다.

"하는 수 없네요. 그럼 제가 하나만 대신 해드릴게요."

마치다 씨는 튜브형 와사비의 뚜껑을 열더니 내용물을 쥐어짜서 한꺼번에 냄비 안으로 떨어뜨렸다.

"!"

소리를 질렀지만 목이 막힌 것처럼 이상한 소리가 새어 나올 뿐이었다.

말이 나오지 않을 만큼 너무나도 무질서하고 난폭한 행위였다. 어떻게 해야 할지 알 수 없었다. 이런 일은 할 수 없다고 거부해야 할까. 그렇다고 다른 계획이 있는 것도 아니었다.

체념하고 간신히 말을 쥐어짜냈다.

"……각각 얼마나 넣으면 되나요?"

지시라도 받는다면 어떻게든 대처할 수 있다. 아니 지시를 받지 않으면 나는 아무것도 할 수 없었다.

하지만 마치다 씨는 "타쿠미 씨가 생각하는 대로 원하는 만큼 넣으세요"라며 나에게 맡겼다.

조금 전까지 아무것도 결정하지 않아도 되는 안전한 세계에

혼돈의 카레

있던 나는 다시 벼랑 끝으로 내몰렸다.

>>>>

구로카와 온천에 묵은 다음 날, 아소 고원에 들렀다가 구마모토 시내로 들어갔다.

렌터카를 반납한 후 버스와 도보로 시내를 돌아다니다가 아즈마가 말고기 회가 맛있다며 데리고 간 가게에서 늦은 점심을 먹었다.

아즈마의 본가는 시내에서 조금 떨어져 있는 모양이었다.

구마모토 시내는 중심에 우뚝 솟은 구마모토성 때문인지 시간이 무척이나 여유롭게 흐르는 것 같았다.

도시에 성이 있는 건 정말 좋은 것 같다. 시대를 초월한 거대한 물체가 늘 시야에 자리한다는 것은 도시 사람들의 마음에 좋은 영향을 끼치는 게 분명하다. 노면전차가 신기해서 아이처럼 마음이 들떴다.

내가 사람들의 걸음걸이나 표정이 여유로워 보인다고 하자, 아즈마는 "긍가? 아소에 들른 뒤라 거서 받은 인상이 영향을 끼친 거 아녀?"라고 사투리로 답했다. 사투리를 쓸 정도로 아즈마가 편안하게 행동하는 그 느낌이 무척이나 좋았다.

구마모토에 도착한 후의 아즈마는 이곳에서 나고 자랐다는 걸 충분히 증명했다. 현지인다운 느낌이 시간이 지날수록 짙어졌다.

덩달아 나까지 갈수록 긴장감이 풀리고 편안해졌다. 놀랍게도 그렇게나 머리에서 떠나지 않던 연구를 잊은 적도 있었다.

구마모토와 아즈마는 정말 대단하다고 생각하면서 흔들리는 버스에 몸을 싣고 있다 보니 어느새 잠이 들었다. 평소에는 이렇게 사람들과 있을 때 쉽게 잠드는 일이 없었는데 말이다.

아즈마가 나를 흔들어 깨웠다. 서둘러 가방을 메고 아즈마를 따라서 버스에서 내렸다.

아즈마도 졸렸는지 조금 멍한 얼굴로 걷고 있었다.

"버스정류장에서 조금 멀어. 15분 정도는 걸어야 하는데 괜찮겠어?"

건널목 신호등 소리가 들렸다. 버스정류장 바로 옆에는 잎이 무성한 벚나무가 늘어선 가로수길이 있었다. 이곳은 오래전부터 있던 주택가 같으면서도 왠지 모를 위화감이 느껴졌다. 하지만 잠에서 막 깬 상태라 머리가 돌아가지 않아서 그냥 아즈마의 등을 쫓아 휘청대며 걸었다.

갑자기 아즈마의 등이 멈춰 섰다.

"여기가 내가……, 전에 살던 집이야."

나는 중얼거리는 아즈마의 시선 끝자락을 보았다.

그곳에는 아무것도 없었다.

잡초로 뒤덮인 빈터 가장자리에 건물 잔해 같은 게 쌓여 있는 게 보였다.

"정확히는 태어났을 때부터 살았던 집이 있었던 장소야. 오래

된 건물이라 4년 전 지진에 무너져버렸어. 오랜만에 봤는데도 여기에 아무것도 없다는 게 낯서네."

그 순간 몸이 크게 휘청이더니 정전이라도 된 것처럼 눈앞이 캄캄해졌다.

"가족들이 지금 살고 있는 곳은 조금 더 걸어가면 나오는 아파트야."

계속 이야기를 이어가던 아즈마의 목소리는 전파가 잘 잡히지 않는 곳에 걸려 온 전화처럼 멀어지다가 결국 끊어졌다.

아즈마의 말에 따르면 내 눈이 갑자기 뒤집히더니 그 자리에서 쓰러졌다고 한다.

정신을 차렸을 때는 들것에 누운 채 구급차에 실려 가고 있었다. 병원에서 간단한 검사를 받았지만, 몸에는 이상이 없었다. 아즈마가 쓰러지는 나를 반사적으로 받아준 덕분이었다. 무방비 상태로 머리를 땅에 박았더라면 큰일이 났을지도 모른다.

무슨 일이 일어난 것인지 이해가 가지 않았다.

빈터가 되어버린 아즈마의 옛 집 앞에 서자마자 내 의식에도 커다란 지진이 덮쳐온 것 같았다.

아즈마의 본가는 분명 화목하고 따스함이 가득한 집이었을 거라고 상상하고 있었다. 거실에는 어릴 적부터 찍은 아이들 사진이 걸려 있고 각자의 머그컵도 정해져 있을 것이다. 아즈마의 방은 아마 고등학교 졸업 무렵의 모습 그대로라 그때의 만화책이나 포스터가 남아 있을지도 모른다고 생각했다.

그 모든 것이 한순간에 날아가 버렸다는 사실을 내 머리가 받아들이지 못했던 걸까?

아즈마의 부모님과 고등학생인 여동생이 병원까지 차로 데리러 와주었다. 혼자 호텔에 보내는 건 걱정된다며 본가에 묵게 해주었다.

무척이나 친절한 가족이었다. 아파트는 새것처럼 깔끔하고 아늑했지만, 그 안에서 지내다 보니 어딘가 '가짜' 같은 위화감이 들었다. 급조된 무대 위에 있는 것만 같았다. 아즈마의 가족들조차 섭외된 연기자들처럼 느껴졌다. 사교적인 행동을 조절하는 회로에 오류가 일어난 것처럼 어떤 말을 하고 어떤 태도를 보여야 좋을지 알 수 없어졌다.

4년 전에 일어난 지진을 전혀 생각지도 못했다는 게 미안해서 견딜 수가 없었다.

"집에 오는 길에 있는 거라 별생각 없이 보여줬는데, 타쿠는 성격이 섬세한 편이라서 충격이었나 보네. 배려하지 못해서 미안."

아즈마가 사과하는 게 더더욱 미안했다. 사과해야 할 사람은 나였다.

아즈마가 지진에 대해 알려줬는데도 내가 들떠 있는 통에 제대로 듣지 못한 건 아닐까. 4년 전 대학에 갓 입학했던 아즈마에게 얼마나 큰 충격이었을까. 아즈마네 가족도 재해를 입은 사람들도 얼마나 두려웠을까. 아무 생각 없이 태평하게 관광이나 즐긴 자신이 죽고 싶을 만큼 창피했다.

아즈마와 가족에게 사과해야 할까. 괜히 실례를 저지르는 걸까. 무신경했던 나 자신이 너무 부끄러웠다. 어떻게 하면 이 실수를 없었던 걸로 할 수 있을까.

초조해져서 아무 생각도 나지 않았다.

어떤 말이 정답인지 전혀 알 수 없었다. 시험 답안지를 앞에 두고 아무것도 떠오르지 않아 백지 만 계속 바라보고 있는 악몽을 가끔 꾸는데 그 악몽에 현실이 된 것 같았다.

이튿날 아즈마가 공항까지 배웅해 주기는 했지만 어떻게 집에 돌아왔는지 전혀 기억이 나지 않았다.

"그 실신 사건 이후부터예요. '미아'가 된 건."

튜브형 와사비를 손에 들고 다가오는 마치다 씨에게 나는 필사적으로 설명했다. 어떻게든 그가 나에게 내린 지시를 취소하게 해야 했다.

"뭘 하면 좋을지, 무슨 이야기를 해야 할지, 갑자기 알 수가 없어졌어요. 무엇을 살지, 무엇을 입을지, 그런 사소한 것조차도 여태까지 해오던 것처럼 정하지를 못하겠어요."

지금까지 어떻게 결정하고 선택했었는지 전혀 생각나지 않았다. 무엇을 하고 있을 때도 정말 이걸 지금 해도 되는 건지 불안해졌다.

어떤 사소한 일이라도 '결정'하고 '선택'하는 게 두려워서 견 딜 수 없었다. 결정한 순간 내 제어에서 벗어나 사방팔방으로 튀어가 어딘가에서 내 의도와 다른 괴물로 변해 있을지도 모른 다. 그 괴물이 나중에 어딘가에서 나를 덮쳐올지도 모른다. 무 언가를 생각해서 정하려고 하는 순간 그런 공포에 휩싸였다. 구마모토에서 쓰러졌을 때 느꼈던 감각이 물밀듯이 다가왔다.

가능한 한 자신에게 자극을 주지 않도록 조심히 생활하는 수 밖에 없었다. 정해진 시간에 같은 일을 했다. 항상 같은 것을 사 먹고, 같은 옷을 입었다. 엄마가 한 달에 한 번씩 식료품을 가득 채운 상자를 보내주는 건 감사한 일이었다. 내가 생각하 지 않아도 되니까 말이다.

그렇게 하더라도 당연히 예기치 못한 일은 벌어진다. 전철이 늦게 오거나 누군가가 예상치 못한 말을 건네면 에러가 나버려 서 정상으로 돌아오기까지 시간이 걸렸다.

"……마치다 씨는 외국에서 미아가 된 적 있나요?"

마치다 씨가 아무 말도 없는 게 불안해서 나는 말을 더해갔 다. 누군가에게 이렇게 말을 많이 하는 게 대체 얼마 만일까.

"계속 그렇게 사는 느낌이에요. 내가 어디에 있는지 모르겠고 어떻게 해서 여기로 왔는지도 모르겠어요. 돌아가는 법을 모르 지만, 그 나라 말을 못 하니까 사람들에게 물어보지도 못해요. 애초에 돌아갈 곳이 어딘지도 모르니까 물어도 소용없죠. 무턱

대고 계속 가다간 괜히 더 헤매게 되니까 내내 같은 장소에 서 있는 수밖에 없어요. 관습도 법도 말도 모르는 외국이니 그럴 의도가 아니더라도 법을 위반하게 될지도 모르고요. 사면초가라서 꼼짝도 못 하는 거죠."

"말을 모르는 나라에서 미아가 된 일이라면 많아요."

마치다 씨는 담담하게 말했다.

"친구에게 소개받은 사람을 찾아 남인도를 여행했을 때도 그랬어요. 영어가 전혀 안 통하는 시골에서 완전 다른 방향으로 가는 버스를 타서 어디인지 짐작도 가지 않는 곳에 도착했죠. 여러 사람한테 주소를 보여주고 그 사람들이 가르쳐준 대로 다시 버스를 탔더니 그것마저도 틀린 버스라서 더욱더 미아가 됐어요. 완전 슈퍼 미아였죠."

마치다 씨가 여기서 말을 마치려고 하자 다음이 궁금했던 나는 말을 재촉했다.

"그래서 어떻게 됐어요?"

"버스가 도착한 곳에서 만난 사람이 하룻밤 묵게 해줘서 거기가 목적지였다고 생각하기로 했죠."

생각지도 못한 결론이었다. 사고방식 자체가 너무나도 달랐다.

"재워준 사람이 엄청 좋은 사람이라서 맛있는 요리도 배우고 친해져서 좋은 추억이 생겼어요. 결과적으로는 만사 오케이인 거죠."

망했다. 말이 통하지 않는다. 회심의 일격이 허무하게 빗나간 기분이었다.

"그래서 미아인 타쿠미 씨의 목적지는 어딘가요?"

마치다 씨는 마사지하듯 튜브를 눌러 안에 든 와사비를 이리 저리 움직여가며 물었다.

"……저는 그저 원래 있던 곳으로 돌아가고 싶을 뿐이에요."

"원래 있던 곳이 어디인가요?"

"미아가 되기 전의 자신이요."

"미아가 되기 전의 타쿠미 씨는 어땠나요?"

"미아가 되기 전의 나는……."

마치다 씨는 내 행동을 기다리듯 조용히 나를 바라봤다.

그 시선에서 달아나듯 냄비 안의 물체를 보았다. 쿠민 향이 나는 다갈색 페이스트. 아직 아무것도 되지 못한 미숙한 물체였다.

이대로 내버려둘 수는 없다는 마음이 갑자기 솟구쳤다. 마치다 씨의 도움을 받긴 했지만 여기까지 만든 건 나였다. 이 물체를 제대로 된 무언가로 만들어야 한다는 책임감이 나에게 움트고 있었다.

'책임감이 있어서 도중에 그만두지 않는다' 그게 바로 '미아가 되기 전의 나'다운 행동이다.

예전의 나로 돌아가고 싶다.

아무것도 보이지 않는 안개 속을 걸어가는 심정으로 파스타 소스 병을 집어 들었다. 마치다 씨의 표정을 읽어보려 했지만,

아무것도 알 수 없었다.

앞으로 나아간다고 해도 원래의 장소로 돌아갈 수 있다는 확신은 없었다. 오히려 더 멀어질지도 모른다. 하지만 지금 나를 안내해 줄 사람은 마치다 씨밖에 없었다.

토마토소스라면 카레와 어울리는 느낌이다. 받아들일 수 있는 선택이었다.

마음을 먹었는데도 막상 냄비를 향해 병을 거꾸로 들자 머릿속이 멍해졌다. 내가 멍해 있는 동안 병의 내용물이 냄비 안으로 풍덩 떨어졌다.

몸이 움찔하며 "죄송합니다"라는 말이 나도 모르게 튀어나왔다.

하지만 아무도 나에게 화를 내거나 질책하지 않았고 그저 냄비에서 피어오르는 토마토 향이 더 진해졌을 뿐이다. 두려움이 조금 옅어지자 이번에는 케첩을 한 번 짜 넣었다. 이건 같은 토마토라서 괜찮았다.

이어서 야채주스를 반 팩 넣었다. 이건 그렇게 심리적으로 부담이 되지 않았다. 카레에 야채즙 정도는 충분히 들어갈 만했다. 마가린도 한 스푼 넣었다. 기름이라면 문제없다.

백된장을 한 스푼 뜨고 나서는 손이 멈췄다. 된장을 넣어도 되는 이유를 생각하는 데 잠시 시간이 걸렸다. 한 방송에서 요리사가 카레를 만들면서 비법이라며 백된장을 넣었던 게 겨우 기억이 났다. 그제야 안심하고 넣을 수 있었다.

"타쿠미 씨, 그게 전부는 아니죠?"

마치다 씨가 무슨 말을 하는지 이해가 가지 않았다.

"집에 있는 식재료를 하나도 남김없이 전부 가져오라고 했잖아요. 아직 집에 남아 있죠?"

심문하는 말투가 아니었는데도 마치 경찰관에게 범죄를 들킨 범인이라도 된 것처럼 뜨끔했다.

"이… 있는데요."

입으로 튀어나오는 게 아닌가 싶을 정도로 심장이 격렬하게 날뛰었다.

"식재료라고 할 정도는 아니라 안 가져왔어요."

"못 먹는 건가요? 색연필이라든가 토치라든가요."

"아니요. 먹을 수는 있는데 굳이 가져올 만한 건 아니에요."

"그럼 지금부터 가지러 가죠."

"네?"

머리로 이 상황을 이해하기도 전에 이미 나는 집 주소를 술술 불고 있었다. 그리고 '마치다 2호'라고 적힌 스쿠터 뒤에 태워져 마치다 씨의 풍성한 머리에 시야가 가려진 채 버스로 올라왔던 언덕길을 내려갔다.

내가 다니는 대학 근처까지 왔을 때는 무척 당황스러웠지만, 다행히 마치다 씨가 대학을 우회하는 경로로 달린 덕분에 학교 앞을 지나가지는 않았다.

그렇게 저항할 새도 없이 스쿠터로 우리 집 앞까지 옮겨졌다.

반송된 택배가 된 기분이었다.

"실례 좀 할게요."

마치다 씨는 그렇게 말하긴 했지만 미안한 기색도 없이 바로 집 안으로 들어갔다. 누군가를 집에 들이는 건 정말 오랜만이었다. 더군다나 오늘 처음 만난 사람을 들인다는 건 생각지도 못한 일이었다.

현관 바로 오른쪽에 좁은 싱크대와 한 구짜리 인덕션만 자리한 작은 부엌이 있었다.

"잠시 좀 볼게요."

말투는 아주 공손했지만 마치다 씨는 거리낌 없이 바로 냉장고를 열었다. 무언가를 은폐할 틈은 전혀 없었다.

거의 다 먹은 연유 튜브. 두 알 남은 칸쵸. 명란 맛과 옥수수 포타주 맛 우마이봉. 마시다 만 저지방 우유. 마치다 씨는 가져온 에코백에 그것들을 아무렇지도 않게 던져 넣었다.

어째서 이것들을 남기고 갔는지 스스로도 깊이 생각하지 않았었는데, 지금은 이유를 확실히 알 수 있었다. 아이나 먹을 법한 싸구려 과자를 먹는 남자라는 걸 들키고 싶지 않았다. 그러면서 칼로리를 신경 써서 저지방 우유를 고르는 좀스러움을 숨기고 싶었다. 연유는 어릴 적에 자주 부모님 몰래 튜브에 입을 대고 먹었다(마셨다고 해야 할까?). 하지만 엄마에게 들켜 심하게 혼이 난 뒤로 그 달콤함에 죄책감을 느끼게 되면서 더 이상 먹지 않게 됐었다.

하지만 혼자 살게 되면서 은밀한 즐거움으로 다시 먹기 시작했다. 스트레스가 쌓였을 때, 너무 피곤할 때 냉장고 앞에서 튜브를 빨아 마셨다. 엄마에게는 절대로 보일 수 없는 모습이다.

너무 부끄러워서 기절이라도 하고 싶었지만 그럴 여유조차 없었다. 마치다 씨는 다음으로 냉동실을 열어 빨간 라벨이 붙은 찰떡 아이스를 꺼냈다.

"그건 녹잖아요."

나는 당황해서 말했다.

"괜찮아요. 푹 끓이면 어차피 녹으니까요."

"찰떡 아이스까지 넣으라는 소리예요?"

나는 거의 외치다시피 말했다.

하지만 마치다 씨는 여전히 담담했다.

"네. 전부요."

이어서 반년 간 잠들어 있던 경단을 꺼내 봉투에 넣었다. 구마모토 기념품으로 아즈마가 헤어질 때 준 것이었다.

"이걸로 끝이네요. ……아, 여기에도 있네요."

마치다 씨는 싱크대에 놓인 여러 개의 병조림을 집어 들었다.

"그건 안 돼요. 제일 최근 것도 3개월 이상 지나서 못 먹어요. 버릴 생각으로 내놓은 거예요."

어떻게든 단념시키려고 했지만 소용없었다. 마치다 씨는 병뚜껑을 열어 냄새를 맡더니 "괜찮을 것 같네요"라며 엄마가 손수 만든 피클을 마지막으로 에코백에 넣었다.

연구실에는 열심히 다니고 있었다. 내 인생에서 그곳만이 확신을 주는 곳이라고 생각했다.

하지만 어느 날 연구실에서 데이터를 한창 수집하던 중에 그만 그 순간이 찾아오고 말았다.

갑자기 전혀 모르는 장소에 혼자 서 있는 것 같았다. 지금 있는 장소와 시간, 내가 하고 있던 일에서 떨어져나와 움직일 수 없게 되었다.

황량하고 아무것도 없는 땅에 멍하니 선 채로 어디로도 갈 수 없었다. 겨우 쓰러지지 않고 버텼지만, 집중력을 유지해야 할 때 나타난 그 공백은 치명적이었다.

나는 돌이킬 수 없는 실수를 저질렀고 몇 개월에 걸쳐 진행하던 연구를 전부 무용지물로 만들었다.

아무리 사과해도 교수나 다른 프로젝트 동료의 눈을 똑바로 쳐다볼 수가 없었다. 나라는 존재가 점점 중량을 잃어 급속도로 그 자리에서 분리되어 가는 느낌이 들었다.

그렇게 연구실에 갈 수 없게 됐다.

다음날부터 아무리 가보려고 애를 써도 다시 황량하고 아무것도 없는 장소에 서 있는 감각이 덮쳐와서 갈 수가 없었다.

그렇게 일주일, 한 달, 두 달…… 나를 남겨둔 채로 시간이 흘렀고 어떻게 해야 좋을지 알 수 없이 계절만 바뀌어 갔다. 연구실에 다시 나갈 수 있을지 어떨지 짐작도 가지 않았다. 휴학 절차를 밟을 결심도 서지 않았고, 미루는 것에도 한계가 있다는 걸 알면서도 어찌해야 좋을지 몰랐다.

아무것도 모르는 부모님은 생활비와 학비를 계속 보내주고 계셨다.

집에서 거의 나가지 않은 채 자기계발서를 읽거나 해답을 줄 것 같은 강연이나 테라피 정보를 스마트폰으로 서핑하는 사이에 날이 저물었다. 그렇게 아무것도 하지 않고 하루하루를 보내기만 해도 살아 있으니 매일 돈이 들었다. 내 미래를 기대하는 부모님의 돈을 헛되이 낭비하고 있다는 부채감에 짓눌려 차라리 죽는 편이 낫지 않을까 하는 생각이 계속해서 들었다.

>>>>

"자살하는 사람은 대단한 것 같아요."

나는 스쿠터를 운전하는 마치다 씨의 등에 대고 조용히 말했다. 경찰서 앞을 지나가다가 자살 예방 포스터가 눈에 들어왔기 때문이다.

"그런 큰일을 스스로 결정하고 실행하다니, 제가 상상도 못할 만큼 의지가 강한 사람들일 거예요. 아무것도 못 하게 되고 나니 살아있는 게 무슨 의미가 있는지 모르겠더라고요. 그런데 자살 같은 큰일을 결정하고 실행한다는 것 자체가 저에게는 무리였어요."

시신 처리나 사후 절차를 생각하면 타인에게도 가족에게도 엄청난 민폐를 끼치게 된다. 거기까지 생각이 닿으니 아무것도 할 수 없었다. 사는 것도, 죽는 것도, 스스로 결정할 수 있는 게 정말 아무것도 없었다.

마치다 씨는 아무 대답도 하지 않았다. 들리지 않았던 모양이다. 들으라고 한 말이라기보다는 거의 혼잣말이나 마찬가지여서 아무래도 상관없었다.

대신 때마침 경찰서에서 도로로 나오려던 순찰차에 탄 경찰과 눈이 마주쳤다. 우리가 지나가자마자 "거기 두 사람 탄 원동기*, 멈추세요"라며 스피커에서 나오는 목소리가 뒤쫓아왔다.

설마 하고 주변을 둘러봤지만 우리 말고는 해당되는 사람이 아무도 없었다.

"이거 원동기였어요?"

어렴풋이 이상하다고 생각하면서도 마치다 씨가 너무 당당하게 뒤에 타라기에 언뜻 원동기처럼 보여도 슈퍼 커브 같은 귀여운 스쿠터겠거니 하고 스스로를 납득시키고 말았던 것이다.

마치다 씨는 힐끗 뒤를 돌아보더니 재빨리 좌회전을 해 좁은 길로 들어섰다.

"멈추세요!"라고 외치는 스피커 소리에서 달아나다시피 더 좁은 골목으로 들어갔다.

---

* 원동기장치자전거의 줄임말. 일본에서는 흔히 50cc 미만의 소형 오토바이를 말하고 2인 탑승을 금지하고 있다.

"법을 어기는 건 안 돼요. 그냥 자수해요."

나는 숨을 헐떡이며 말했다.

"긴급으로 카레를 만들어야 할 필요가 있을 때는 원동기에 두 사람 타는 것 정도는 허용돼요."

"그런 규칙이 어딨어요!"

"제가 늘 저들의 규칙에 맞추고 있으니 가끔은 저들이 제 규칙을 따라주는 것도 괜찮죠."

"그건 그냥 억지잖아요!"

뒤에 태워져 이송되는 처지라 그저 지그재그로 원동기를 모는 마치다 씨에게 매달려 있는 수밖에 없었다.

마치다 씨는 경찰차를 감쪽같이 따돌리는 데 성공했지만 마치다 씨의 아지트에 도착할 때까지 뒤에 매달려 있던 나는 두려움에 떨어야 했다.

"점심 먹죠."

여전히 불안한 마음에서 벗어나지 못한 채 멍하니 테이블에 앉아 있는 내 앞에 마치다 씨가 커다란 그릇을 내려놓았다.

부엌은 아까 나올 때와 다름없이 가지런한 상태 그대로였다. 식재료와 요리도구가 자아내는 고요한 기운으로 가득했고, 창밖에서는 산뜻한 푸른 하늘과 빛나는 나무숲이 가만히 안을 들여다보고 있었다.

후각이 갑자기 제 역할을 떠올린 것처럼 강렬한 향이 몸속으로 스며들었다. 이성을 잃게 만드는 페로몬처럼 복잡하고 자극적이라 어쩔 수 없이 끌리게 되는 향이었다.

"이건 제가 어제 만든 카레예요."

마치다 씨는 자신의 앞에도 같은 그릇을 내려놓고 내 옆에 앉았다.

다진 고기를 넣어 만든 반들반들 윤기가 도는 카레 위에 바삭하게 튀겨진 연근, 싱그러운 초록 물냉이, 라즈베리색 단면이 선명한 채소 슬라이스를 얹고 핑크 페퍼를 뿌렸다.

너무나 활기차고 화려해서 절로 가슴 뛰게 만드는 요리였다.

"이 그릇도 근사하네요."

"그릇, 좋아하세요?"

"수공예품이라면 대부분 좋아하지만, 그릇은 특히 더 좋아해요."

희미하게 잿빛이 감도는 아이보리색 질그릇이 절묘한 곡선을 그리고 있었다. 두툼하면서도 투박하지 않아 중성적인 포용력도 느껴졌다. 그리고 컬러풀하고 자기주장이 강한 요리를 부드럽게 받아들이고 있었다. 어딘지 모르게 이 부엌을 축소해 놓은 것 같기도 했다. 그릇의 곡선에 가만히 손을 대자, 마치 살아 있는 생명체처럼 따스한 촉감과 쉽게 흔들리지 않는 적당한 무게감에 마음이 차분해졌다.

카레를 한 스푼, 입으로 옮겼다.

향신료의 존재감이 일제히 피어올랐다. 동시에 울리는데도 저마다 악기 소리가 또렷하게 구분되는 오케스트라의 연주가 시작된 듯했다. 손이 멈추지 않고 제멋대로 움직여 정신없이 먹어 치웠다.

양파나 과일의 달콤함, 온몸을 녹일 듯한 부드러운 기름기에 기분 좋은 짠맛, 그리고 은은하게 느껴지는 산미가 전체적인 맛을 잡아주고 있었다. 다진 고기는 알갱이가 굵어서 식감이 딱 적당했다. 향신료의 뉘앙스가 한 입 한 입 먹을 때마다 달라져서 아무리 먹어도 질리지 않았다. 향신료마다 향이 나는 타이밍이 다르다고 했던 마치다 씨의 말이 떠올랐다.

순식간에 그릇이 비었다.

"엄청 맛있었어요. 자극적이고 개성적인데도 뭔가 순하고 부드러워서…… 향신료의 효능이 몸에 스며든 것처럼 힘이 막 나는 것 같았어요. 지금이라면 아무리 꽉 잠긴 병뚜껑이라도 열 수 있을 것 같아요."

이런 카레를 만들어내다니. 이게 내가 목표로 하는 도착점이라면 나는 평생이 걸려도 도달할 수 없을 것 같았다.

마치 내 생각을 읽기라도 한 것처럼 "이건 제 카레예요. 타쿠미 씨는 제가 만든 카레를 목표로 삼을 필요가 없어요"라고 마치다 씨가 말했다.

"타쿠미 씨에게는 타쿠미 씨가 만들어야 할 카레가 있어요."

대꾸할 말이 없어서 아직 카레를 먹고 있는 마치다 씨에게서 시선을 돌렸다.

혼돈의 카레

그러다 정면의 벽에 걸려 있는 그림이 눈에 들어왔다. 거무스름한 색으로 빈틈없이 칠해진 캔버스 한가운데에 거친 터치로 그려진 큰 냄비가 보였다.

볼륨감이 있고 뚜껑이 달린 빨간색 양손 냄비였다.

생동감 있는 필치 때문인지 언뜻 보면 어둠 속에 지핀 불처럼도 보였다. 유심히 보니 그림은 새까만 색이 아니라 흙이 연상되는 어두운색을 띠고 있었다. 가로세로 1미터 정도 되는 큰 그림인데 지금까지 의식 밖에 있었던 게 불가사의했다. 오히려 너무 커서 내 시야에 들어오지 않았던 것일지도 모르겠다.

보면 볼수록 독특한 맛이 있는 그림이었다. 이 냄비로 요리를 하면 뭐든 맛있어질 것 같았다.

"누나예요."

내 시선에 답하듯 마치다 씨가 말했다.

"네?"

"이게 제 누나예요."

마치다 씨는 빙긋 웃으며 그림을 가리켰다.

"그런가요?"

나는 순순히 맞장구를 쳐줬다. 마치다 씨는 어딘가 인간계에서 벗어나 있는 느낌이 들었다. 정말로 냄비가 누나라고 해도 이상하지 않을 것 같았다.

"그러고 보니 남인도에서 미아가 되었던 이야기는 그 후에 어떻게 됐나요?"

문득 생각이 나서 물었다.

"저를 재워준 사람한테 친구를 소개받았어요. 그 사람에게도 부엌을 보여 달라고 부탁하고, 가서 요리를 배웠어요."

"부엌을요……?"

"아, 말하는 걸 깜빡했네요. 세계의 부엌을 돌아다니며 가정 요리를 배우는 여행을 하고 있었거든요."

마치다 씨는 즐거운 듯 말했다.

"그리고 다음은 그 사람의 친구들, 또 친구들의 친구들…… 이렇게 피라미드식으로 늘어났죠. 인도 부엌에서 부엌으로 돌아다니며 여러 요리를 배우다 보니 우연히 원래 방문하려고 했던 사람한테 도달했어요."

"그건…… 정말로 만사 오케이였군요."

식기를 정리하고 가스레인지 앞에 다시 섰다.

냄비 안을 들여다보았다. 어라 싶었다.

볶았던 양파와 토마토를 베이스로 한, 향신료 향이 나는 적갈색 페이스트가 되어 있었다. 카레가 되기 위한 길을 갓 걷기 시작한, 아니 카레가 될 수 있을지 없을지 정확하게는 알 수 없는 그 집합체는 우리가 떨어져 있는 동안에 어딘가 변한 것 같았다.

"……왠지 차분해진 것 같아요."

"차분해졌다고요?"

마치다 씨가 눈을 크게 뜨는 리액션을 취했다.

혼돈의 카레

"네. 예를 들자면 입학식을 한 지 한 달 정도 지난 중학교 1학년 학급 같은 차분함이요."

"엄청 구체적이네요."

여러 초등학교에서 모여서 제각각 들뜬 아이들은 한 달이 지나면 익숙해진다. 같은 공간에 있다는 걸 받아들이고 하나의 '학급'으로 뭉친다. 그 안에서 한 사람 한 사람이 변모해 간다. 그렇게 냄비에 들어간 식재료들이 차분해져서 한 덩어리가 되는 느낌이 들었다.

"급식으로 카레가 나오면 다들 기뻐했죠."

문득 초등학교 시절이 생각났다.

'어라, 어제 우리 집 메뉴 카레였는데'라고 하던 동급생은 그렇게 말하면서도 어딘가 기뻐 보였다.

내가 기뻤던 것은 그 아이들과는 다른 이유에서였다. 다른 집과 달리 우리 집에서는 카레가 식탁에 올라오는 일이 없었기 때문에 카레는 바깥 세계에서만 느낄 수 있는 가슴 설레는 자극이었다. 엄마는 간단한 요리의 대명사인, 루로 만드는 카레를 어딘가 무시하는 면이 있었다. 그렇다고 해서 향신료로 카레를 만드는 것도 아니었다. 허브 종류를 사용하긴 했지만 남반구의 향신료는 엄마 취향에는 맞지 않았던 것 같다.

식탁에 올라오는 건 빈틈없이 공을 들이고 조화를 이룬 1인분씩 세팅된 아주 과묵한 요리였다. 물론 영양의 균형에는 항상 신경을 썼다.

어른이 되고 나서야 집마다 카레에 넣는 것이 천차만별이라는 사실을 알았다. 고등어나 절임, 생크림이나 팥소를 넣는 집도 있다는 말에 깜짝 놀랐다. 그러고 보니 아즈마네 본가에서는 우엉과 토란이 들어간 야채수프 같은 카레가 나왔었다.

카레는 그 집의 '자유분방한 정도'를 상징적으로 보여주는 음식일지도 모른다.

가스레인지에 불을 켰다.

얌전했던 학생들이 신나는 이야깃거리를 찾아내 활발해진 것처럼 토마토와 향신료가 뒤섞인 냄새가 열기를 띠고 흘러넘쳤다. 냄비 테두리에서는 부글부글 거품이 나고 있었다.

아까 섞어둔 향신료를 가만히 한 꼬집 넣었다. 아주 조금 넣었을 뿐인데 반의 분위기가 또 싹 바뀐다. 나도 모르게 미소가 지어졌다.

처음에 비하면 내 기분은 꽤 평온했다.

마치다 씨가 만든 맛있는 카레를 먹고 속이 든든해져서일까. 아니면 법을 위반한 공범이 되는 바람에 긴장이 풀려버린 걸지도 모른다.

아주 조금씩 조심스럽게 넣기 망설여지던 재료들을 냄비 안에 넣었다.

가다랑어포, 향신료. 스파게티, 향신료.

섞어둔 향신료가 소금처럼 정화하는 역할을 해주었다. 다른 식재료도 차례대로 넣었다. 식재료를 넣은 후에는 향신료를 넣어서 남아 있는 불안감을 덜어냈다.

달팽이 걸음으로 조금씩 조금씩 나아갔다. 뭐가 뭔지 모르지만 무언가가 되기 위한 변화의 길을 말이다.

갑자기 부엌이 밝아졌다.

마치다 씨가 불을 켠 것이다. 그제야 바깥이 어두워졌다는 사실을 알아차렸다. 마치다 씨는 막 바깥에서 들어온 참인지 초록으로 가득 찬 큰 그릇을 끌어안고 있었다. 마치다 씨가 내내 뜰에 있었다는 건 알고 있었지만 거의 의식하지 못하고 있었다.

"저녁은 솎아낸 야채 샐러드로 하죠."

마치다 씨는 싱크대에 물을 콸콸 틀어 갖가지 초록을 씻었다. 너무 자연스러워서 그대로 넘어갈 뻔했지만 "저녁이요?"라고 되물었다.

"저기, 전 언제까지 여기에 있으면 되나요……?"

"카레가 완성될 때까지죠. 식재료는 전부 넣었나요?"

"넣었어요. ……처음에 가지고 온 것들은요."

다시 집에 가서 가져왔던 식재료들은 전부 조리대 위에 그대로 있었다. 찰떡 아이스는 냉동실에 넣어놨다.

역시 이런 것들을 카레에 넣는다는 건 말도 안 된다. 마치다 씨도 진심으로 한 말은 아닐 것이다.

"이만하면 된 거 아니에요? 요리는 제대로 된 레시피대로 해야 성공하잖아요. 제멋대로 하면 실패할 거예요."

잠시 맑은 물소리가 싱크대에서 울려 퍼졌다. 마치다 씨는 씻던 잎들을 소쿠리에 얹더니 내 쪽으로 다가왔다.

순식간에 벌어진 일이었다.

조리대에서 경단을 집어 든 마치다 씨는 봉투를 뜯더니 바로 냄비 안으로 떨어뜨렸다.

배 깊숙한 곳에서 솟구친 내 비명이 높은 천장에 울려 퍼졌다.

>>>>

"고구마가 들어간 경단이야. 갑자기 손님이 와도 바로 만들 수 있어서 '즉석 경단'이라고 하는 모양이야."

이걸 알려준 아즈마와는 구마모토 공항에서 헤어졌다.

돌아오고 나서 고마웠다는 메시지를 보내고 아즈마네 가족한테도 뭔가 감사의 선물을 보낼 생각이었다. 하지만 문장을 다듬고 또 다듬고, 선물을 고르고 또 고르다 보니 어느 쪽도 진도가 나가지 않았다. 압박감과 초조함만 더해진 채 며칠이 지났을 무렵 대학 시절 친구들이 모여있는 단체 채팅방에는 근황을 보고 하는 글들이 많이 올라오고 있었다.

아즈마가 구마모토에 있는 본가에 와있다고 하자 아오키라는 친구가 반응했다.

[전에 뉴스에서 봤는데 구마모토성이 금방 복구돼서 정말 다

행이다 싶었어. 도시의 상징물이 원래대로 돌아오는 건 희망적
인 일이라고 옛날에 재해를 입은 적 있는 우리 부모님이 말씀하
셨거든.]

순간적으로 나도 뭔가 말해야만 한다는 생각이 들어서 그때
까지의 망설임을 벗어던지고 메시지를 보냈다.

[구마모토는 엄청 활기찬데다 재해에도 지지 않는 사람들의
강인함이 느껴져서 나도 힘이 나더라. 아즈마 고마워.]

조마조마하면서 답을 기다렸다. 알림이 울리자 바로 메신저
를 열어 아즈마한테서 온 답을 확인했다.

[맞아. 정말 그래. 구마모토성이 원래대로 돌아오니까 나도 엄
청 안심이 되더라. 시민들 마음의 버팀목이라는 걸 실감했어.
공감해줘서 고마워^^]

엄청난 충격이었다.

내 글은 무시하고 아오키의 글에만 답을 했다.

집에 돌아오자마자 감사 인사를 하지 않아서 그런 걸까. 그런
건 그룹 채팅창이 아닌 개인 메신저로 보내라는 뜻일까. 아니면
피해자의 마음을 이해하지 못하고 무신경한 말을 한 걸까. 안전
한 곳에서 '힘이 나더라'라니 너무 태평한 소리라고 생각했을까.

실패였다. 늘 나만 틀렸다. 정답이 아닌 말을 보내고 말았다.
분명 아즈마를 상처 입혔거나 불쾌하고 황당하게 만들었을 것
이다. 글을 지금 바로 삭제하고 싶었다. 하지만 이미 다들 읽고
말았다. 돌이킬 수 없다. 모두 이런 녀석 따윈 상대하기 싫다고

생각할 것이다. 이제 메신저로 뭘 보내든 모두에게 무시당할 것 같았다. 눈앞이 새까매졌다.

자신이 받은 충격의 크기가 어느 정도인지 가늠할 수 없었다. 이런 일에 이렇게까지 충격을 받는 게 정답인지 아닌지, 이상한 건지 아닌지도 알 수 없었다.

잘못을 이 이상 더해가는 게 두려워서 그 이후로 아즈마에게 연락을 할 수 없게 되었다. 아즈마한테서도 연락은 오지 않았다.

>>>>

"아무리 그래도 이건 너무해요. 돌이킬 수 없게 됐다고요. 한번 넣은 건 되돌릴 수 없다고요. 시간을 되돌릴 수도 없잖아요."

즉석 경단을 머금은 냄비와 마치다 씨를 앞에 두고 나는 무릎부터 무너져 내렸다.

아즈마에게 버림받고 연구실에도 갈 수 없어진 내가 있을 곳은 어디에도 없었다.

"돌이킬 수 없는 실패를 했어요. 이제 끝이에요. 저도 카레도 끝이에요."

내가 무슨 말을 하는 건지도 모르겠다. 튀어나온 아무 말에 휩쓸려 숨이 막힐 것 같았다.

"괜찮아요. 괜찮아. 타쿠미 씨의 카레를 믿으세요."

혼돈의 카레

마치다 씨는 믿기 힘들 정도로 가볍게 말했다.

"이런 듣도 보도 못한 카레를 어떻게 믿으란 말이에요."

"괜찮아요. 카레는 우주라고 해도 과언이 아니니까요."

"과언이에요."

나는 거의 울다시피 하며 하소연했다.

"이제 다 소용없어요. 완전 실패예요."

"카레에 실패는 없어요."

"네?"

예상치 못한 말에 허가 찔렸다.

"뭘 얼마만큼 넣든 마지막에는 조화를 이루죠. 실패라는 개념은 카레 앞에서는 무효예요."

냄비가 보글보글 소리를 냈다. 눈물을 닦고 냄비를 들여다보고서야 알아차렸다.

피어오르는 향기가 경단을 넣기 전과 전혀 달라지지 않았다.

"실패가…… 없다고요?"

그런 게 있단 말인가?

10분의 1초, 1000분의 1그램이 승패를 좌우하는 세계에서 쭉 하루하루를 보내는 입장이다 보니 바로 믿을 수는 없었다. 하지만 눈앞의 냄비 속에는 분명 0.0001그램이 아니라 150그램의 경단에도 흔들리지 않는 세상이 있었다.

향신료 냄새가 나는 믿음직한 혼돈이 말이다.

나는 경단을 재빨리 하나 더 꺼내 냄비에 떨어뜨렸다. 누르고 있던 무거운 돌을 치운 것처럼 몸이 가벼워졌고 기세가 더해갔다. 이젠 자포자기였다. 냉동실을 열어 찰떡 아이스를 꺼냈다. 빨간 포장을 벗겨내고 두 알 중 하나를 냄비에 떨어뜨렸다. 남은 하나는 디저트로 먹었다.

저지방 우유와 과자도 연달아 넣었다.

연유 튜브 라벨에 그려진 암소와 눈이 마주쳤다. 그 부드러운 눈빛도 나를 비난하는 것처럼 느껴지고 누군가가 화를 내는 환청이 들리는 것 같았다. 눈을 질끈 감고 떨리는 손에 간신히 힘을 실어 냄비 위로 치켜든 튜브를 꼭 쥐어짰다.

"남은 건 이것뿐이네요."

눈을 뜨자 마치다 씨의 모습이 시야 한구석에 있었다. 그의 시선 끝자락에는 병조림 여섯 개가 나란히 있었다.

엄마가 매달 보내주는 택배 속에 반드시 들어 있는 것이다.

'미아'가 되고 나서부터는 어째서인지 뚜껑을 열 수조차 없어졌다.

"왜 먹지 않고 그냥 뒀어요?"

"……옛날부터 신 건 안 좋아했어요."

매실장아찌 같은 초절임, 산미가 강한 과일 등 신 것과 등푸른생선은 좋아하지 않았다. 하지만 엄마는 "신 음식에 들어 있는 구연산이 피로 회복에 도움이 되고 아미노산이 뇌에 좋대. 그리고 등푸른생선의 DHA도 머리 회전에 좋다고 하네"라며 나에게 먹이려고 했다.

혼돈의 카레

대학교에 들어와 자취를 하기 시작하고 나서 엄마는 "부족한 채소도 보충할 수 있으니 매일 먹어야 해"라며 오래 보존할 수 있는 피클을 손수 만들어서 보내주었다.

"레몬도 향기는 좋아해요. 그런데 신맛은 역시 영 꺼려져요. 술자리에서 큰 접시에 담긴 닭튀김에 마음대로 레몬즙을 뿌리는 사람한테 증오심을 느낄 정도예요."

말하면서 알아차렸다. 냉장고를 열 때마다 쌓여 가는 피클병을 보는 게 얼마나 압박이었는지 말이다.

"싫어서 안 먹는다면 버리는 수밖에 없겠네요."

쉽게 말하는 마치다 씨를 보자 욱하는 마음이 올라왔다.

"못 버려요. 엄마가 만들어 보내주는 걸 그냥 버리는 건 인간적으로 너무하잖아요."

"그래도 결국 안 먹잖아요."

"어쩔 수 없잖아요. 먹으려고 노력해봤지만 싫은 건 싫은 거죠. 마치다 씨는 어때요? 엄마가 자신을 위해 일부러 만들어 보내주는 걸 버릴 수 있어요?"

"저라면 싫어하는 거니까 보내지 말라고 할 것 같네요."

"…………"

맞는 말이다. 너무나 맞는 말이라서 아무런 대꾸도 할 수 없었다.

멍하니 병 하나를 들어 올렸다. '싫다'고 말해버린 탓일까. 요 몇 개월간 느꼈던 중압감은 사라지고 다른 식재료와 마찬가지로 모르는 장소에 와서 불안해하는 단순한 병조림처럼 보였다.

뚜껑을 열었다. 달달한 식초 냄새가 퍼졌다.

역시 싫었다. 미안하지만 싫었다. 설탕을 넣어서 달게 만들어도 싫은 건 싫은 거다.

"직접 넣을 수 있겠어요?"

"……그래도 이렇게 많이 넣는 건 역시 좀 그러네요."

"전부 넣을 필요는 없어요. 한 조각이라도 되니 타쿠미 씨가 원하는 양만큼 넣으면 돼요."

"남은 건 어쩌죠?"

"음. 제가 가져가서 먹어도 되지만 이 산미는 저한테도 지금은 필요 없네요. 퇴비 상자에 넣도록 하죠."

"음식물 쓰레기로 버리자는 건가요?"

엄마의 얼굴이 떠올라 마음이 아팠다.

늘 제일 먼저 나를 생각하고 정성을 다하는 엄마의 마음을 음식물 쓰레기로 버리다니…….

"버리는 게 아니에요. 밭의 영양분이 되는 거예요. 땅에도 밭의 생물들에게도 도움이 돼요. 그렇게 자란 채소를 제가 먹으면 저도 기쁘고요. 만약 타쿠미 씨가 우리 진료소에 다시 와서 그 채소를 먹는다면 결국 타쿠미 씨한테도 영양분이 되겠죠. 그럼 타쿠미 씨가 먹은 거나 마찬가지예요."

마치다 씨의 이론을 완전히 납득한 건 아니지만 적어도 마음은 홀가분해졌다.

긴 젓가락으로 병 안에서 당근과 양파를 하나씩 꺼내 칼로 잘게 썬 다음, 심호흡을 하고 냄비에 넣었다.

나는 잠시 지켜보다가 "어? 뭔가 이상한 것 같아요"라며 불안한 마음으로 마치다 씨를 불렀다.

"봐요. 냄비 이 부근이 부글거려요."

냄비 안을 들여다보던 마치다 씨는 잠시 생각하더니 "아. 조금 전에 연유를 넣은 탓인가 보네요. 캘리포니아식 조림 스타일이에요."

"캘리포니아요?"

"미국에 있는 캘리포니아는 아니에요. 이탈리아 토스카나 지방에 캘리포니아La California라는 도시가 있는데 그곳의 명물이죠. 소고기를 유제품으로 푹 끓이다가 도중에 식초를 넣어서 일부러 분리시켜요. 하지만 3시간 정도 졸이다 보면 다시 하나로 뭉쳐지죠."

"왠지 일부러 다툼의 씨앗을 키워서 사이가 틀어지게 만든 두 사람을 오랜 시간 동안 같이 있게 해서 다시 화해시키는 느낌이네요. ……그 방법에 뭔가 의미가 있나요?"

"글쎄요. 잘 모르겠네요."

마치다 씨는 대충 대답하더니 식기 선반에서 큰 접시 두 장을 꺼내 다급히 샐러드를 담았다.

"많이 늦었네요. 이제 저녁을 먹죠."

아무래도 상당히 배가 고팠던 모양이다.

저녁 메뉴는 봄철의 산을 연상시키는 샐러드였다.

양상추, 래디시, 시금치, 경수채, 유채꽃, 완두콩. 마치다 씨가 작은 밭에서 수확해온 다양한 야채들 위에 눅진해진 양파가 놓여 있었다. 카레에 쓰고 남은 양파를 알루미늄포일에 싸서 모닥불로 구운 것이었다. 촉촉하고 달달해서 부드러운 크림 같았다. 갖가지 초록색 사이로 화사한 색들이 산뜻하게 흩뿌려져, '산이 화사하게 웃는다'고 표현해도 될 만한 봄철의 산 샐러드였다.

샐러드를 담은 큰 접시에는 마치다 씨가 손수 만든 걸이 고소한 빵과 멧돼지 베이컨이 곁들여져 있었다.

빵은 아무것도 바를 필요가 없을 만큼 맛이 깊었다. 갈색의 바삭한 겉면 아래로 우유를 머금은 듯한 진한 밀가루 향이 부드럽게 감돌았다. 베이컨은 강한 훈제 향에 지지 않을 정도로 멧돼지 고기의 감칠맛이 배어 나왔다. 하지만 살아 숨 쉬는 듯한 채소들이 빵과 베이컨보다 더 큰 인상을 남겼다.

저녁 식사 후, 둘이서 자전거를 타고 대중목욕탕에 갔다. 대부분을 부엌이 차지하고 있는 이 건물에는 욕실이 없었다.

자전거를 타고 10분 정도 걸리는 곳에 기와를 얹은 고풍스러운 외관을 한 목욕탕이 있었다. 프런트에는 100년은 되어 보이는 요금표와 오래된 시계가 장식되어 있었고 세면대에 깔린 타일도 완전히 복고풍이었다.

목욕탕 내부에는 욕조 몇 개가 드문드문 놓여 있었다. 따뜻한 물이 담긴 욕조 안쪽에는 하늘색 타일이 깔려 있어서 호수처럼 아름다워 보였다.

내가 앉아서 씻고 있을 때 옆에 있던 아저씨가 주의를 줬다. 평소라면 패닉이 일어났을지도 모른다. 하지만 나는 신기하게도 차분하게 배수구로 흘러가는 거품을 응시하고 있었다. 아저씨가 때를 씻어낸 거품도 내가 머리를 감은 거품도 모두 섞여서 하나가 되어 오래된 배수구로 빨려 들어갔다.

목욕탕에서 진료소로 돌아가는 길에는 몸이 잘 데워져서인지 세상이 모든 것이 긍정적으로 보였다.

"목욕하고 집으로 돌아가는 건 정말 기분이 좋네요."

자전거 페달을 밟는 마치다 씨에게 매달린 채 내가 말했다.

옅은 남색으로 물든 봄의 밤거리가 천천히 뒤로 흘러갔다. 목욕탕에 간다는 행위가 이렇게 흡족한 일이라는 걸 처음 느꼈다. 욕실이 없는 집은 불편하기만 하다고 생각했는데 말이다.

"저한테는 목욕탕에 가는 것 자체가 사회와 교류하는 일이에요."

"저는 살면서 그런 생각을 해본 적이 없었어요."

마치다 씨의 삶의 방식에 무심코 웃음이 나왔다. 분명 목욕탕에서 마치다 씨는 파티에라도 온 사람처럼 돌아다니면서 이 사람 저 사람과 담소를 나누고 있었다.

내 마음이 꽤 누그러들었다는 사실을 깨달았다. 아즈마와 같이 있을 때처럼 말이다.

나라는 상자에 갑갑하게 담겨 있던 내용물이 상자에서 해방되어 퍼져갔다. 마치다 씨와 있으니 그런 기분이 들었다.

진료소로 돌아온 후 마치다 씨는 어딘가에서 접이식 침대 두 개를 가지고 나와 부엌 창가에 펼치더니 그중 하나에 누워 잠이 들었다.

나는 혼자서 카레를 계속 만들었다.

가스레인지 위의 작은 조명과 냄비를 데우는 뭉근한 불만이 빛이 되어주었다. 냄비 밑에서 고요한 푸른 불빛이 희미하게 새어 나왔다. 나는 어둑어둑한 어둠 속을 함께 나아가는 동반자 같은 마음으로 냄비를 젓고 있었다.

무언가를 끓이는 것은 그 자리에 흐르는 시간을 풍성하게 만들었다. '푹 끓인다'는 건 좋은 말인 것 같았다. 조용히 기다리는 것이다. 재료가 부드러워져서 서로 녹아드는 과정의 풍성함. 부엌을 채우는 좋은 냄새. 그런 모든 것이 포함되어 있었다.

싱크대 옆의 식기 건조대에는 다 씻은 큰 접시 두 개가 아직 물방울이 맺힌 채 나란히 꽂혀 있었다.

몸이 아직 따듯하다.

마치다 씨는 죽었나 싶을 정도로 꿈쩍도 하지 않고 깊은 잠에 빠져 있었다. 앞으로 10분 정도 지나면 불을 끄고 몸이 식기 전에 나도 잘 생각이다.

참 신기한 일이다. 잠드는 것도 그사이에 내일이 오는 것도 전혀 두렵지 않았다. 이렇게 낯선 장소와 낯선 상황에서 신상도 명확하지 않은 사람과 함께 있는데도 말이다.

—봐. 엄마 말 안 들으니 그렇게 됐잖아.

꿈속에서 나는 엄마한테 혼이 났다.

엄마는 수족관의 물고기처럼 큰 수조 안에 있었다. 물속에 있는데도 엄마의 목소리가 또렷하게 들렸다. 나는 그 불가사의 함에 공포심을 느꼈다. 머리카락처럼 감아오는 해초 같고, 따끔하게 피부를 찌르는 해파리의 촉수 같은 엄마의 목소리에 호흡하기가 힘들었다. 물에 빠진 것 같았다. 아니, 반대다. 물속에 있는 건 엄마고 나는 공기 중에 있다.

—그쪽이 아니라고 했잖아. 안전한 길은 저기라고. 엄마가 하라는 대로 안 하면 돌이킬 수 없는 일이 벌어질 거야.

숨쉬기가 괴로워서 의식을 잃을 것 같았다. 탈출하고 싶은데 수압 때문에 몸이 움직여지지 않았다. 수압? 왜지? 나는 공기 중에 있을 텐데? 이상하지 않나? 이상하다. 이상해. 말도 안 된다. 큰 소리를 냈는데 역시 내 쪽이 물속에 있는 것처럼 소리가 나오지 않았다.

—저쪽으로 가. 저쪽이 맞는 길이야. 봐. 보라고.

엄마가 내 뒤를 가리켰다. 그와 동시에 그 손가락에서 강한 물줄기가 이쪽을 향해 밀려왔다. 팔다리를 휘저어 봐도 꼼짝없이 몸이 떠내려갔다.

뒤를 돌아보자 큰 상어가 입을 떡하니 벌리고 있었다. 그 입 속은 오싹할 정도로 새까만 허무로 가득했다.

고함을 지르며 벌떡 일어났다.

자신을 휘감고 있는 암흑에 꿈이 여전히 이어지는 줄 알고 패닉을 일으킬 뻔했다. 하지만 눈이 익숙해지면서 침대 오른쪽에 있는 커튼 건너편이 희미하게 밝아진 것을 알아차렸다.

심장의 위치가 또렷하게 느껴질 정도로 격렬하게 뛰고 있었다. 조금 전에 들은 고함 소리가 자신이 낸 것이라는 생각에 도달할 때까지 시간이 조금 걸렸다.

옆을 보자 나 때문에 잠에서 깬 듯한 마치다 씨가 침대에서 상반신을 일으키고 있었다.

"일찍 일어나셨네요?"

마치다 씨가 내가 왜 소리를 질렀는지는 관심이 없어 보였다. 하지만 그 무덤덤한 태도 덕분에 나도 조금 진정이 됐다. 바깥에서 들어온 밤공기에 실내 공기가 천천히 식은 것처럼 부엌의 공기는 희미하게 서늘했다.

"……지금 몇 신가요?"

말하자마자 벽에 시계가 걸려 있다는 걸 알아차렸다.

"5시 25분이에요. 좋네요. 전 5시 25분을 좋아해요."

마치다 씨는 영문을 알 수 없는 소리를 하면서 커튼을 걷었다. 그리고 얇고 붉은 플리스를 껴입었다.

　　　　　　　혼돈의 카레

"때마침 일어났으니 아침 식사를 하기 전에 연습을 하죠."

카레 만들기를 말하는 모양이었다. 둘 다 애벌레처럼 꿈틀대며 침대에서 기어 나왔다.

마치다 씨에게 빌린 잠옷을 갈아입고 가스레인지 앞에 섰지만, 나는 움직일 마음이 들지 않았다. 무겁다. 몸도 마음도 아직 물속에 가라앉은 있는 것 같아서 움직일 수가 없었다.

하지만 요리를 끝내야만 집으로 돌아갈 수 있다. 그저 무작정 걷기 시작한 것처럼 하는 수 없이 가스레인지에 불을 켜고 카레를 다시 만들기 시작했다.

데워지기 시작한 카레의 냄새를 맡고 맛을 보았다.

무엇을 해야 좋을지 모르겠지만 아직 완성되지 않았다는 것만큼은 알 수 있었다. 아무 전망도 전략도 없었다. 마치다 씨에게 뭔가 하고 있다는 걸 보여주기 위해 냄비 안을 저으면서 식재료를 툭툭 넣었다. 완전히 남에게 보여주기 위해서 움직이고 있었다.

시간이 흐르고 바깥은 갈수록 밝아졌다. 그런데 내가 있는 위치는 변함이 없었다. 짜증과 초조함이 바다 밑바닥에 깔린 모래처럼 쌓여 갔다. 위험하다. 패닉이 철썩철썩 밀려왔다. 아주 작은 자극에도 폭발해버릴 것 같았다.

아주 아슬아슬하게 견디고 있었다. 그런데 마치다 씨가 태연하게 나를 자극했다.

"타쿠미 씨, 완성됐어요?"

이제 다 틀렸다. 나는 평정심을 잃었다.

"완성됐을 리가 없잖아요!"

나는 국자를 싱크대에 내던지며 소리쳤다.

"모르겠어요. 아무것도 판단을 못하겠어요."

아무리 발버둥 쳐도 정답이 어디에 있는지 모르겠다. 아무리 달려도 따라잡을 수 없다. 평생 정답의 그림자에도 닿지 못할 것이다.

"모른다는 건 아직이라는 뜻이에요. 그뿐이에요. 하나로 뭉친 완전한 카레가 되면 분명 알 수 있을 거예요. 타쿠미 씨가 할 일은 그 순간을 알아차리고 그때 멈추는 것뿐이죠."

마치다 씨는 식기 건조대 밑에 있는 서랍을 열어 새 국자를 꺼내 나에게 건넸다.

"자아, 초조해하지 말고요. 간장이라도 넣어보죠."

나는 부글대면서 손을 뻗었다. 아니 부글거린 건 냄비다. 여전히 혼란스럽다. 조금 전에 꾼 꿈속에서 몸이 붙들렸을 때 느낀 두려움이 밀려왔다.

"그럼 여기서 타쿠미 씨한테 퀴즈예요."

마치다 씨가 천천히 입을 열었다. 우는 사람에게 퀴즈를 내다니 배려심이 너무 없다고 마치다 씨의 판단력을 순간 의심했다.

"고추, 토마토, 감자가 인도에 전해진 건 언제일까요?"

마치다 씨는 일부러 퀴즈쇼 진행자처럼 말했고 나는 거의 반사적으로 답을 생각하기 시작했다. 문제를 들었으니 풀어야만

한다.

하나같이 카레의 필수 재료다. 입시 때 배웠던 세계사 지식을 상기시켜 봐도 인도는 거의 공백에 가까워서 가지고 있는 지식은 없었지만 분명 꽤 오래됐을 것 같았다. 나는 "……8세기 무렵인가요?"라고 어림짐작으로 답했다.

"땡. 훗, 꽤 오래전이라고 생각했나요? 그렇겠죠, 하나같이 인도 요리에 꼭 필요하다고 생각하기 쉬운 재료니까요."

마치다 씨는 내가 약이 오를 정도로 기쁜 듯 말했다.

"전부 다 16세기에 포르투갈인이 남미에서 가지고 온 거예요."

"그렇게 최근인가요?"

무심코 그렇게 말했다가 500여 년 전을 '최근'이라고 말하는 자신이 기묘하게 느껴졌다. 곧바로 '맞다, 감자는 남미가 원산지라서 대항해 시대 이후에 유럽에 들어왔었지'라며 세계사 지식이 되살아났고, 그걸 떠올리기만 했더라면 얼추 정답을 맞혔을 거라는 강한 후회가 덮쳐왔다.

"카레에는 여러 지배의 역사가 전부 녹아들어 있어요. 유제품이라든가 그때까지 없었던 과일이라든가 여러 향신료를 조합한 문화를 들여온 건 중세부터 북인도를 지배했던 이슬람 세력이었죠."

마치다 씨가 온화하게 이야기하기 시작했다. 나는 손등으로 눈물을 닦고 국자를 들고서 우두커니 선 채 마치다 씨를 응시했다.

"이슬람의 미식 문화가 검소하고 단순했던 힌두 요리를 바꿨어요. 고추나 토마토는 인도 고아Goa주를 통치했던 포르투갈이 들여왔어요. 애초에 카레라는 말도 없었어요. 그래서 향신료를 사용한 국물 요리를 전부 뭉뚱그려서 카레라는 통칭을 붙인 건 카레 종주국 중 하나인 영국이에요. 인간 세계에서 수많은 전쟁이 일어나 엉망진창이 되어도 카레는 거기서 좋은 걸 흡수해 마음대로 변화하며 맛있어졌어요. 인도 사람과 영국 사람이 세계 각국에 흩어져서 그곳 토지에서 나는 식재료나 문화를 흡수해 다시 무한대로 변화시켰으니 이건 이미 요리의 영역을 벗어난 존재가 아닐까요? 그래서 정답이 없어요. 만드는 사람마다 정답이 다를 뿐이죠."

중간부터 마치다 씨가 냄비를 휘젓기 시작했기 때문에 마지막에는 냄비 내용물을 향해 말을 걸고 있는 것처럼 보였다.

냄비 안에서 들리는 부글거리는 소리와 희미하고 가느다랗게 우는 소리가 뒤섞였다. 억누르려고 아무리 애를 써도 목에서 새어 나오는 듯한, 심장이 조여드는 듯한 아이 울음소리가 들렸다.

갑자기 냄비에서 피어오르는 증기가 뭉게뭉게 형태를 이루더니 작은 아이의 모습이 나타났다.

울고 있는 여섯 살 무렵의 나였다.

혼돈의 카레

사립 초등학교 시험을 본 직후였다.

엄마가 선택한 초등학교였는데, 엄마가 말대로 나는 그곳에 합격하는 게 인생의 올바른 시작이라고 받아들였다.

엄마의 기대는 나를 향한 말이나 시선, 하루하루의 요리 같은 나를 위해서 해주는 모든 것을 통해 매일 한가득 쏟아졌다. 여섯 살이던 내 그릇의 용량을 초과할 정도로 한가득 말이다. 하지만 그저 그릇인 나에게는 쏟아지는 것을 담아내는 것밖에 선택지가 없었다.

꽤 긴장하기는 했지만, 필기시험은 나름 잘 봤다.

하지만 면접에서 실패했다. 자세한 상황은 기억나지 않지만, 면접을 보던 선생님과 나를 지켜보던 엄마의 표정에서 내가 무언가 돌이킬 수 없는 틀린 발언을 하고 말았다는 것을 느꼈던 것만큼은 기억한다. 엄마가 궤도를 수정할 수 있도록 나에게 말을 걸어 힌트를 주었지만 초조했던 나는 말을 하면 할수록 정답에서 점점 더 멀어졌다.

너라면 합격할 수 있어. 너라면 장래에 의사도 될 수 있어. 엄마가 하는 말을 순진하게 그대로 믿었다. 하지만 내가 저지른 돌이킬 수 없는 실패로 그래야만 하는 것이 그렇지 않게 되어 갔다. 완성되어 가던 세계가 갈수록 일그러졌다. 발아래 공간이 점점 무너져서 디딜 곳 없는 허공에 내팽개쳐진 듯한 공포감이 들었다.

"왜 엄마가 말한 대로 안 했어?"

불합격 소식을 들었을 때 엄마는 울었다. 절망한 듯한 그 울음소리를 들으며 여섯 살인 나는 인생이 끝났다고 생각했다.

>>>>

어디서부터인가 사이렌 소리가 들렸다.

엄마의 울음소리는 사이렌에 지워졌다가 점점 약해져 갔고 이윽고 들리지 않았다.

시계를 보니 7시였다. 조금 전의 소리는 시간을 알리는 알람이었던 모양이다. 마침내 익숙한 시간대가 되었다는 사실에 조금 안도했다.

얼마 안 가 심한 타격을 입은 여섯 살의 나도 수증기에 녹아들어 사라졌고 '인생이 끝났다'는 그 감각 잔재만이 소화되지 않은 식재료처럼 희미하게 냄비 속에 남았다.

녹아라. 녹아. 나는 부글거리는 카레를 무턱대고 저었다. 작은 배의 노를 젓는 듯한 기분도 들었다. 30분. 1시간. 얼마나 그러고 있었을까.

슬슬 또 맛을 보는 게 어때?

마음의 소리가 그렇게 속삭이는 것 같아서 냄비를 젓던 손을 멈추었다. 작은 접시에 카레를 조금 덜어 수십 번째로 맛을 보았다.

혼돈의 카레

"……어라?"

조금 전까지와는 확실히 무언가가 달랐다.

'앞으로 한 걸음'이면 완성된다. 그 사실을 어째서인지 또렷하게 알 수 있었다. 앞으로 한 걸음이라는 건 뭘까. 필요한 건 뭘까.

온 신경을 집중시키기 위해 눈을 감고 맛을 확인했다.

무언가 조금 더…… 단맛이 필요하다. 어떤 단맛일까. 조리대 위에 있는 것들을 보았다. 블루베리잼? 아니다. 좀 더 진하고 깊은 맛이 도는 단맛이다. 그리고 그 달달함을 받아들이는 강력한 향이 필요하다. 향신료 중 하나다. 섞인 향신료가 아니라 단 하나의 향신료가 필요했다.

연유 뚜껑을 다시 열어 가볍게 힘을 실어 5센티미터 정도 짜내 냄비에 떨어뜨렸다. 그런 다음 나란히 놓인 향신료 병 중에서 쿠민을 꺼냈다.

어째서인지 망설이지 않았다. 쿠민을 아주 조금만 냄비에 넣고 섞었다.

다시 맛을 보았다.

그 순간 모든 것이 딱 맞아떨어졌다.

그 감각은 혀를 통해 몸 구석구석까지 널리 퍼졌다. 깊은 곳에서부터 확신이 솟구쳤다. 온몸에 소름이 돋았다.

정말 '그것'이 찾아온 것이다.

"카레예요!"

나는 외쳤다.

창가로 달려가 뜰에 있던 마치다 씨에게 정신없이 알렸다.

"카레예요. 카레가 만들어졌어요. 이건 카레예요. 완성됐어요!"

마치다 씨는 밭에서 모종을 심고 있었던 모양이다. 쪼그리고 앉아 있던 그가 힘차게 일어나더니 "해냈군요!"라며 뛸 듯이 기뻐했다.

마치다 씨는 유리문을 벌컥 열고 부엌으로 들어오더니 골을 넣은 축구 선수에게 모여드는 같은 팀 동료처럼 나에게 달려들었다. 피할 틈이 없었다. 축구 선수처럼 단련되지 않은 나는 그대로 비틀거리다 벽에 등을 부딪쳤다.

둘이서 테이블에 앉아 아침 식사로 카레를 먹었다.

넣은 재료들은 모두 장시간 푹 끓이는 동안에 녹아서 형체가 없어졌지만 사라진 건 아니다. 카레의 일부가 됐다. 나는 그 사실이 신기했다. 이것저것 할 것 없이 모두 하나로 뭉쳐 있었다.

그렇게 여러 가지를 넣었는데 아주 복잡하고 깊이가 있는 맛이냐고 하면 딱히 그렇지도 않았다. 맛이 의외로 심플했다. 신기하다. 하지만 나는 내 카레에서 진심으로 충만감을 느끼고 있었다.

길지도 짧지도 않은 내 인생 23년 동안에 일어난 일. 즐거운 일도 시무룩한 일도 끝이라고 생각한 일도 어쩌면 나 자신이 기억하지 못하는 일도, 그 모든 것이 이 안에 녹아들어서 혼연일체로 카레가 되었다.

도달했다. 도달한 것이다. 멀었다. 길었다. 괴로웠다. 많이 좌절했다. 하지만 나는 지금 이곳에 있다.

지금 이곳에서 내가 만든 카레를 먹고 있다.

올 때 끌어안고 왔던 종이봉투에 식재료 대신 남은 카레가 든 용기를 넣고서 진료소를 나왔다.

마치다 씨가 출입문 앞까지 배웅해 주었다.

어제 그렇게나 불안하고 겁에 질려 있던 것이 마치 딴 세상 일인 것처럼 지금은 모든 게 명확하게 느껴졌다. 나무들과 바람, 땅에 굴러다니는 작은 삽에 이르기까지 모두가 카레가 된 그 순간에 느낀 확신을 공유해주는 듯했다.

"감사합니다."

마치다 씨에게 고개를 숙이다가 갑자기 콧속이 시큰해져서 눈물이 날 것 같아 마음이 조급했다. 마치다 씨가 알아차리지 못하도록 눈을 내리깔고 "이렇게 오랫동안 한 가지 요리를 마주한 건 처음이에요"라고 자그맣게 말했다. 가느다란 시야를 배추흰나비가 나풀나풀 가로질러 날아갔다.

"타쿠미 씨는 요리하는 걸 좋아하나요?"

마치다 씨의 질문에 어떤 순간이 갑자기 떠올랐다.

자취를 갓 시작했을 무렵이었다. 내가 먹을 것을 내가 원하는 대로 직접 만들 수 있다는 걸 깨달았을 때는 마치 보물을 앞에 둔 것 같은 기분이었다.

본가에서는 부엌에 서는 일이 거의 없었기 때문에 처음에는 요리에 대한 기본적인 지식조차 없었다. 하지만 오히려 아무것도 몰랐기에 '한입 크기는 얼마나 될까' '이제 다 익었으려나' 하고 스스로 생각하면서 요리를 할 수 있어 무척이나 자유로운 기분이 들었다.

레시피를 차분히 되풀이해서 읽고 순서를 따라 만들어서 맛있는 게 완성되었을 때도 즐거웠고, 원하는 맛이 아닐 때 실패의 요인을 분석해서 검증하는 것도 즐거웠다. 동아리 친구와 술자리를 할 때마다 그들만의 레시피를 배우며 새로운 아이디어에 감탄하기도 했다.

특히 아즈마의 발상에 감탄할 때가 많았다. 레시피가 없으면 아무것도 만들지 못하는 나와 달리 자신의 감에 의지해 대담하게 만들어 나가는 아즈마의 요리법을 동경했다.

"다시 좋아하게 될 것 같아요."

나의 묘한 말에 마치다 씨는 "그래요" 하고 고개를 끄덕였다.

"가지고 온 식재료들을 봤을 때부터 괜찮다는 걸 알고 있었어요. 그건 제대로 살아가는 사람의 식재료들이었거든요."

나는 종이봉투를 꽉 끌어안고 작별 인사를 하고서 걷기 시작했다. 돌아보지는 않았지만 마치다 씨가 내내 문 앞에 서서 배웅하는 게 느껴졌다.

아즈마는 통화 연결음 세 번 만에 전화를 받았다.

받아주지 않을 각오도 하고 있었기 때문에 전화를 건 내 쪽이 당황하고 말았다.

"타쿠, 오랜만이야. 잘 지내?"

목소리가 태연했다. 두려워서 경직돼 있던 내 마음도 금방 누그러들었다.

"……늦었지만 사과하고 싶어서."

"사과한다고? 뭘?"

"작년 9월에 구마모토에 날 데리고 가줬을 때 아즈마한테도 아즈마네 가족한테도 여러모로 폐를 끼쳤는데 아무 인사도 안 했잖아. 무슨 말을 해도 변명밖에 안 되겠지만 실례를 저지른 걸 사과하고 싶다고 내내 생각했어. 감사의 뜻도 제대로 전하지 않은 채 메신저에 무신경한 발언까지 하고……. 구마모토에 지진이 일어났던 거, 솔직히 말해서 잊고 있었어. 그런데 만사태평하게 즐길 만큼 즐기고 '힘이 나더라'라니 생각이 너무 없었던 것 같아. 화났었지? 정말 미안."

한 번에 말했다. 그 후 침묵이 찾아왔다.

아즈마는 생각에 잠긴 듯 목소리를 냈다가 잠시 잠자코 있었다. 분명 나를 용서할지 말지 고민하고 있을 테다.

"……미안, 타쿠."

"응."

무슨 말을 들어도 된다는 각오를 하고 귀를 기울였다.

"타쿠가 왜 사과하는지 전혀 모르겠어. 생각해봤는데 사과할 만한 일은 하나도 없었거든. 그렇게 네가 눈앞에서 쓰러졌는데 여러 가지 일로 내가 정신이 없었어. 돌아간 뒤에도 연락 한 번 못 해서 나야말로 미안하고 가족들도 네가 괜찮은지 궁금해했어. 메신저도 미안. 난 그렇게 하나하나 전부 보고 답하는 편이 아니라 그런 메시지가 있었는지도 기억이 안 나."

갈수록 몸에 실려 있던 힘이 빠져나갔다. 뭐지. 이렇게 바로 해결될 일을 왜 반년이나 무겁게 끌어안고 있었지?

나는 말이 술술 나와서 그로부터 잠시 아즈마의 근황을 묻거나 세간의 뉴스 같은 대수롭지 않은 대화를 나누었다.

"타쿠, 너 꽤 신경과민인 것 같았어. 내내 막다른 골목에 몰린 듯한 느낌이 들었으니까. 연구 일이 맞지 않는 게 아닌지 솔직히 걱정했어. 말로 꺼내지는 못했지만."

"실은 대학원 관뒀어."

"뭐? 언제?"

"오늘 자퇴서 내고 왔어. 지금 그러고 돌아가는 길이야."

평일 오후 2시 무렵의 길은 고요했다. 강가를 걷고 있는 건 나 말고는 개를 산책시키는 할아버지뿐이었다.

"대단하네. 이제 막 그만둔 새내기 자퇴생이네."

아즈마가 웃었다. 분명 크게 놀라며 아깝다고 나무랄 줄 알았는데 반응이 아주 가벼웠다.

"타쿠 너라면 분명 신중하게 생각한 끝에 내린 결심이겠지. 앞으로 어떻게 지낼 생각이야?"

"그게, 아직 안 정해졌어."

"멋있는데?"

또다시 예상 밖의 반응이 돌아왔다. 어처구니가 없어 할 줄 알았는데 칭찬을 들었다.

"지금까지의 타쿠라면 앞으로의 일을 안 정하고는 행동을 못 했겠지? 돌다리를 지나치게 두드려보고 건너는 타입이니까."

"아마 앞으로 계속 결정을 내리는 연습을 해나가야겠지. 지금까지 걸어온 길은 내가 정한 게 아니었어. 부모님의 기대에 부응하려고만 했거든."

유아용 산수 교재로 만점을 받자 엄마가 엄청 기뻐해 주었다. 처음에는 아마 그런 걸로 시작되었을 것이다. 사립 초등학교 시험을 본 일. 입시학원에 갔던 일. 고등학교에서 이과로 진학한 일. 엄마가 내놓은 선택지를 받아들일 때마다 역시 기뻐해 주었다.

엄마는 내가 의학부에 떨어졌을 때는 "타쿠는 분명 연구직이 더 잘 어울릴 거야"라고 말해줬다. 취업 활동이 난항을 겪어 침울해하고 있을 때는 "회사에서 일하기보다 대학원에서 연구를 계속하는 편이 장래에 이득이지 않을까? 타쿠라면 노벨상도 탈 수 있어"라고 말해주었다. 어쩌면 단순히 가벼운 마음으로 했을 뿐인 말일지도 모른다. 하지만 나는 어느새 길이 그것밖에 없다고 믿게 되었다.

전부 엄마의 의향을 고려해서 고른 길이었다. 미아가 되어버렸던 지금까지의 길, 모든 것을 말이다. 그걸 깨달았을 때는 충격을 받았지만 사실 내 몸이 훨씬 더 빨리 알아차렸다.

"구마모토에서 쓰러져서 다행이라고 봐. 그때 안 쓰러졌더라면 더 오랫동안 알아차리지 못했을 거야."

내 안에서 일어난 지진. 생각해보면 지진은 일그러진 지각을 바로잡으려고 지층이 일으키는 조절 현상이다.

내 말에 아즈마는 아, 하고 아는 것 같기도 하고 모르는 것 같기도 한 소리를 냈다.

"지금은 어떤 길을 갈지 전혀 정해지지 않았다……기보다 길이 있는지조차 모르겠지만 왠지 모르게 별로 불안하지 않아."

그러고 나서 대수롭지 않은 이런저런 이야기를 한 후 조만간 밥이라도 먹자는 약속을 하고 전화를 끊었다.

휴대전화를 집어넣고 문득 시선을 들었다. 벚꽃이 활짝 피어 있었다.

진료소를 방문한 날에는 아직 봉오리였는데 벚꽃이 활짝 피는 속도에 놀랐다. 그건 고작 사흘 전의 일이었다.

무너져 버린 아즈마네 집터가 남아 있던 그 주택가에도 벚나무 가로수길이 있었다는 생각이 문득 들었다. 지금쯤 그곳도 아주 예쁘겠지.

구마모토에 다시 가보자.

그리 생각하고 나서 문득 알아차렸다. 정하기만 하면 바로 갈 수 있다. 내일이라도. 아니 어쩌면 지금 당장.

나는 다시 휴대전화를 들고 본가 번호를 천천히 눌렀다. 대학원을 관둔 일과 자취방을 이번 달에 비울 생각이라는 사실을 엄마한테 전하자. 내가 할 수 있을까. 심장이 조여들었다. 호흡하기가 힘들어져서 숨을 크게 들이쉬었다.

—우리 엄마요? 어머니는 일본계 쿠바인과 스리랑카 혼혈이고, 아버지는 이탈리아와 하와이와 한국과 일본 피가 섞여 있어요. 그러니 나도 카레 같은 사람이죠.

같이 카레를 먹으면서 말했던 마치다 씨의 얼굴이 떠올랐다. 길면서도 짧은 시간을 보낸 후의 부엌도.

—괜찮아요. 마지막에는 엄연한 카레가 돼요.

눈을 감고 자신을 타일렀다.

냄비에 식재료를 넣는 것처럼 나는 에잇 하고 통화 버튼을 눌렀다.

제2화

완벽한 파르페

"얼른 옷 갈아입으라고 했지?!"

몇 번째일까. 5분 전에도 10분 전에도 말했다. 어제도 엊그제도 그전에도 매일매일.

아들 가이토는 전혀 들리지 않는다는 듯 레고 블록으로 놀고 있다. 분명 큰 소리로 다시 말하면 "엄마 시끄러워"라면서 남편을 닮은 표정을 지을 것이다. 그러면 세 살짜리 동생 소타도 "엄마 시끄럽다니까"라며 형을 따라 한다.

어지럽혀진 거실이 눈에 들어왔다. 벗어던져 놓은 뒤집힌 양말, 바닥에 널브러져 있는 가위로 자른 종잇조각, 표지와 따로 노는 그림책 몇 권, 빈 포테이토 칩 봉지. 바닥에는 먹다 흘린 밥풀이 몇 개나 눌린 채 들러붙어 있었다. 마치 쓰레기통 같았다. 내가 살고 있는 곳은 쓰레기통이었나? 이상하다. 깨끗하게 청소했을 텐데. 언제 청소했더라? 항상 하고 있다. 기억도 나지 않을 정도로 항상 청소한다. 미간이 무겁다. 제2의 피부처럼 피로가 몸에 들러붙어 있다. 이런 아침은 무간지옥이라는 말이 전혀 지나치지 않다. 마치 모든 것이 역류하는 부조리한 SF 같다. 몇 번이나 쓰러져도 재생하는 좀비다. 나이트메어다. 잠에서 깼나 싶어도 아직 악몽 속에 있다.

하지만 꿈이 아니라서 해야 할 일을 내팽개칠 수는 없다. 앞으로 15분 만에 집을 나서지 않으면 가이토의 초등학교에도 내 회사에도 지각하는데 가이토는 아직 잠옷 차림으로 아침도 먹지 않았고 책가방은 어제 집에 왔을 때 그대로이다. 조금 전에 막 옷을 갈아입힌 소타가 바로 지금 테이블에 놓여 있던 차를 쏟아서 온몸이 흠뻑 젖었다.

30분 전에 출근한 남편이 먹은 시리얼 그릇이 테이블에 그대로 놓여 있었다. 분노를 퍼붓듯 거칠게 싱크대에 내려놓았다.

입사하고 싶은 회사에 들어가서 좋아하는 사람과 결혼하고 원했던 아이를 가졌다. 둘씩이나. 전부 바라던 대로인데 가지고 싶었던 전부를 조합한 결과가 쓰레기통과 좀비 영화라니 도대체 어떻게 된 일일까.

지하철 플랫폼에서 사람으로 북적이는 틈 사이를 달리며 생각했다.

오후 6시 반이 다 되어가고 있었다. 회사에서 늦게 나서는 바람에 아이를 데리러 어린이집에 가는 시간이 아슬아슬했다. 나와는 반대 방향으로 몰려오는 사람들이 마치 좀비 떼 같았다. 쓰러뜨리지 않으면 어린이집에 도착할 수 없다. 그들이 보기에는 나도 한낱 좀비겠지만 말이다.

에너지는 다 떨어져서 빈사 상태고 무기는 손에 든 가방뿐이다. 게다가 산 지 5년도 넘어서 로고도 거의 벗겨졌으니 무기치고는 약하다.

갈수록 좀비들이 나를 물고 늘어졌다. 몸 여기저기가 뜯겨나갔다. 하지만 앞으로 나아가기 위해서는 내 살을 내주는 수밖에 없다. 이제 믿을 수 있는 건 경험을 통해 얻은 가장 빠르게 줄어드는 개찰구 줄을 순식간에 판단하는 능력과 가방 옆주머니에 들어 있는 고급 초콜릿뿐이다. 후배가 오늘 "선배님, 피곤하시죠? 이거 드시고 힘내세요"라며 건네준 것이다.

좀비 떼에게 뜯어 먹혀 구멍이 숭숭 난 몸을 이끌고 어린이집에 겨우 도착했을 무렵에는 온몸이 땀투성이였다. 7월 첫 번째 주, 오늘 아침부터 갑자기 한여름이었다. 다행히 어린이집 건물에 한 걸음 들어서자 에어컨 바람이 느껴졌다.

연장 보육반에 남아 있는 아이는 둘이었다. 마지막 한 명이 되지 않았다는 사실에 조금은 마음이 놓였다. "소타, 엄마 오셨어." 선생님이 불러도 철도 장난감에 열중하고 있는 소타는 움직이려고 하지 않았다.

"얼른 집에 가자." "정리해." "선생님이 곤란해하시잖아."

성대도 뜯어 먹혔기 때문에 몸에 내장된 자동 음성 재생 버튼으로 대처했다. 하지만 소타는 반응하지 않았다. 몸에 뻥뻥 뚫린 구멍으로 에어컨에서 나온 차가운 바람이 지나갔다.

"엄마, 저기 있잖아. 오늘 놀이 시간에 소타가 좋아하는 것만 나왔어. 전부 다."

집까지 가는 길을 걸으며 소타는 만사태평하게 말했다. 어린 이집에서 나갈 때까지 실컷 손이 가게 해서 내 에너지를 더욱 떨어뜨린 일은 없었다는 듯이 말이다.

"나 말이야, 좋아하는 거 전부 다 섞었어. 딸기 케이크랑 햄버 그랑 오렌지주스랑."

"그래? 맛있었어?"

"맛없었어."

길모퉁이에 접어들었다. 소타는 직진 방향을 가리키며 "이쪽 으로 가자!"고 강하게 주장했다.

"그쪽으로 가면 집에서 멀어져. 오늘은 늦었으니 얼른 가자."

"싫어! 이쪽으로 갈래!"

소타는 새된 소리를 냈고 지나가는 사람이 힐끗힐끗 쳐다보 았다. '강제로 데리고 간다'는 선택지를 지운다. 분명 울면서 발 버둥 칠 테니 학대로 보일지도 모른다. 체내 타이머의 제한 시 간이 시시각각 줄어갔다. 저녁 식사 메뉴는 시간을 좀 더 단축 할 수 있는 것으로 다시 짜야 할 듯하다. 머릿속으로 냉장고 안 의 재료를 서치하고 시뮬레이션했다. 그 전에 집까지 도착할 수 있을까?

가이토는 이미 집에 와 있을 시간이다. 뭐 하고 있을까. 더 이상 일을 늘리지 말아줬으면 했다. 그것만이 유일한 바람이다. 하지만 그런 소소한 바람도 분명 배신당할 테다. 잘 지워지지 않는 얼룩이 묻은 급식당번용 앞치마나 '국어 교과서가 보이지 않으니 집에서 같이 찾아주세요'라고 적힌 알림장으로 말이다.

표정 근육도 다 뜯어먹혀서 1밀리미터도 움직이지 않는 무표정을 한 채 가방 주머니에서 초콜릿을 꺼냈다. 봉지를 찢자 초콜릿이 절반은 녹아서 포장 필름에 철썩 들러붙어 있었다.

'초콜릿 맛있었어요? 다행이네요. 선배님 내내 피곤해하셨잖아요……. 그러고 보니 최근에 대학 후배한테서 소개받은 테라피를 받으러 갔는데 나를 되찾는 느낌이라서 엄청 좋았어요. 선배님께도 추천할게요.'

후배한테서 온 메신저를 끄고 인터넷 뉴스를 대강 훑어봤다. 영국 왕실과 관련된 뉴스부터 시작해서 차례대로 서핑해나가다 '영국 캐서린 왕세자비의 야외 놀이와 대화 중시 육아법'이라는 1년 정도 지난 기사가 눈에 띄어서 마지막까지 읽었다. 실은 1분도 헛되이 보낼 수 없는 시간대지만 중간 휴식이 없으면 마지막까지 달릴 수 없다.

출근용 셔츠와 바지에서 실내용 낡은 원피스로 갈아입었다. 소타에게 손 씻기와 양치질을 시키는 데 엄청난 시간과 노력을 들인 후에 가이토를 찾았다. 게임을 하고 있어야 할 거실에서 보이지 않았다.

"가이토? 어디에 있어?"

침실인 다다미방 문을 열어보고서 할 말을 잃었다. 엉망진창이 된 이불 위에 옷장에서 마구잡이로 꺼낸 옷이 산더미처럼 쌓여 있었고 그 위에 갈기갈기 찢은 신문지가 잔뜩 올라가 있었다.

"뭐 하는 거야?!"

신문지에 파묻혀 게임을 하고 있는 가이토를 큰소리로 꾸짖었다.

"이게 다 뭐야? 누구더러 치우라는 거야?"

"……기껏 둥지를 만들었는데."

가이토는 어린이의 창조성을 이해하지 못하는 꽉 막힌 엄마를 보는 눈빛으로 나를 힐끗 쳐다보았다.

유모 두 사람과 가정부와 전속 요리사, 상주하는 가정 교사가 있고 2억 유로나 하는 호화로운 저택에 살면 나도 캐서린 왕세자비 처럼 육아를 할 수 있을 텐데.

몸을 질질 끌다시피 부엌으로 가 저녁 식사 준비에 들어갔다.

"오늘은 햄버그지?"

조리대 앞에 선 나에게 가이토가 다가왔다.

"아, 밥솥 타이머 맞추는 거 깜박했네. 최악이야."

"햄버그 맞지?"

"이제 시간 없으니 오늘은 관두자. 간 고기랑 양배추 볶음

완벽한 파르페

먹자."

그러면 3분의 1 정도 되는 시간에 요리할 수 있고 채소도 같이 먹을 수 있다. 그리고 된장국에 밑반찬은….

"뭐야. 싫어 싫어. 햄버그라고 했잖아."

가이토가 얼굴을 찡그리고 발을 쿵쿵 굴렀다.

"어쩔 수 없다니까."

"싫어."

"……알겠어. 햄버그 만들게."

말을 다 하기 전에 후회했지만 "야호!"라고 외치는 가이토를 보자 취소할 수도 없었다. 한숨을 쉬면서 냉장고를 열었다.

달걀을 꺼내다 손에서 미끄러졌다. 안 돼! 라는 생각도 허무해질 만큼 순식간에 바닥에 떨어져서 미끌미끌한 흰자가 슬로모션 같은 움직임으로 퍼졌다. 그 순간 내 사고도 깨져서 사방에 흩어진 것처럼 다음에 어떻게 해야 할지 생각할 수 없어졌다.

냉장고를 연 채 안을 그저 멍하니 응시했다. 유통기한이 오늘까지지만 개봉 후라서 마실 수 있는지 없는지 판단하기 어려운 우유. 뚜껑을 딴 요거트. 딱딱해져서 결국 버리게 될, 랩을 씌워놓은 어제 남은 밥. 시작은 했지만 만들 틈이 없어서 그대로 방치한 미완성 장아찌. 햄, 미역, 두부, 어묵, 치즈 등 사서 쟁여놓은 식료품들이 있었다.

이렇게 여러 가지가 들어 있는데 아무것도 만들 수 없다는 느낌이 들었다. 아무것도 연결되지 않고 뿔뿔이 흩어져 있었다.

그것들은 형태를 이루지 못했다. 나를 함정에 빠뜨리는 요괴처럼 바닥에서 달걀노른자가 미끈거리며 올려다보았다.

냉장고 문이 열려 있다는 걸 알리는 전자음이 울렸다.

"엄마. 냉장고가 화났어."

소타의 목소리에 제정신으로 돌아왔다. 어느새 옆에 와 있던 소타가 화를 내는 표정과 몸짓을 하며 "봐, 화났어"라고 반복했다.

"……냉장고가 아니라 화난 건 소타잖아."

"맞아. 나 화났어. 알아? 봐봐. 내 눈을 보라고."

제대로 나를 흉내 내고 있었다. "그러니 재밌어?" 하고 힘없이 중얼거리면서 소타를 안아 거실로 이동시키고 요리에 돌입했다.

양파를 잘게 썰고 있는데 "엄마, 소타 오줌 쌌어"라며 가이토가 와서 요리를 중단시켰다.

"잠시만!"

스피드를 올려서 초조해하며 남은 양파를 썰었다. 내 신경도 잘게 썰리는 듯했다. 적어도 양파를 다 볶고 나서 가고 싶었다. 남은 열이 식기 전에 대처할 수 있으니 말이다. 하지만 프라이팬을 가열한 차에 "안 쌌어! 형은 바보야!"라고 소타가 발끈하며 심하게 울기 시작했고 둘이 싸우기 시작해 수습할 수 없어졌다.

아니나 다를까 소타가 오줌을 싸서 소파에 오줌이 묻어 있었다. 기저귀에서 졸업한 지 얼마 되지 않아서 가끔 실수를 했다. 자존심에 상처를 입힐 수 있으니 화를 내지 말아야겠다고 생각했지만 "오줌 묻었잖아!" 하고 반사적으로 목소리가 높아졌다.

"아냐! 엄마 바보!"

소타는 입을 크게 벌리고 다시 울기 시작했다.

신문지로 물기를 닦아내고 방향제 스프레이를 뿌려서 응급처치를 했다. 분주하게 부엌으로 돌아가 손을 씻고 좀비에게서 근소한 차이로 도망치듯 아슬아슬한 스피드로 다음 공정을 해내고 있는데 인터폰이 울렸다. 시간을 지정해놓은 택배일 테다.

"가이토, 엄마가 잠시 손을 못 떼겠으니까 택배 대신 받아줄래?"

햄버그 재료를 둥글게 뭉치면서 불러봤지만 가이토는 TV에서 눈을 떼려고 하지 않았다.

"나 지금 좀 바빠."

"TV 보는 거잖아! 잠시 나가주기만 하면 돼. 이제 형아잖아?"

가이토는 움직이지 않았다. 화가 난 듯 인터폰이 두 번째로 울렸다. 양손은 저민 고기에서 나오는 기름으로 끈적끈적했다.

갑자기 손에 든 햄버그 덩어리를 힘껏 벽에 내던지고 싶었다. 옛날에 그런 요리 콩트 방송이 있었던 것 같다. 내 몸은 아이를 데리러 갔을 때보다 더욱 소모되어 있었다. 왠지 내 몸을 자잘하게 저며 둥글게 뭉쳐서 내던지고 싶은 기분이 들었다.

"어라, 지금 씻어? 늦었네?"

귀가한 남편이 욕실을 들여다보고 말했다.

아이들을 씻기고 난 후 둘 다 젖은 채 돌아다니는 바람에 흠뻑 젖은 욕실에서 부산하게 클렌징 젤을 바르고 있던 차였다.

"하는 수 없잖아. 애들 간수하느라 힘들었어."

목소리에 날이 서 있었다. 바닥에 내던져진 가이토의 목욕 타월을 주워 들고서 세탁기에 쑤셔 넣었다.

"왜 화내는 거야? 늦었다고 말한 것뿐인데."

"딱히 화 안 났어."

"화났잖아."

악의가 없는 말이라는 건 안다. 다만 좀비가 덮쳐 올까봐 겁에 질린 채 살아가는 인간은 예민해져서 사소한 일로도 공격적이게 된다.

이 사람은 그걸 모르는 걸까?

"오늘 햄버그, 왠지 평소랑 다르네? 조금 퍼석해."

저녁을 먹으면서 남편이 말했다.

"……양파 열기가 가시기 전에 재료를 섞기도 했고 굽기 전에도 반죽을 식히질 못해서 그런가."

그렇게 힘들었는데. 이왕이면 제대로 맛있게 만들고 싶었는데. 속상함이 찔끔대며 마음을 콕콕 쑤셨다.

아니, 노도 같은 시간이 전부 끝나고 돌아와 놓고 그 수고를 한마디로 부정하는 이 인간은 뭐지? 아군에 섞여 있는 적군 좀

완벽한 파르페

비인가?

뭔가 말해주고 싶었는데 언어 중추도 반사 신경도 물어 뜯겨 제 기능을 못 해서 그런지 말이 잘 나오지 않았다.

—왜 맛있다고 고맙다고 안 해?

—정직한 감상평을 말했을 뿐이잖아. 거짓말을 하라고? 집에서 그런 빈말을 주고받는 것도 뭔가 잘못됐다고 생각하는데. 물론 만들어준 거에 대해선 감사하지.

—그런 말을 듣고 싶은 게 아니야! 내가 얼마나 힘들었는지도 모르면서 거만하게 말하고. 맛집 전문 리뷰어라도 돼? 별점 매길 위치라도 된다는 거야?

—나도 오늘 일 힘들었어. 그래도 당신처럼 자기만 힘들었다고 주장하지는 않잖아?

—나만큼 힘들진 않아서잖아! 나처럼 얼른 일 마치려고 그렇게 노력하지는 않잖아. 당신은 안 해도 된다고 생각하지? 도움이 제일 필요한 시간에 일부러 안 돌아오는 거 아냐? 이제 와서 뻔뻔스럽게 집에 와봐야 안 기쁘거든?

—말투가 왜 그래? 안 돌아오길 바라면 안 돌아올게. 이제 됐어, 나갈게.

수십 초간의 시뮬레이션에서 남편이 집을 나가 가정이 붕괴되었기에 나는 아무 말도 하지 않기로 하고 세면대로 가서 드라이기를 돌렸다.

분명 내가 더 힘들다. 거울을 보면서 확신했다. 그야 남편은 이렇게 물어 뜯겨 구멍이 뻥뻥 뚫리지도 않았고 제대로 된 살이 붙어 있다. 좀비를 피해 용케 숨어 있었고 단지 도망치느라 조금 지쳤을 뿐이다.

이제 쓰러지다시피 자고 아침이 되면 어느 정도는 원래대로 돌아온다. 그리고 또 하루 동안 잡아먹힌다. 그런 일상의 반복이다.

역시 무간지옥이다.

달아나다시피 가방으로 달려가서 휴대전화를 꺼냈다. 후배한 테서 온 메시지를 한 번 더 켰다. 답장을 보내자 눈 깜짝할 사이에 다시 답장이 왔다.

'관심 있으세요? 그럼 연락처 보내드릴게요.'

받은 건 명함 크기의 카드 사진으로 자필로 '마치다 진료소'라고 적혀 있었다.

"반도 마코토 씨, 당신이 좋아하는 과일은 뭔가요?"

이게 진료소에 들어가서 처음 받은 질문이었다.

내가 상상한 '진료소'와는 전혀 달랐다. 카운슬링 룸 같은 장소를 상상했지만 발을 들인 곳은 커다란 부엌이었다.

창문으로 비친 햇빛이 스며든 것처럼 하얀 벽 전체가 부드럽게 빛나고 있었다. 우리 집 부엌과 비교하자 전혀 다른 행성에 온 것 같은 사치스러운 구조에 압도되었다.

숨을 죽이게 될 정도로 가지런한데 따스함과 센스가 느껴졌다. 비결을 훔치려고 응시해도 무엇 하나 건질 수 없었다. 애초에 '요리연구가의 근사한 부엌' 같은 특집 기사를 볼 때도 늘 그랬다. 어떻게 해도 이렇게 될 수 없다는 열등감만 더해질 뿐이었다.

가만히 있어도 서서히 몸이 데워질 듯한 분위기는 목재 색 때문일지도 모른다. 상대가 의자를 권해서 식탁에 앉았을 때 그런 결론에 도달했다.

회반죽을 바르지 않은 벽, 천장의 대들보, 바닥 자재. 하나같이 본 적 없는 붉은 기가 감도는 색으로 조합되어 있었다. 식탁도 종류가 다르긴 했지만 역시 따뜻한색이었다. 안쪽에서 스며나오는 생명력이 느껴지는 색감으로, 도료 때문에 그런 게 아닐까 싶었다. 최근에 건축가가 목재 샘플을 보여줘서 목재 종류를 조금 잘 알게 되긴 했지만, 떡갈나무라든가 호두나무, 노송나무 같은 메이저급 목재는 아닌 듯했다.

색을 말하자면 냉장고도 본 적 없는 드문 색을 하고 있었다. 레몬커드처럼 크림색이 감도는 밝은 노란색이 왠지 복고풍이라 근사하다고 생각했다. 어딘가의 메이커 상품일 듯했다.

"생각나셨나요? 좋아하는 과일이요."

마치다 모네라고 이름을 댄 테라피스트로 보이는 남자는 마실 거리를 내오더니 자신도 대각선상에 앉았다.

"좋아하는…… 과일이요?"

곤란해하면서 눈앞에 놓인 차가운 잔을 들었다. 민트와 레몬

글라스 허브티인 모양이었다. 얼린 복숭아 슬라이스가 들어 있었다.

입을 대자 감귤 계열의 허브 향과 복숭아 향이 뒤섞여 순간 넋을 놓았다.

'맛있네요'라고 말하면서 그를 살며시 관찰했다. 키가 꽤 크고 지나치게 긴 무릎 아래 길이가 눈에 띄었다. 동남아 느낌의 피셔맨 팬츠와 빨간색 알로하셔츠를 입고 머리에는 터번을 써서 보는 사람을 혼란스럽게 만들었다.

현관에서 신발을 보았을 때 생각했지만 발 사이즈도 꽤 컸다. 안정되게 지면에 척 들러붙어 있는 맨발에는 놀라울 정도로 긴 발가락이 달려 있었다.

국적도 연령도 알 수 없고 어쨌거나 건강하다는 것만 알 수 있었다. 뭐 상관없다. 건강한 사람은 신용할 수 있다.

"어제 전철을 탔더니 4인용 좌석만 비어 있어서 거기에 앉았는데, 건너편에는 남고생 둘이 앉아 있더라고요."

마치다 씨는 테이블 위의 바구니에 들어 있던 바나나를 꺼내 즐거운 듯 벗기면서 이야기했다. 왠지 농담을 잘하는 사람이라는 생각이 들었다.

"그 남자애 둘이서 좋아하는 과일이 뭔지 이야기하기 시작했어요. 자신이 좋아하는 과일의 좋은 점을 너무 주장한 나머지 둘 다 갈수록 열기를 띠더라고요. 둘 다 한 발짝도 물러서지 않아서 싸우지는 않을까 조마조마했어요. 그런데 전날 밤에 잠을 별로 못 자서 급격하게 졸린 바람에 거기서부터는 기억이 날아가 버렸어요."

"네에⋯."

"꽤 오랫동안 깊이 잠을 잔 것 같았어요. 그런데 눈을 떠보니 아직도 그 남자아이들이 있는 거예요. 더구나 여전히 좋아하는 과일 이야기를 하면서요. 다만 앞의 긴박감은 사라지고 '내가 좋아하는 과일이 제일이라고 생각하지만 네가 그걸 좋아하는 마음도 이해해'라는 비교적 평화로운 말투였지만요. 오래 잤다고 생각했지만 실제로는 5분 정도 지났나보다 싶었죠. 전철에서 선잠을 자면 길게 느껴지나보다 하며 시간을 확인했더니 무려!"

마치다 씨가 그쯤에서 드라마틱한 효과를 높이기 위해 뜸을 들였다.

"1시간이나 지나 있었어요."

"그렇게나요?"

그 고등학생 둘도 마치다 씨도 내려야 할 곳을 지나치지 않았을까.

"놀랍지 않아요? 전 놀랐어요."

마치다 씨는 만족스러운 미소를 지으며 바나나를 먹고 있었다.

"좋아하는 과일은 그렇게 오래 이야기를 나눌 수 있는 소재구나 하고 신선하고 놀라운 체험을 했어요. 그때 스스로도 시험해보고 싶어졌죠."

"네에……?"

"마코토 씨, 당신이 좋아하는 과일은 뭔가요?"

이곳에 온 것은 혹시 터무니없이 시간을 낭비하는 일이지 않을까. 그런 불안감이 가슴을 스쳐 지나갔다.

오늘 아침도 여느 때처럼 어수선했다.

단 한 가지 달랐던 건 내가 유급 휴가를 냈다는 사실이었다. 가족과 관련된 용건이 아니라 자신을 위해 유급 휴가를 쓰는 건 처음일지도 모른다. 어딘지 모르게 뒤가 켕겨서 평소대로 회사에 가는 척하며 집을 나서서 소타를 배웅했다.

그런 희생을 하고 이런 산속까지 왔으니 그만큼의 가치가 있다고 생각하고 싶다. 하지만 눈앞에서 느긋하게 과일 이야기를 하는 마치다 씨한테는 무간지옥에서 나를 구해낼 힘이 있어 보이지 않았다.

"좋아하는 과일……."

생각한 적도 없었다. 과일은 비싸다. 아이들이 사달라고 하면 과감하게 사기는 하지만 내가 먹으려고 산 적은 없다. 평소에 마트에 갈 때도 과일 코너는 의식하지 않고 그대로 지나가는 일이 많다.

"사과… 같아요."

가격이 적당하다. 그리고 가끔 감기에 걸렸을 때 아이들에게 먹이기 때문에 냉장고에 상비해놓으면 편리하다.

"사과인가요? 왠지 무난하네요. 그것 말고는요?"

마치다 씨가 말했다.

"음… 바나나?"

칼을 사용하지 않아서 아이도 스스로 먹을 수 있고 영양 보급원으로 우수하다. 과일 중에서 가성비가 뛰어나다. 이것도 아침 식사용으로 두면 좋다. 의외로 바로 변색 되는 게 단점이지만.

"바나나. 뻔한 과일이죠. 그것 말고는요?"

마치다 씨가 가부키 배우처럼 눈을 크게 뜨고 물어서 불안했다. 가뜩이나 눈이 커서 압박이 장난 아니었다.

"그리고 귤이요."

큰 봉지로 사면 이득인데다 아이들의 간식으로 가지고 다니기 쉽다. 벗긴 껍질이 끈적이지 않고 가방에 넣고서 잊고 있어도 썩지 않아 좋다. 집 청소 중에 아이들이 몰래 먹다가 숨겨놓은 곰팡이가 핀 남은 음식물이 나오는 걸 늘 염려하는데 귤껍질은 찾아도 대미지가 없었다.

"음. 귤이군요. 다른 것도 있으세요?"

마치다 씨의 심드렁한 반응에 나는 어째서인지 초조해지기 시작했다.

"배요."

"나쁘지는 않네요."

"포도요!"

"좋은데 그렇게까지 임팩트가 없네요."

"감! 잠시만요. 좀 이상한데요?"

어느새 내가 열거하고 있는 과일에 마치다 씨가 판단을 내리는 듯한 흐름으로 가고 있었다.

"내가 좋아하는 과일은 내가 정하는 거죠? 마치다 씨가 정하는 게 아니잖아요?"

"그 말이 맞아요. 마코토 씨는 현명하시군요."

누굴 놀리는 건가.

"더구나 어떤 기준으로 사과와 바나나를 부정하죠? 그쪽도 바나나를 먹고 있잖아요."

"기준은 마코토 씨의 표정이에요."

마치다 씨는 일어나 내 손을 잡았다.

"가도록 하죠"라는 말을 듣고 나는 갑자기 허둥댔다.

어디로? 뭘 하러?

갑자기 공이 나에게 던져진 것처럼 무언가가 품으로 날아들었다. 일상과 전혀 다른 감촉의 감정이다. 떠오를 듯하면서도 떠오르지 않는 중요한 것이 그 안에 들어 있는 듯한 느낌이 들었다.

스쿠터 엔진 소리와 함께 바람도 멈추었다.

뒷좌석에서 내려 헬멧을 벗고 앞머리를 고쳤다. 바람이 그쳐도 예상외로 시원했다. 그런데 나는 땀이 났다. 어제까지만 해도 생각지 못했던 상황에 초조해진 탓이다.

오늘 이제 막 만난 남자와 둘이서 스쿠터를 타다니. 바지를 입고 와서 다행이었다. 아니, 그런 건 아무래도 상관없다. 남편 말고 다른 남성의 등을 이렇게 가까이에서 계속 보는 일이 너무 오랜만이었다. "허리 잡으세요"라는 말을 듣고 잡는 손에 얼마나 힘을 실어야 하는지 고민하는 자신이 불쾌하게 느껴졌다. '마치다 2호'라고 적힌 스쿠터는 원동기처럼 보였지만, 두 사람이 타도 될지 고민할 여유도 없었다.

너무 동요한 나머지 시크한 글씨체로 가게 이름이 적힌 그 건물로 들어갈 때까지 무슨 가게인지 알아차리지 못했다.

달콤한 향기에 두둥실 감싸여 제정신으로 돌아왔다. 마음을 설레게 하는 여러 향이 색과 형태를 가지고 눈으로 날아들었다.

인테리어는 회반죽을 바른 흰 벽과 베이지색이 감도는 초록색을 베이스로 하고 있었다. 감각적인 가게 내부에는 보석처럼 소중하고 예쁜 과일들이 넉넉한 간격을 두고 진열되어 있었다.

"……과일가게가 근사하네요."

"나카무라 청과점이라는 가게인데 선선대 할아버지와도 선대 아저씨와도 사이가 좋았어요. 아들이 뒤를 잇고 나서는 리뉴얼해서 카페도 같이 꾸려나가고 있고요."

그쯤에서 마치다 씨는 안에서 나오는 그 아들로 보이는 젊은 사람에게 인사를 하고 이야기를 나누기 시작했다. 나는 무료해서 돌아다니며 과일을 구경했다.

가뜩이나 비싸서 멀게 느껴지는 과일이 이렇게 장식되어 있으니 손에 닿지 않는 미녀처럼 보였다. 나는 고급 클럽에 처음 이끌려간 남자처럼 기가 죽어 있었지만 점차 익숙해졌다.

저녁노을 같은 색을 한 싱싱한 자두. 탱탱하고 반질거리는 껍질을 조심스럽게 손가락으로 건드려보았다. 그리고 앳된 소녀 같은 백도의 자잘한 솜털을 넋을 놓고 보았다. 흘러넘칠 듯한 열매가 한가득 맺힌 머스캣이 신록처럼 빛나고 있었다.

과일이라고 하는 건 어째서 이렇게 컬러풀할까. 꽃도 그렇다. 마트에서 이렇게 컬러풀한 코너가 눈에 들어오지 않았던 게 이상하게 느껴진다.

안쪽에 위치한 선반 앞에서 발걸음을 멈추었다. 그 향기를 맡은 순간, 몸 깊숙한 곳에서 무언가가 솟구치는 것처럼 설렜다.

망고였다.

갑자기 오키나와 미야코섬 바다에 가득 찬 빛이 눈앞에 터져 나왔다. 내내 닫아두고 있어서 존재도 잊고 지내던 상자가 어쩌다 보니 머리 위에 떨어져 내용물이 흩어진 것처럼 말이다.

신혼여행으로 그곳에 갔던 건 9년 전이었다. 그 이후로는 한 번도 간 적이 없다.

섬의 시장에서 사 먹었던 망고의 맛에 감동했던 기억을 떠올렸다. 섬을 가득 채운 빛이 그대로 과일이 된 것 같아서 낙원은 이런 맛이겠구나 싶었다. 그 맛을 잊을 수 없어서 돌아와 마트에서 찾아보거나 백화점 지하에서 몇 번인가 사봤지만 맛이 전혀 달랐다.

"들어가실래요?"

마치다 씨의 목소리에 현실로 돌아왔다. 손가락으로 가리키는 쪽을 보자 따로 만들어진 카페 입구가 있었다.

검은 칠판에 '기간 한정 여름 파르페'라고 적혀 있고 '백도 홍차 파르페', '망고 코코넛 파르페'의 아름다운 사진이 나란히 붙어 있었다. 소리를 이루지 못한 한숨이 무심코 새어 나왔다.

"그런데 들어가는 건 좀……."

"왜 안 되나요?"

"그야……."

주의력이 산만한 가이토와 세 살짜리 소타를 이런 근사한 카페에 데리고 가면 대참사가 벌어진다. 남편은 단 걸 좋아하지 않고 말이다.

떨어져서 깨진 파르페 잔과 바닥에 흩어진 내용물, 남편의 시시하다는 얼굴이 떠오르는 차에 깨달았다. 세 사람 다 지금은 없구나.

"와아."

테이블에 서빙된 망고 파르페를 보자 무심코 감탄사가 나오고 말았다. 마치다 씨의 모습을 힐끗 엿보자 눈을 반짝이며 파르페를 보고 있어서 어딘가 마음이 놓였다.

남의 이목을 신경 쓰지 않고 파르페를 두고 재잘거렸던 건 꽤 옛날이야기다.

초등학교 3학년 무렵에 살던 동네 역 앞에 찻집이 있었고 그 곳에서 태어나서 처음으로 딸기 파르페를 먹었을 때는 정말 감동했다. 유리 탑 같은 기다란 잔 속에 근사한 것들이 층층이 쌓여 있었고 샹들리에 스타일의 앤틱한 조명 빛이 반사되어 빛이 났다.

마치 여왕이 먹는 음식 같았다.

그때부터 나는 생일이나 성적이 잘 나온 날이면 부모님을 졸라 1년에 두세 번 정도는 그 가게에 가서 여왕이 되었다. 아름다운 잔으로 된 탑에 포개어진 완벽한 조화. 여왕 손에 들린, 은색으로 빛나는 기품 있는 스푼만이 그 조화를 무너뜨릴 자격이 있었다.

"근사해요! 엄청 예쁘고 최고예요!"

마치다 씨는 자신이 주문한 백도 파르페 앞에서 요란하게 조잘거리고 있었다. 불안해서 주변을 둘러보고 만 것은 혹시나 아는 사람에게 들키지 않을까 하는 걱정 때문이었다. 회사를 쉬고 남편 말고 다른 남성과 이런 곳에서 파르페를 먹고 있다니, 꺼림칙한 일은 아무것도 저지르지 않았지만 나쁜 짓을 하고 있다는 기분이 들었다.

위층을 한 스푼 펐다. 커팅된 망고는 살짝 얼어 있었고 생크림도 잔뜩 올라가 있었다. 남국의 향기가 나는 코코넛 아이스크림이 입안에서 차갑고 달콤한 화음을 연주했다.

부정적인 감정이 날아가 자연스럽게 표정이 누그러들었다. 입 안이 이렇게까지 후한 대접을 받아도 될까. 이런 조합을 생각해 낸 사람은 인간을 타락시킨 죄로 벌을 받게 되지 않을까 걱정이 될 정도였다.

"한가운데는 뭐지? 아, 요거트구나. 그리고 제일 아래가 시리얼이지."

마음의 소리가 밖으로 튀어나왔다는 사실을 깨닫고 고개를 흠칫 들었다. 마치다 씨는 신경 쓰지 않고 마찬가지로 열심히 분석하듯 자신의 파르페 안을 헤집고 있었다. 그때 갑자기 '아니야'라는 생각이 들었다.

아니야? 뭐가 아니라는 소리지?

"맛있네요."

영문을 알 수 없는 위화감을 떨쳐내듯 밝은 목소리를 냈다.

"망고 파르페 좋아하세요?"

마치다 씨가 물었다.

"좋아……해요."

"왜 주저하죠?"

"저 같은 사람이 좋아한다고 말해도 되는 건지 모르겠어요. 망고는 최고의 과일이고 파르페는 인생에 지치지 않은 반짝반짝 빛나는 젊은 여성을 위한 음식이라는 생각이 들어서요."

마치다 씨는 잠시 생각하듯 팔짱을 끼고 있더니 "이건 당신한테 완벽한 파르페인가요?"라고 물었다.

그리고 느닷없이 얼굴을 가까이 들이댔다.

"완벽이요? 음, 맛있게 완성됐구나 싶어요."

"정말요? 마코토 씨한테 한 점 흠잡을 데 없이 완벽한, 살면서 이 이상의 최고의 파르페는 만날 수 없다고 생각할 만한 파르페인가요?"

"그렇게까지 말씀하신다면야……."

마치다 씨가 따지고 들자 나는 쩔쩔맸다.

"과일가게인 만큼 과일은 신선할 테지만 유명한 파티시에가 만든 것도 아닌 천 엔짜리 파르페에 완벽함을 요구하는 건 가혹하지 않나요?"

"마코토 씨, 당신한테 말이에요. 유명 파티시에도 천 엔짜리도 전혀 상관없어요."

나에게 완벽한 파르페냐고? 시리얼을 와그작와그작 씹으면서 혼란스러워하고 있었다. 완벽이라는 말과 '나에게'가 머릿속에서 잘 섞이지 않았다.

입안이 건조해졌다. 제일 아래층은 시리얼보다 수분기가 있고 뒷맛이 담백한 게 좋을 것 같다는 생각이 문득 들었다. 시리얼 양도 가뜩이나 많아서 위층 망고를 먹었던 게 먼 과거처럼 느껴져 시리얼만 먹고 끝난 것 같았다.

"그건 파르페가 아니에요."

마치다 씨가 단호하게 말했다.

"네?"

"파르페의 어원은 프랑스어로, 완벽이라는 뜻이에요. 그래서 마코토 씨한테 있어서 완벽하지 않은 그건 파르페가 아니에요."

……제일 아래층은 물기가 있고 탱글탱글한 것.

망고의 농후함을 생각하면 생크림으로 만든 이탈리아 푸딩인 판나코타 같은 것도 괜찮을지도 모른다. 하지만 뒷맛이 산뜻한 걸 우선시한다면 망고 젤리가 좋을 수도 있다. 아니면 판나코타 노선에서 좀 더 산뜻하게 만들어 심플한 밀크 젤리를 선택하는 방법도 있다. 차라리 망고 젤리와 판나코타를 섞는다면?

그렇다면 "역시 망고 푸딩인가."

식탁 테이블에서 펜을 만지작거리다가 혼잣말이 나왔다.

그 순간 침실 문이 열려서 깜짝 놀랐다.

"엄마 뭐해?"

겨우 6시가 넘었을 뿐인데 잠옷 차림인 가이토가 모습을 드러냈다. 평일에는 아무리 깨워도 어지간히 일어나지 않더니 말이다.

"숙제해."

다급히 노트를 닫았다.

"엄마한테도 숙제가 있어?" 가이토는 조곤조곤 말하며 화장실로 갔다.

이어서 졸린 얼굴로 나온 남편을 본 순간 반사적으로 시선을 피하며 일어났다.

"뭐 했어?"

"내가 뭘 하든 무슨 상관이래. 도시락이라면 지금부터 싸줄게."

아침부터 공격적으로 말하고 말았다. 모처럼 평소보다 일찍 일어났으니 가족에게 여유로운 미소로 웃어줄 수 있었을 텐데.

"할 게 있으면 안 싸줘도 돼. 편의점에서 사 먹으면 되니까."

"지금부터 싸겠다고 했잖아. 편의점에서 사 먹는 돈도 무시 못 해. 어차피 내 것도 싸야 하고."

남편은 아무 대답도 하지 않고 세면대로 갔다.

서둘러 도시락을 싸는데 짜증이 더해갔다. 반찬을 만들 때 쓰려고 했던 슬라이스 치즈가 없어졌다. 가이토나 남편이 먹었을 게 뻔했다. 다른 반찬을 만들다 보니 어느새 생각 이상으로 시간이 걸리고 말았다.

소타가 어린이집에 갈 준비는 남편이 하고 있을 거라고 생각했는데 전혀 준비가 되어 있지 않았다. 어째서 하지 않는 걸까. 변덕스럽게 하고 싶을 때만 하면 오히려 스트레스가 쌓일 뿐이었다.

"소타. 얼른 일어나!"

침실에다 대고 언성을 높였다. 예상 밖에 히스테릭한 목소리가 나왔다는 사실에 나 자신도 초조해졌다.

"가이토, 벗은 잠옷 정리해!"

"여보, 소타 기저귀 제대로 신문지에 싸서 버리라고 했잖아!"

큰 소리를 내면서도 내가 하려는 말과는 전혀 다른 말을 외치고 있다는 느낌이 들었다.

―이건 내가 아냐! 부탁이야, 이해해줘!

"츠지 씨가 내일 면담 3시로 미뤄달라던데 괜찮지?"

현관에서 신발을 신던 남편에게 애써 온화한 어조로 말했다.

"츠지 씨가 누구더라?"

"우리 집 담당 건축가잖아. 믿을 수가 없네. 두 번이나 만났는데 잊었어?"

"잠깐 잊어버린 거잖아. 그런 식으로 말하지 마."

남편은 발끈한 얼굴로 다녀오겠다는 인사도 없이 나가버렸다.

아니야, 그런 게 아니라고. 그렇게 답할 새도 없었다.

뭐가 아닌지 설명할 시간은커녕 스스로 생각할 틈도 없이 '아니야'만이 쌓여 갔다.

집을 새로 짓기로 정식으로 결정한 건 불과 한 달 전이다.

옆 도시에 사는 시부모님이 사용하지 않게 된 농지를 물려주었다. 지금 살고 있는 방 두 개짜리 아파트는 신혼 시절에 임차한 것으로 아이가 둘 늘어난 시점에서 너무 좁았다. 지금까지 몇 번이나 이사하자는 이야기가 나왔지만 참아가며 살다 보니 세월이 흘러버렸다. 슬슬 한계를 느끼기 시작한 차에 토지 양도 이야기가 나와서 과감하게 집을 짓기로 했다.

다만 통근이 불편해진다. 어린이집도 학교도 옮겨야 한다. 대출금을 20, 30년 동안 계속 갚아야 한다. 결정한 순간 불안감이 크게 덮쳐왔다. 그런데도 분명 꿈속의 집이 수중에 들어오기만 한다면 모든 일이 잘 풀릴 거라고 생각했다.

그런데.

"캐러멜 프라푸치노 손님."

점원 목소리에 정신을 차리고 주문한 음료를 받았다.

점심시간이다. 회사가 들어선 빌딩 옆에 자리한 카페 체인점은 꽤 북적이고 있었다. 아주 가끔 올 때면 제일 저렴한 커피를 주문했는데 오늘은 어째서인지 이런 사치를 부리고 말았다. 휘핑크림이 올라간 묵직한 컵을 손에 들었을 때 마음이 들뜬 것은 한순간이었고 바로 울적해졌다. 남편에게는 "편의점에서 사먹는 돈도 무시 못 해"라고 말했으면서 자신은 이런 걸 주문하고 있으니 양심의 가책이 느껴졌다. 앞으로 대출을 받아야 하니 절약해야 하는데.

아담한 둥근 테이블 위에 건축 사무소에서 받은 자료와 인테리어 잡지를 펼쳤다. 내일 상담을 받게 되니 방 배치를 대충이나마 정해둬야겠다고 생각했다.

그런데 예쁜 인테리어 사진을 봐도 기분이 전혀 좋아지지 않았다. 다 괜찮아 보이지만 선택지가 너무 많아서 괴로웠다. 무언가를 고르면 무언가를 놓치고 손해를 보는 듯한 느낌이 들었다.

오늘 아침에 남편이 보인 태도를 떠올리자 허무함이 점점 가

속화되었다. 이렇게 중요한 터닝 포인트인데. 둘이서 앞으로의 일, 이상적인 삶에 대해 논의하면서 구체적인 형태로 만들어가야 할 소중한 기회인데 말이다.

지금까지 같이 잡지를 보자고 권해도 남편은 제대로 보지 않았다. 원하는 걸 물어도 잘 모르겠다며 말끝을 흐렸다. "바 스타일 부엌도 괜찮지?" 하고 내가 들떠서 물었을 때는 "그런 게 필요해?"라고 부풀어 오른 풍선을 바늘로 찌르는 듯한 반응을 보였다.

건축가 이름을 까먹어서가 아니다. 이렇게 중요한 걸 무시하는 태도가 문제인 것이다. 서글픔을 그러모아서 보이지 않는 장소에 넣어버리듯, 볼 마음이 들지 않는 자료와 잡지를 가방 안으로 되돌렸다.

대신해서 마치다 씨가 낸 '숙제' 노트를 꺼내서 펼쳤다.

—이건 마코토 씨한테 파르페가 아니에요.

그렇게 말한 후 마치다 씨는 다음에 올 때까지 해오라며 숙제를 내줬다.

"마코토 씨, 완벽한 파르페 설계도를 그려주세요. 세세한 부분까지 채워줘요. 파르페 잔의 형태나 두께, 높이는 몇 센티미터인지까지도요. 재료도 하나하나 자세하게. 예를 들어 생크림은 어떤 맛이고 어느 정도로 단지, 거품 상태는 어떤지도요. 납득이 갈 때까지 마코토 씨 자신에게 물어보세요."

노트에는 오늘 아침에 그린 역삼각형의 엉성한 잔이 있었다.

아래쪽으로 선을 긋고 화살표 끝에 망고 푸딩이라고 메모를 했다.

이 잔의 형태는 내가 원하는 게 아닐지도 모른다. 문득 그런 생각이 들었다. 아래가 너무 좁으면 끝으로 갈수록 허전해 보인다. 그리고 입구가 너무 넓으면 불안정해 보인다. 그렇다고 해서 일직선으로 된 타원형은 단조로워서 재미가 없다.

몇 번이나 다시 그려서 부드러운 곡선에 입구가 적당히 벌어져 있으며 테두리에 프릴 같은 파도 무늬가 들어간 잔에 안착했다. 공주 드레스를 거꾸로 엎어놓은 듯한 느낌이다.

새로 출현한 잔에 선과 '망고 푸딩' 메모를 다시 적어 넣었다. 거기서부터 어떻게 하면 좋을지 생각이 나지 않아 거의 무의식적으로 휴대전화를 꺼내 구글로 '망고 파르페'를 검색해보았다.

온갖 취향을 응축시킨 화려한 파르페 여러 개가 줄줄이 나왔다. 마치 궁전에서 열린 무도회에 섞여든 가난한 여자가 된 기분이 들었다. 위에 올릴 망고 하나를 두고도 무수한 선택지가 밀려들었다. 어떻게 커팅할지 어떻게 아름답게 장식할지 냉동으로 할지 생으로 할지 양주나 설탕으로 절인 걸로 할지 말이다.

그렇다면 제일 위는 무엇으로 장식할까. 솜사탕? 견과류 비스킷? 마카롱? 그래놀라? 사탕 공예? 말린 망고? 자아, 나를 고르라고. 아니야 나야. 망고 셔벗에 바닐라 아이스크림, 코코넛 아이스크림, 아니면 망고 밀크 젤라토?

식감은 서걱서걱한 것? 부드러운 것? 향은 강한 편? 약한 편?

이게 다 당신의 센스를 시험받는 거라고.

즐겁고 놀라움을 가져다주는 건 몽글몽글한 소다 젤리일까? 아이스크림 안에 숨겨진 파우더 솔트일까? 심심하지 않도록 더 생각하는 편이 좋지 않을까? 정말 그걸로 될까?

이것도 저것도 다 넣어야지.

넣을 게 늘어날수록 즐거운 것, 가지고 싶은 것이 나에게 부담이 되고 스트레스로 변해갔다. 무엇을 고르더라도 뭔가를 빼먹은 것처럼 불안했다.

프라푸치노는 어느새 얼음이 녹아 흙탕물처럼 되어 있었다. 아까워서 마지막까지 빨대로 홀짝이자 물배가 찼다.

"망설이고 있다면 전부 사도록 하죠."

마치다 씨는 당연한 듯 내 휴대전화를 들어서 톡톡 조작했다.

"잠시만요!"

놀라서 소리쳤지만 이미 늦었다.

'구입해주셔서 감사합니다!' 거금 쇼핑에 싱글벙글 웃는 것 같은 안내문이 결제 사실을 알렸다. 어느 것으로 고를지 망설이던 파르페 잔 세 개와 놋쇠로 된 파르페용 스푼은 결제가 이미 끝난 뒤였다.

"전부 살 생각은 없었는데! 하나에 5천 엔이나 해서 결정을 못 하고 있었는데 무슨 짓을 한 거예요?!"

"다 근사하다고 말했잖아요. 실제로 손에 들어보면 하나를 정할 수 있을 거예요. 더구나 그날 기분에 따라서 구분해서 사용할 수도 있잖아요."

"그러려고 세 개나 사다니. 이런 일에 돈을 쓰다니⋯⋯."

"이런 일이요? 그럼 어떤 데 돈을 쓰면 기쁜가요?"

"네에?"

기쁘다. 그 말에 허를 찔렸다. 그 단어의 존재조차 잊고 있었다는 걸 알아차리고 놀랐다.

제일 우선시해야 하는 집을 떠올려도 기쁘지 않았다. 어째서일까. 집을 짓느라 생긴 마이너스를 메우기 위해 돈을 벌어야 하기 때문일지도 모른다. 그러느라 참아야 하고 괜히 불안해지기도 한다. 그래서 빚을 갚기 위해 돈을 돌려막는 것 같은 기분이었던 것이다.

길모퉁이에 자리한 프랑스식 빵집에 있는 취식 코너 카운터에서 마치다 씨와 나는 나란히 앉아 있었다. 가게 안으로 흘러들어오는 손님이 늘었고 갓 구운 크루아상의 향기가 감돌았다. 시계를 보니 9시를 지나고 있었다.

오늘은 두 번째 카운슬링(?)을 받고자 방문했다.

숙제는 결국 텅 빈 잔을 그리고 '망고 젤리'라고 메모를 한 지점에서 멈춰 있었다. 하지만 마치다 씨는 나무라지 않고 말했다.

"실제로 만들면서 발견해나가는 방법도 있어요. 그것도 즐거운 법이죠."

그렇게 신나게 말하고 또다시 나를 중심가로 데리고 나왔다.

오늘 아침에는('아침에도'라고 해야 하나) 분주해서 식사를 제대로 못 했다고 말했더니 이 빵집에 들러 빵을 먹게 되었다.

사람의 체온 정도 되는 따스함이 아직 남아 있는 브리오슈의 달달한 향기, 양상추도 토마토도 치즈도 아직 싱싱한 샌드위치. 따끈한 커피가 식기를 기다려도 누구에게도 재촉받지 않는 시간이었다.

이 정도 시간만으로도, 좀비에게 잡아먹혀서 구멍이 숭숭 뚫린 몸에 피와 살이 회복되어 자신이 다시 인간으로 돌아온 느낌이 들었다.

소풍 가는 어린아이처럼 걷는 마치다 씨의 뒷모습을 쫓아가다가 아이들을 떠올렸다. 깡충대며 중력에서 절반은 자유로워진 듯한 발걸음으로 다가와 "엄마 엄마, 들어봐"라고 소타가 어제 저녁에 말을 걸어왔다.

소타가 무슨 이야기를 했더라. 내가 "엄마는 그런 이야기 듣고 있을 시간 없어! 밥해야 해"라고 말한 건 기억한다.

나는 소타와 가이토의 '그런 것'을 얼마나 놓쳐왔을까. 남편이 새로 짓는 집 건축가 이름을 간단히 머릿속에서 놓친 것처럼.

가정부와 유모와 가정교사는 없어도 된다. 2억 유로나 하는 호화로운 저택도 너무 넓어서 냉방이 잘되지 않을 듯하니 괜찮다. 전속 요리사만이라도 있어 준다면 더 여유 있는 엄마가 되어 캐서린 왕세자비에 가까워질 듯한데.

"매일매일 밥을 짓는 건 너무 힘들어요. 아침부터 도시락을 싸고 퇴근하고 시간이 없는 와중에도 저녁을 해야 하죠. 영양소가 균형 잡혀 있는지 외양이 먹음직스러운지도 고려해야 하고 가족들이 요구하는 것도 들어줘야 해요."

장바구니를 든 마치다 씨에게 그만 불평을 부렸다.

평소에는 안 들어가는 고급 마트였다. 가게 안 공기도 손님 얼굴도 귀족 같은 여유를 풍기고 있었다. 시간대 탓이기도 하겠지만 이 손님들은 어떤 특권 계층일지 생각하게 되었다.

"대단하네요. 매일 그런 창조적인 일을 해서 누군가를 먹여 살리다니, 아티스트네요. 요리는 자연계의 네 가지 요소를 사용해 새로운 생명을 만들어내는 마법이죠."

알면서도 모르는 척하는 마치다 씨의 말에 화가 났다. 미사여구로 중노동을 얼렁뚱땅 넘기는 게 녀석들의 상투적인 습관이다. 녀석들이 누군지는 몰라도 아마 좀비들을 보내고 있는 흑막일 테지.

"그렇게 좋지 않아요. 매일 노력과 정신력이 엄청 필요한 곳에 시간을 쓰니까요. 크게 감사받지도 못해서 내가 뭘 하고 있나 싶기도 해요. 마치다 씨는 의무가 아니니 그런 태평한 소리를 할 수 있는 거예요. 매일 쉬지 못하는 의무가 얼마나 힘든지 몰라요."

"왜 의무인가요? 누가 시켰어요?"

마치다 씨가 물었다. 유제품 선반 앞에서 나는 말문이 막혔다.

완벽한 파르페

"아뇨, 누가 시킨 건 아니지만요."

"그럼 안 해도 되지 않나요? 다른 사람이 만들면 되잖아요. 아무도 안 만들면 생우엉이라도 갈아 먹으면 돼요. 도시락도 우엉 생것 하나면 되잖아요."

"왜 굳이 우엉인가요. 적어도 당근이 낫지 않나요?"

"마코토 씨, 생크림은 어떤 느낌인 게 좋나요?"

마치다 씨는 이야기를 도중에 끊고서 다양한 크림이 진열된 구역을 가리켰다. 나는 내가 아는 크림 종류의 몇 배가 되는 상품이 늘어선 그곳을 가만히 응시했다.

어떤 느낌의 생크림이 좋을까.

"우유 느낌이 많이 나고 진하면서도 뒷맛이 담백한……."

맛집 탐방 리포터 같은 대사를 읊고 있는 자신을 보고 왠지 웃음이 났다.

외국산 생크림 패키지를 두고 둘이서 근거 없는 견해를 나누고 유지방 성분의 퍼센트 차이에 대해서 토론을 하는 동안, 크림 다섯 종류가 장바구니에 담겼다.

이어서 세계 각국의 꿀과 시럽이 진열된 선반이 나왔다.

"마치다 씨, 리치 꿀을 넣어보고 싶네요. 망고에 잘 어울릴지는 몰라도요." "마코토 씨, 남국의 과일에는 남국에서 채집할 수 있는 꿀이 어울리지 않을까요?" "그러고 보니 사탕수수도 남국이죠? 그럼 결국 설탕이면 되잖아요." "코코넛이랑 흑설탕이 잘 어울리잖아요." "마치다 씨, 그렇다는 말은 북쪽 나라에서 채집할 수 있는 메이플시럽에는 북쪽 과일이 잘 어울린다는 건가요?" "분명 사과랑 메이플시럽은 궁합이 좋을 것 같네요."

소소한 이야기를 나누는 중에 벌꿀과 시럽 병 세 개, (협의의 결과) 설탕은 사탕수수 설탕이 장바구니에 들어가게 되었다.

아몬드 크런치, 마카다미아 너트, 코코넛 가루, 그래놀라 두 종류, 젤라틴, 요거트 세 종류, 코코넛 젤리, 건조된 타피오카 두 종류, 장바구니 내용물이 갈수록 늘어갔다.

"……이래도 되려나."

고급 마트를 나와 과일가게로 향하는 도중이었다.

빨간 신호에서 멈춰 섰을 때 정신이 문득 돌아왔다.

"이런 데 시간과 돈과 노력을 써버리고……."

"이런 데라뇨?"

마치다 씨가 이쪽을 보았다. 구입한 물건을 전부 넣은 백팩을 짊어지고 있는 데다 내 가방까지 들고 있다. 꽤 무거울 텐데 태연했다.

"그야 일이라든가 가족을 위해서가 아니라 절 위해서 이렇게 장을 봤으니까요."

"왜 자신을 위해서 시간과 노력과 돈을 쓰는 게 바람직하지 않나요?"

마치다 씨가 시선을 똑바로 보냈다.

"그건…… 어째서일까요."

너무나도 당연한 일이라서 생각해본 적이 없었다.

"일이나 가족을 위해서는 정성을 들이고 자신에게는 정성을 들이지 않는 이유는 뭔가요? 마코토 씨가 1엔의 가치도 없는 벽의 얼룩 이하에 스웨터 보풀보다 뒤떨어지는 존재라서인가요?"

"그렇게까지 말할 필요는 없잖아요!"

발끈해서 거친 목소리가 나왔다.

"내가 한 말 아니에요."

"방금 말했잖아요!"

"마코토 씨의 이야기를 듣고 있으면 그리 말하는 것처럼 들려요. 저는 당신을 위해서라면 제가 가진 자원을 무한으로 제공할 거예요. 돈도 시간도 노력도 유한하지만요."

신호가 녹색이 되었다. 걷기 시작한 사람들을 휘감은 공기에서 문득 여름이 찾아왔다는 걸 느꼈다. 아가씨가 멜론색 주름 치마를 팔랑이며 지나갔다. 남고생의 반팔 와이셔츠는 햇살을 반사해서 눈부실 정도로 하 다. 메탈릭 블루로 칠해진 자전거를 밀며 걷는 긴 머리 남성의 헤드셋에서 가벼운 음악이 새어 나왔다. 모두가 색을 띠고 있었다.

파르페 재료를 구하러 정처 없이 걷는 도시에 좀비는 없었다.

마트에서 돌아와 진료소 문을 연 순간 "다녀왔습니다"하는 말이 무의식적으로 입에서 나왔다.

"어머나, 우리 집도 아닌데."

나는 자신을 타박하며 쑥스러워서 웃어 보였다. 하지만 마치다 씨는 뭐가 우스운 줄 모르겠다는 얼굴로 "다녀왔습니다. 어서 오세요."라고 말하더니 진료소로 들어갔다.

"'다녀왔습니다'라고 해도 돼요. 부엌은 모두가 돌아가는 장소니까요."

마치다 씨의 말에 신비한 안도감을 느꼈다. 분명 돌아왔다는 느낌이다. 집이라기보다는 기지라는 표현이 더 가까울지도 모르지만.

순간 떠오른 것은 1년에 걸쳐 남극을 조사하는 국제 프로젝트 팀의 다큐멘터리였다. 유빙에 올라탄 거대한 배 기지에 각국에서 모여든 사람들이 살면서 저마다 스노모빌이나 무언가로 이동해 자신의 전문 분야를 조사하러 나갔다가 다시 기지로 돌아왔다. 목적지로 향하는 평범한 배와 달리 이 배는 유빙이 이동하는 데 따라 조금씩 움직였다. 팀 멤버들은 저마다 하는 일은 다르지만 생사와 식사를 공유하고 있었다. 그 미지의 연대감과 가까운 것을 어떤 기분인지 맛보고 싶었는데 지금 나도 느끼고 있을지도 모른다.

복도를 걸어가다가 떡갈나무 액자 테두리에 시선이 멈추었다.

그림에는 '에미와 모네의 부엌'이라고 어설픈 글씨체로 제목이 적혀 있었다. 맨 처음에 왔을 때는 알아차리지 못했지만 두 종류의 필적이 뒤섞여 있는 걸 보니 합작인 모양이다. 사용하는 한자 레벨에서 보면 한쪽은 초등학교 1, 2학년 정도, 다른 한쪽은 초등학교에 입학하기 전이거나 갓 입학한 아이가 그린 것 같았다.

"저랑 누나가 옛날에 그린 이 부엌 설계도예요."

내가 멈춰 서 있다는 걸 알아차린 마치다 씨가 돌아보며 말했다.

누나가 있었구나. 어떤 사람일까? 이런 어릴 적부터 이 부엌을 설계했다고? 여러 가지 궁금증이 생겼다.

"저 식탁은 누나가 골랐어요……?"

어째서인지 그런 질문을 하고 있었다.

"대단해요. 어떻게 알았어요?"

마치다 씨는 펄쩍 뛸 듯이 놀란 모습을 보였다.

"그냥요. 이쪽이 누나 글자가 아닐까 싶었어요."

나는 '난롯불 같은 색깔의 식탁'이라고 적힌 부분을 가리켰다. 서툰 글자이기는 했지만 필압이 있고 글자에서 '똑바로 쓰자'는 결의가 느껴졌는데, 그 성실함은 마치다 씨의 것이 아닌 듯했다. 글에 한자가 없어서 처음에는 여동생인 줄 알았는데 누나라는 건 의외였다.

"맞아요. 누나가 소중히 여겼던 식탁이에요."

마치다 씨는 마트에서 구입한 짐을 끌어안고 부엌으로 들어갔고 나도 뒤를 따랐다.

"레벤스바움이라는 나무로 만들어졌어요. 해석하면 '생명의 나무'예요. 독일 가구 장인한테서 샀어요."

"와아. 생명의 나무요?"

생기가 도는 듯한 인상을 받았기에 나무 이름으로 딱이라는
생각이 들었다.

"마코토 씨, 생크림 거품은 이 정도면 되나요?"
마치다 씨가 핸드 믹서 스위치를 끄자 바깥에서 울리던 매미
소리가 귀로 날아들었다.
"적당해서 좋네요."
망고 주스를 마시면서 대답했다. 주스가 생각보다 묽었지만
목이 말라서 딱 좋았다.
마트에서 산 상품들을 재차 음미하고 파르페 만들기에 돌입
하기 시작한 것은 돌아온 지 1시간이나 지났을 무렵이었다. 부
엌은 서늘했던 아침 무렵보다 공기가 꽤 데워져 있었다.
"적당해서는 안 돼요."
마치다 씨가 과장되게 고개를 저었다.
"마코토 씨한테 있어서의 완벽함을 알고 싶어요. 타협해선 안
돼요. 마코토 씨한테 이게 최적인지 그것만 알고 싶어요. 왜냐
면 마코토 씨는 지금 이 세상에서 제일 중요한 존재니까요. 세
상에서 제일가는 VIP예요."
"그렇게 거창하게 굴 것까지는 없잖아요."
"진실이에요. 지금 이 장소에서 이게 진실이라는 게 진실이
에요."
생크림을 스푼으로 떠서 나에게 내밀었다.

"……좀 더 단단한 편이 좋으려나. 그리고 좀 더 단 게 좋아요."

내가 말하자 마치다 씨는 마치 신에게서 예언을 들은 듯 공손하게 고개를 끄덕였다.

생크림을 조절하는 마치다 씨 옆에서 내가 망고를 썰고 있으니 "그렇게 대충 썰어도 되나요?" 하고 마치다 씨가 캐물었다.

"세상에서 제일가는 VIP에게 내놓는 걸 당신이라면 그렇게 썰겠어요? 어디를 어떻게 썰면 단면이 아름다워 보일지 망고가 VIP에게 최고로 비칠지 진심으로 느끼고 생각했나요? 이 망고는 VIP를 위해 미야자키현에서 목숨을 바치러 왔어요."

"VIP, VIP 시끄러워요."

말은 그렇게 했지만 내 손길은 아까보다 훨씬 정중하고 주의 깊어졌다.

마치다 씨의 부엌은 상당히 고민해서 만들어진 걸 테다. 조리대의 높이는 몸에 괜한 힘을 싣지 않아도 될 정도로 절묘했고, 망고 껍질을 음식물 쓰레기통에 버리거나 작업 도중에 수도로 손을 씻거나 하는 동작은 흐뭇할 만큼 원만하게 이루어졌다.

가스레인지 앞에는 타일이 발려 있었고 그 타일의 색은 아기 피부처럼 귀여웠다. 갓 태어난 아이를 돌보듯 소중하게 다룰 생각이 아니면 분명 이런 색은 선택하지 않는다.

도구도 심혈을 기울여 고른 게 분명했다. 나무 도마는 질이 좋고, 식칼은 썰리는 느낌이 좋은데도 완전 전문가용 느낌은 아니라서 부담 없이 쓸 수 있었다. 썰다 보니 내 기술이 아주 좋아진 것 같은 착각이 들었다.

이렇게 집중해서 무언가를 썰었던 적은 없을지도 모른다.

부드럽게 빛을 받는 망고의 단면을 보고 있으니 탄산 거품처럼 여러 가지 생각이 떠올랐다가 터져서 사라졌다.

어째서 늘 좀비에게 쫓기면서 무언가를 썰고 있었을까.

나는 무엇을 위해 매일 밥을 차리고 있었을까. 가족을 위해서? 가족을 위해서라는 건 뭘까.

나는 어떤 부엌을…… 어떤 집을 원하는 걸까?

저번 주말에 건축가와 했던 회의를 떠올렸다.

생각할 게 너무 많아서 머릿속이 뒤죽박죽이었다. 게다가 소타가 사무실 안을 뛰어다니는 바람에 비품을 망가뜨릴까 봐 전혀 집중이 되질 않았다. 가이토는 "아직도 안 끝났어?" 하고 투덜거렸고 남편도 전혀 적극적이지 않았다.

"부인은 어떤 부엌이 좋으세요?"라는 질문을 받고서도 "…… 청소하기 좋고 수납할 곳이 많은 부엌이요?" 정도밖에 떠오르지 않았고 빌트인 식기세척기를 설치하고 싶다고 생각했지만 왠지 모르게 말을 꺼내지 못했다.

결국 건축가의 제안을 그대로 받아들여 기초 도안을 짜게 되었다.

갖고 싶은 것을 애써 손에 넣는 걸 어딘가 두려워하고 있었다.

일, 결혼, 첫 번째 자녀, 두 번째 자녀. 하나같이 이것만 더하면 행복해질 거라고 생각해 왔다. 이번에도 집만 손에 넣으면 상황이 좋아질 거라고 기대하는 반면, 그러지 않으면 어떡하지 하는 두려움도 있었다. 아마 마지막 비장의 카드라서 그럴 것이다.

분명 꿈을 꾸는 게 두려운 것이다.

"마코토 씨, 그럼 얼른 쌓아나가 볼까요?"

마치다 씨의 기운찬 목소리에 정신이 돌아왔다. 눈앞에는 냉동실에 넣어 차게 해둔 파르페 잔이 있었다.

"네."

어딘가 긴장하면서 준비한 재료를 포개어나갔다. 생각하고 또 생각하면서 신중하게. 하지만 차가운 거라서 시간을 너무 들일 수는 없다.

망고 주스와 우유를 젤라틴으로 굳힌 망고 푸딩과 비슷한 것. 그래놀라. 어느 정도가 좋을까? 나 자신에게 물었다.

바닐라 아이스크림을 냉동실에서 꺼냈다.

"아. 아이스크림은 둥글게 말고 싶었는데. 그거 없죠? 그거."

"스쿱이요? 있어요."

마치다 씨는 유능한 집사처럼 재빨리 응답하더니 스쿱을 꺼내 물에 적셔서 건네주었다.

아이스크림 위에 생크림을 얹자 이미 잔 위로 넘치고 있었다. 그런데도 망고를 잔뜩 올리고 싶어서 무리해서 담으니 망고 몇 개가 미끄러져 떨어졌다.

"완성됐어요!"

불합격이지만 완성된 파르페를 보자 설레는 마음이 흘러넘쳤다. 스스로 선택한 아름다운 잔에 추려낸 식재료들이 높이 쌓아 올려진 모습은 장관이었다.

소중하게 쌓아 올린 내가 좋아하는 것들.

"대단해요. 카페 같아요."

들뜬 모습으로 사진을 찍고 있는데 문득 부끄러워져서 "완벽과는 거리가 멀지만요"라고 자조적으로 말하며 테이블로 옮겼다.

"마코토 씨한테는 완벽이지요."

마치다 씨가 내 말을 정정하더니 건너편에 앉아 싱글벙글대며 나를 바라보았다.

"쳐다보면 부담스럽나요?"

"딱히 상관없어요."

예술적으로 가늘고 길게 뻗은 스푼을 손에 들었다.

두근거리는 마음으로 파르페 잔에 스푼을 꽂고 맨 처음 한 스푼을 입에 넣었다.

"어디 가?"

갑자기 등 뒤에서 말을 걸어오는 바람에 흠칫 놀라 손이 빗나갔다. 눈꺼풀에 묻고 만 마스카라를 짜증스럽게 티슈로 닦아냈다.

짧은 시간에 말릴 수 있는 단발머리. 아울렛에서 산 체형이 드러나지 않는 실루엣의 셔츠는 더럽혀져도 눈에 잘 띄지 않는 남색 줄무늬가 들어가 있었다. 거울에 비친 양산형 엄마 로봇 같은 여자의 미간에 불쾌해 보이는 주름이 잡혔다. 세면대 거울에 비친 내 모습 뒤로 막 잠에서 깨 찌뿌둥한 얼굴을 한 남편이 나타났다.

나도 늙었지만 남편도 늙었다. 깊어진 눈꼬리 주름에서 나이를 먹은 사람의 매력이 느껴져 싫지는 않았지만 지금은 남편이 참으로 초라해 보였다.

토요일 아침이었다. 아이들은 아직 자고 있다.

"말했잖아. 오늘 아침에 나간다고."

"그랬어? 못 들었어."

"또야? 왜 늘 그렇게 제대로 안 들어?"

"말로만 하지 말고 써줘. 잊어버리니까."

"왜 그렇게까지 해야 하는데?"

또 그랬다. 왜 생각과 다르게 안 좋은 말이 튀어나오는 걸까. 예전 같았으면 정말 잘 까먹네, 하고 서로 웃으면서 끝냈을 텐데 언제부터 이렇게 돼버린 걸까.

"나 실은 오늘 오후에 영화 보러 가고 싶었어."

"그거야말로 못 들었어."

"마코토, 당신이 늘 신경이 곤두서 있어서 말하기 힘들었으니까."

"내 탓이야?"

목소리에 날이 섰다. 남편이 한숨을 쉬었다.

"그런데 오늘은 몸 컨디션이 안 좋아서 그냥 집에서 쉴 거야."

"…………."

무슨 말이 하고 싶은 걸까. 나한테 나가지 말란 소리인가?

"내가 있는 편이 나아?"

말로 꺼낸 순간 '아니야'라는 마음이 가슴속에서 굴러 나왔다. 초조함과 분노와 슬픔이 들러붙어서 갈수록 커져 갔다.

"가능하면 말이지. 그 약속, 꼭 가야 해?"

그 말이 남편한테서 나온 순간 스토퍼가 찰칵 빠졌다. 가슴속에서 커진 구슬이 폭주해서 눈앞의 인간을 향해 날아갔다.

"난 몸 컨디션이 안 좋아도 집안일이랑 육아 다 하지? 그건 가정을 굴러가게 하는 일은 쉴 수 없어서야. 그런데 당신은 뭐야? 컨디션이 안 좋다고 쉽게 말하고. 태평하게 잘 수 있어서 좋겠네."

멈출 수 없다. 멈추고 싶은지 멈추고 싶지 않은지 스스로도 모른 채 큰 소리를 냈다.

"난 가정부가 아니야!"

"……그냥 됐어. 갔다 와."

물러나려고 하는 남편의 등에다 대고 말했다.

"그렇게 말하는데 내가 어떻게 가!"

"그럼 어쩌라는 거야?"

'신경 쓰지 말고 다녀와'라고 기분 좋게 배웅해 주기를 바랐다. '중요한 스케줄이지?'라고 말해주기를 바랐다. 실컷 큰 소리를 내면서도 정작 남편에게 바란다는 그 말이 나에게서도 나오지 않았다.

말해도 이해해주지 않을 것 같아서 두렵다.

침실 문이 열리는 소리가 났다. 아이들이 일어난 모양이다. 아이에게 싸우는 모습을 보여줄 수는 없어서 끝내는 수밖에 없었다. 아무것도 해결하지 못한 채 또 커다란 '아니야'가 쌓여 갔다.

갑자기 햄버그 덩어리를 벽에 내던지고 싶었던 때처럼 될 대로 되라는 마음이 난폭하게 솟구쳤다.

"그냥 집 짓지 말자. 당신이랑 같이 빚을 지고 싶지 않아. 앞으로 만약 이혼이라도 하면 처리하기 번거로워질 테고."

"……그러게. 관둘까?"

먼저 말을 꺼낸 주제에 남편이 쉽게 답하고 등을 돌리자 충격을 받았다.

침실로 가는 남편과 교대해서 가이토와 소타가 "엄마" 하고 이쪽으로 다가왔다.

멍하니 현관으로 향했다. 바로 나갈 수 있도록 준비해둔 가방에서 휴대전화를 꺼내 마치다 씨에게 짧은 문자를 보냈다(마치다 씨는 오래된 폴더폰만 가지고 있었다).

[죄송한데 가족이 아파서 오늘 못 갈 것 같아요. 앞으로도 갈 수 있을지 없을지 모르겠어요. 이제 파르페 만들기는 포기할게요.]

역시 '그런 건' 처음부터 관둘 걸 그랬다.

자신만을 위해서 노력을 들여 파르페를 만들다니 멍청한 짓이다. 일도 하고 애도 둘이나 있는데. 어설프게 기대하다가 스케줄을 지킬 수 없어지자 남편한테도 화를 냈다.

오후 1시가 지나서였다. 텔레비전을 보다가 소파에서 잠든 가이토와 소타의 자는 얼굴을 보며 나는 내내 멍하니 있었다. 기력이 몽땅 빠져나가서 움직일 수 없었다.

남편은 점심도 먹지 않은 채 줄곧 침실에서 나오지 않았다. 정말 상태가 나쁠지도 모른다. 배려하는 말 한마디도 건네지 못한 자신에 대한 혐오감과 자고 있을지도 모르는 남편에 대한 분노가 뒤섞였다.

전부 다 망치고 말았다. 어째서 그런 말을 하고 말았을까. 정성을 다해 쌓아 올려 온 것을 전부 스스로 망가뜨리는 짓을 하다니.

"아니야."

갑자기 혼잣말이 나와서 스스로도 흠칫했다.

—아니에요.

마치다 씨가 반복해서 말하는 목소리가 귀에 되살아났다.

지난주 마치다 씨네 부엌에서 완성한 파르페를 한 입 먹었을 때 그게 파르페(완벽)가 아니라는 사실을 바로 알았다.

그럴 리가 없다. 그렇게 시간과 노력과 돈을 들이고 엄청나게 고민해서 정성을 다해 만들었는데. 어떻게든 이게 정답이라고 생각하고 싶었다. 그런데 먹어갈수록 실망감이 더해갔다.

"……아니야"라고 읊조리는 나에게 마치다 씨가 "아니죠? 그럼 또다시 시도하면 돼요"라고 밝게 말했다.

"왜죠? 어디부터 잘못됐어요? 어디부터 다시 만들면 돼요?"

거의 울다시피 하는 나를 보고 마치다 씨는 "파르페 앞에서 그런 얼굴을 하는 사람은 처음 봤어요. 마코토 씨, 너무 심각해요"라며 크게 웃었다.

식탁 위에 있던 휴대전화를 쥐고서 현관에서 샌들을 신고 바깥으로 뛰쳐나갔다. 후덥지근한 열기가 몸을 감쌌다. 비상계단까지 갔더니 햇살을 받아 순식간에 녹아버릴 것 같았다.

마치다 씨는 바로 전화를 받았다.

"아니에요."

말을 내뱉자 눈물이 흘러넘쳤다. 내가 우는 사이에 마치다 씨는 가만히 있었다.

"아니에요. 아니라고요."

"뭐가 아닌가요? 마코토 씨."

"망고가 달라요. 9년 전에 미야코섬에서 먹은 망고가 좋아요. 그 망고가 아니면 싫어요."

맨 처음에 그 망고부터 시작하고 싶었다. 그러면 분명 어긋나지 않았을 텐데. 쌓아 올릴수록 크게 어긋나는 일도 없었을 텐데.

제일 소중한 것을 소홀히 하고 말았으니 아닌 게 당연하다는 사실을 이제야 깨달았다.

"지금부터 미야코섬에 가보도록 하죠."

"네에?"

마치다 씨가 너무 선뜻 말해서 잠시 사고가 멈췄다.

"무슨 소리세요?"

너무 갑작스러운 제안에 혼란스러웠다. 말을 더해가는 나에게 마치다 씨가 조용히 물었다.

"마코토 씨, 9년 전에 먹은 망고로 파르페를 완성 시키고 싶나요?"

꿈속에서 파도 소리가 울려 퍼지고 있었다.

새하얀 빛 속에서 천장과 벽이 모습을 점점 드러냈다. 잠에서 깨고 나서도 여전히 파도 소리가 들렸다. 숙소는 바다와 떨어져 있을 텐데, 하고 이상하게 생각하면서 커튼을 걷자 사탕수수밭의 사탕수수가 바람을 맞아 울고 있었다.

숙소는 건축이 처음인 주인이 기본 토대부터 모든 걸 손수 만든 한 채짜리였다. 단순한 상자라고 표현해도 될 정도로 무미건조한 건물로, 한 동이지만 크기가 널찍한 원룸 정도 되었다. 인테리어도 심플하다기보다는 살풍경에 가까웠고 침대나 선반도 저렴해 보였다. 그런데 주변의 환경 덕분인지, 아니면 천장이 높고 창문이 많은 덕분인지 신기하게도 몸에 바람이 통하듯 기분이 좋았다. 합판으로 만들어진 밥상이 놓여 있는 거실은 다다미로 되어 있었다. 창문으로 들어오는 바람에 파릇파릇한 풀냄새가 뒤섞여 있었는데 사탕수수 잎 아니면 다다미겠지 싶었다.

어젯밤에 마트에서 산 주먹밥을 프라이팬에 구워서 아침으로 먹고 있으니 마치다 씨가 왔다. 파란색 민소매에 반바지, 조리를 신은 가벼운 차림이었다.

"마코토 씨, 잘 주무셨어요?"

가로막는 것 하나 없는 하늘과 사탕수수밭을 배경으로 서 있는 마치다 씨는 땅에서 자란 것처럼 자연스러웠다. 그러고 보니 고급 마트에 있어도 겉도는 느낌이 나지 않았다는 걸 떠올렸다. 개성 있는 스타일인데 어떤 장소에 자리해도 신기하게 잘 어우러지는 사람이다.

마치다 씨는 렌터카를 운전하면서 어젯밤에 옛날부터 알고 지내던 숙소 주인과 적잖이 마셨다고 즐거운 듯 말했다. 나는 흘려들으면서 창밖으로 흘러가는 경치를 바라보고 있었다.

편의점이나 마트, 리조트 맨션. 쓸데없는 게 늘었다. 기억 속 모습과 왠지 다르다며 배신당한 기분이 드는 건 이기적인 소리일지도 모른다. 그런데도 역시 바다와 하늘의 색은 눈을 새 걸로 바꾼 듯한 착각을 불러일으킬 정도로 아름다웠고, 잠시 차를 달리기만 해도 변하지 않은 경치를 만날 수 있었다.

신혼여행으로 왔던 곳에 9년 후에 혼자 오게 될 줄이야.

옆에서 떠드는 마치다 씨의 존재를 제외하면 감상적인 기분이 들었다.

"망고라면 벌써 끝났어요."

눈썹이 진한 아저씨가 태평스럽게 말했다.

"네? 끝났다고요?"

예상치도 못한 말에 놀라서 되물었다.

'망고 농원은 많아요. 숙소에서 가까운 순서대로 돌아보죠'라
고 마치다 씨가 말한 대로 제일 근처에 있던(그렇다고 해도 15
킬로미터나 달렸다) 농원을 방문한 것이었다.

관광용으로 견학을 시켜주거나, 소비자에게 직접 팔지 않는
평범한 농원이었기 때문에 알아보기 쉬운 간판 하나 없어서 찾
아내는 데 고생했다.

"오키나와는 따듯하니까 일 년 내내 재배하는 줄 알았어
요……."

내가 멍하니 중얼거리자 농원 주인인 아저씨가 어처구니가
없다는 듯 웃었다.

"망고는 6월부터 7월까지죠. 7월도 이제 곧 끝물이니 어제 마
지막 출하가 나간 차예요."

두 번째로 방문한 농원도 마찬가지였다. 이쪽은 더 빨리 수
확을 끝냈다고 한다.

"여기까지 와서 이런 함정이……."

차로 돌아와 에어컨을 쐬어서 땀이 식자마자 '내가 뭘 하고

있는 거지?' 하는 기분이 밀려들었다. 집에 남기고 온 가족 생각을 의식적으로 하지 않으려고 했는데 갑자기 무겁게 덮쳐왔다.

어제는 편지도 생략하고 집을 뒤로했다.

지금까지 무언가 용건이 있어서 집을 비울 때는 집안일을 마치고 요리를 해두고 여러 가지 상황을 고려해 필요한 걸 다 갖추어놓고서 마지막으로 남편에게 메모를 남겼다. 그런데도 뭔가 빠진 게 있지 않을까 하고 외출한 곳에서 항상 불안해했었다.

그런데 이번에는 10분 만에 보스턴백에 갈아입을 옷을 싸고 가족에게 아무 말도 하지 않고서 그냥 나온 것이다. 공항으로 향하는 버스 안에서 "2, 3일 동안 미야코섬에 다녀올게. 집과 아이들 잘 부탁해"라는 메시지만 보낸 채 남편한테 온 답장도 보지 않고 전화도 받지 않았다.

어째서 그런 마음이 들었는지 자신이 한 행동이지만 이해할 수 없었다.

—마코토 씨는 9년 전에 먹은 망고로 파르페를 완성시키고 싶은가요?

마치다 씨의 물음에 그렇다고 답했다. 그뿐이었다. 그 답변이 자신을 이런 곳까지 데려온 것이다.

회사에는 내일 '친척한테 안 좋은 일이 생겨서 쉬겠다'고 연락하면 된다.

허무할 정도로 간단한 일이었다. 산후 휴가를 두 번 쓴 7년간 아이한테서 열이 갑자기 나거나 이런저런 문제가 생기면 어떻게

든 헤쳐 나갔다. 그런데도 주변에 늘 미안한 마음을 가지고 있어서 거의 쉬지 않고 필사적으로 노력했다.

영양소가 균형 잡힌 음식을 제대로 먹고 있을까. 과자만 먹고 있지는 않을까. 남편은 아이들이 다치지 않도록 꼼꼼하게 돌보고 있을까. 가이토는 모레 있는 종업식에 잘 갈 수 있을까. 나쁜 상상만 밀려들었다.

"바로 돌아가는 편이 나으려나……."

"왜요?"

"제가 없어서 안 좋은 일이 생겼을지도 모르잖아요."

컨디션이 나쁜 남편은 이제 한계가 찾아왔을지도 모른다. 화가 나서 이혼 이야기를 꺼낼지도 모른다. 시부모님은 어떻게 생각할까.

"마코토 씨네는 집을 비우는 중에 총격을 당할 만큼 위험한 지역에 있나요? 아니면 적이 있는 지역을 빠져나가지 않으면 식료품도 물도 확보하지 못하는 건가요?"

"평범한 주택가고 사다 놓은 식료품도 있어요."

"다행이네요. 안 좋은 일이라고 해서 저는 당연히 그런 건 줄 알았어요."

마치다 씨가 가슴을 쓸어내렸다.

"남편은 집을 비운 적 없나요?"

"네? 있어요. 출장으로 이틀 정도요."

"그때 남편도 마코토 씨처럼 행동하거나 생각하나요?"

완벽한 파르페

"설마요. 남편은 그냥…"

그냥 집을 나가기만 해요.

갑자기 악몽에서 깨어난 듯한 기분이 들었다.

"그럼 같은 행동을 하고 있을 뿐이잖아요. 그러니 남편도 마코토 씨와 같은 행동을 할 수 있어요. 마코토 씨와 똑같은 어른이고 부모니까요."

"그런데 남편은 요리를 잘 못 해요."

"그럼 생우엉이라도 갉아 먹으면 돼요."

"그런데 왜 굳이 우엉인가요?"

그런 말을 하는 동안에 마치다 씨가 마음에 든다는 젤라토 가게 앞에 차를 세웠다. 그리고 가게 안에서 섬에서 나는 재료로 만든 맛이 뛰어난 젤라토를 먹다 보니 이야기가 흐지부지됐다.

"망고는 이제 시기가 끝났죠? 젤라토라면 냉동 보관할 수 있으니 상관없나요?"

망고 젤라토가 있는 걸 보고 별 뜻 없이 점원인 젊은 여성에게 말을 걸었다. 그런 행동을 한 건 오랜만이었다. 장을 보거나 외식을 할 때는 아이들을 상대하느라 신경이 곤두서 있어서 그럴 여유가 없기 때문이다.

"품종에 따라서 달라요. 애플망고는 슬슬 끝물이긴 한데 저희 거래처 농원이라면 아직 있어요. 저희도 냉동이지만 매일 갓 만든 걸 진열하고요."

햇볕에 타고 화장기가 없는 여성 점원이 또랑또랑하게 답해주었다.

"그래요? 그 농원이 어디 있는지 알려주세요!"

적극적으로 질문하는 나를 보고 점원은 당황해하면서도 정중하게 농원의 위치와 가는 법을 가르쳐주었다.

"어원종, 이른바 애플망고. 대부분의 농가가 기르는 건 이거죠. 우리 농원은 다른 곳과 다르게 인공적으로 온도를 높이지 않고 자연스럽게 떨어지기를 기다리니까 출고 시기가 밀리는 일이 많아요. 해충을 제거할 때도 농약이 아니라, 검은 설탕이나 해수가 담긴 수제 스프레이를 사용하고요. 레시피는 비밀이지만요."

온실을 안내하면서 농원 주인인 아저씨가 자랑스럽게 말했다.

"……망고 나무는 야자나무처럼 키가 큰 줄 알았어요."

뾰족한 잎이 사방으로 무성한 망고 나무들은 높이가 가슴까지밖에 오지 않았다.

온실 안이 숙성된 망고의 섹시한 향으로 가득 차 흘러넘치고 있었다. 수확하기 위해 비닐을 벗겨 놓은 애플망고들. 팽팽한 형태에 옅은 붉은색의 고급스러운 모습은 여왕님이라고 형용하기에 적합했다.

젤라토 가게에서 알려준 농원은 숙소 거의 반대 지점에 있어서 한 시간 정도 차를 달려서 도착했다. 주변에 민가도 없어서 시골 느낌이 물씬 났다.

농가를 경영하는 가족은 놀랄 만큼 친절했다. 유료 견학 투어 못지않게 정성스럽게 안내를 하며 시식까지 하게 해주었다.

"맛있어⋯⋯."

네모나게 잘린 한 조각을 입에 넣자 황홀한 향기와 즙이 가득한 달달함이 온몸에 퍼졌다. 뭐라고 할까, 생명력이 있었다. 산지에서 먹는 건 역시 특별하다. 물론 망고 자체의 맛도 다를 테지만, 그 자리에서 바로 먹으니까 더욱 직접적으로 맛이 느껴지는 것 같았다.

이건 9년 전에 나를 감동시킨 맛일까. 그렇다고 한다면 그럴 법도 하다. 하지만 몇 발짝을 앞두고 확신을 가질 수 없었다.

"괜찮으시면 이것도 드셔보세요."

농원 주인의 아내로 보이는 여성이 다른 작은 접시를 가지고 왔다.

이런 고급스러운 과일을 이렇게 많이 시식해도 될까. 죄송스럽게 여기면서도 감사 인사를 하고 고맙게 받아 한 조각을 입에 넣었다.

그로부터 몇 초 동안 나는 정지 영상처럼 그대로 굳어 있었다.

하지만 안에서는 엄청난 일이 벌어지고 있었다. 수많은 색과 향기와 음악, 언어, 모든 감각, 영상이 동시에 깜박거리며 소란스러웠고 그 시절의 감정이 파도처럼 지금을 뒤덮어갔다.

아직 아내라는 호칭이 익숙하지 않고 엄마라는 호칭은 알지도 못했던 그 시절. 남편은 남편대로 '가이토 아빠'가 아니라

'마사'로 불렸다. 그리고 여행용 캐리어를 거뜬히 들어 올리던 남편의 팔에 울끈불끈 튀어나온 근육이 멋있어서 눈을 마주치는 횟수가 지금의 100배는 됐을 것이다.

"이 망고는 뭔가요……?"

농원 주인인 아저씨에게 묻자 "아, 키츠 망고예요. 이건 지금 부터가 제철이에요. 저쪽에서 기르고 있죠."

아저씨의 뒤를 따라 멍하니 옆의 온실로 들어갔다.

순간 망고가 어디에 열렸는지 알 수 없었다.

우거지고 나지막한 나무에 열린 과일들은 여왕은커녕 과일로도 보이지 않는 수수한 녹색이라서 전혀 눈에 띄지 않았다. 길가에 열려 있었더라면 그냥 지나쳤을 것이다. 이 향기의 존재를 알아차리고 출처를 찾지 않으면 말이다.

온실 구석을 보니 모습이 보이지 않던 마치다 씨가 어째서인지 종업원들에 섞여서 담소를 나누며 비닐을 씌우는 작업을 하고 있었다.

나는 용과 셰이크와 섬 바나나 치즈 케이크를 먹고 있었다.

그 선택을 내릴 때까지 족히 10분은 헤맸지만 얼른 결정해야 한다며 조급해하지도 않았고 "아직이야?" 하고 상대가 짜증을 내는 일도 없었다.

뭐로 정할지 망설이는 것 자체가 즐거웠다. 정할 수 있는 자유를 가지고 있는 게 기뻤다. 그곳은 지붕만 있는 야외 카페였고 손님은 우리 둘뿐이었다. 땅에는 고운 하얀 모래가 쫙 깔려 있어서 무심코 맨발로 걷고 싶어지는 곳이었다. 여기저기에 심긴 아열대 식물들이 가든이라는 말로는 다 담아낼 수 없을 정도로 무성한 잎을 드리우고 있었다.

치즈 케이크에는 섬 바나나의 풍부한 향이 채워져 있었고, 눌어붙은 바닥에 깔린 버터 맛 생지와 잘 어울렸다. 용과 자체는 연하게 달기만 한 특징 없는 맛이었다. 하지만 셰이크는 레몬으로 풍미를 더해 자줏빛이 감도는 마젠타 색상을 보는 것만으로도 힘이 났다.

전부 다 맛있어서 '이걸 골라 다행이야'라고 싱글벙글 웃으며 고개를 들다가 아이스커피를 마시던 남편과 눈이 마주쳤다.

달달한 음식을 좋아하지 않는 남편한테는 전혀 흥미 없는 시간일 테다. 그런데도 그 눈에는 소중한 것을 보는 듯한 빛이 감돌았다. 헌납된 상품에 기뻐하는 여왕을 보는 것 같았고, 달달한 음식이 나를 방긋방긋 웃게 하는 것에 아주 가치가 있다고 생각하는 것 같았다.

그 뒤로 메뉴에 있던 망고 파르페가 벌써 종료되어 아쉽다는 둥, 미야코섬에 왔는데 아직 망고를 못 먹었네, 시기가 좀 늦었나보다는 둥 이야기를 했던 것 같다.

무인 시장에서 망고를 발견한 건 그날 밤이었다.

"겉모습이 어땠는지 기억 안 나죠? 키츠 망고라면 드무니까 기억할 수 있을 텐데."

농원에서 숙소로 돌아가는 길에 마치다 씨가 운전하면서 말했다.

"아마 발견한 게 밤이어서 딱히 색에 대한 인상이 없었던 것 같아요. 낮에 길가에서 먹었던 것 같기도 한데 기억이 잘못됐겠죠."

섬의 태양 같은 맛이라고 생각한 탓일지도 모른다.

도중에 파르페 재료를 사기 위해 대형 마트와 젤라토 가게에도 다시 들렀다. 이번에는 구입하는데 전혀 망설이지 않았다. 숙소로 돌아와 마치다 씨가 가져온 파르페 잔을 차갑게 식히면서 준비하는 동안에도 그랬다.

냉장고 안에서 조용히 기다리고 있는 키츠 망고를 중심으로 잡자 이상할 정도로 모든 것이 차분하고 순조롭게 진행되었다.

친절한 농원 사람들이 준 힘, 섬의 햇살과 땅, 망고가 자란 시간. 섬에서 자란 소에서 짠 우유, 그걸 최상의 형태로 살리는 젤라토 가게 주인의 센스와 경험.

나를 위해 이곳에 모인 것들을 잔에 포개어 나갔다.

DVD 플레이어에서는 그리운 곡이 흐르고 있었다. 보스턴백 옆 주머니에 10년 정도 넣어둔 채 방치하던 CD를 발견해서 재생시킨 것이었다.

인디아 아리의 허스키한 목소리가 경쾌하게 춤추며 방을 돌아다니고 있었다.

나는 네가 보는 영상에 나오는 평범한 여자가 아냐.

슈퍼모델처럼 몸을 가꾸지도 않지.

하지만 나는 나를 조건 없이 사랑하는 법을 알아.

왜냐하면 내가 바로 여왕이니까.

마치다 씨는 숙소 주인의 권유로 해조류를 캐러 나가 있었다.

아담한 밥상 앞에 앉아 완성된 파르페를 혼자 마주했다.

가냘프고 섬세한 놋쇠 스푼이 빛을 내면서 오렌지색과 흰색 속으로 잠기는 순간이 무척이나 예뻤다. 파르페를 입으로 옮겼다. 선풍기를 통과한 시원한 바람이 목덜미를 스치고 지나갔다. 여러 각도에서 스푼을 찔러 넣어 먹어나갔다.

파르페 잔에 흐르는 물방울이 손가락을 적셨다. CD는 이미 끝나서 조용한 바람 소리만 들려왔다.

모든 것이 뒤섞인 마지막 한 스푼을 입에 넣었을 때 나는 펑펑 울고 있었다.

〉〉〉〉

그날 밤 해변가는 믿을 수 없을 만큼 고요했다.

천천히 걷는 나와 남편의 발바닥이 모래에 스며들어 발자국이 찍히는 소리가 희미하게 들릴 정도였다.

썰물로 바다가 물러가서 파도 소리가 거의 들리지 않았던 탓이다. 가로등이 없었지만 달빛만으로도 놀랄 만큼 밝았다.

누가 먼저랄 것도 없이 나란히 앉아서 잠시 묵묵히 바다를 바라보았다.

"솔직히 좀 무서워."

나는 손에 든 과일에게 말을 걸듯 시선을 떨어뜨리고 읊조렸다. 숙소에서 걸어오는 길에 있던 무인 시장에서 무작정 산 망고였다.

"뭐가?"

"결혼은 인생의 무덤이라고 말하는 사람도 있잖아. 친구 부부도 대화가 전혀 없다고 하고. 지금은 좋지만 앞으로 잘 흘러가지 않으면 어쩌지?"

"그때는 어떻게 하면 또 잘 풀릴지 생각해보자."

이제 막 남편이 된 그가 아마추어 같은 대답을 했다.

"애가 태어나면 남편에 대한 사랑이 식는다는 소리도 자주 들어."

"그럼 어떻게 하면 식지 않을지 그때 생각해보자."

"그게 뭐야. 지금 생각해봐."

"지금 생각해봤자 소용없잖아. 아직 일어나지도 않았고 일어날지도 모르는 거고."

"그렇긴 하지만⋯."

"그것보다 지금 이 순간, 달이 예쁘고 눈앞에 있는 마코토가 너무 좋다는 생각을 하고 싶어."

남편은 내 손을 잡더니 "앞으로 잘 부탁해, 여보"라고 새로운 호칭으로 불렀다. 새 신발을 신었을 때처럼 아직은 어색한 느낌이었지만 앞으로 분명 익숙해질 것이다. 많이 걷고 많이 달리면 말이다. 그런 생각이 들었다.

"그럼 앞으로 내가 어떤 공을 던져도 받아줄 거야?"

"당연하지."

나는 남편으로부터 몇 미터 떨어진 곳으로 달려가서 망고를 던졌다.

엉뚱한 방향으로 날아간 망고를 남편은 기이한 소리를 내며 쫓아가 모래사장에 떨어지기 직전 아슬아슬한 순간에 잡았지만 관성을 이기지 못하고 데굴데굴 굴렀다.

그 우스꽝스러운 모습에 나는 숨이 멎을 듯 웃으며 모래사장을 굴렀다.

그때 갑자기 나와 함께 내 주변에서 자지러지게 웃는 작은 그림자가 두 개, 아이들의 모습이 보인 듯한 느낌이 들었다. 그 순간의 환영 같던 이미지는 나에게 완전히 '괜찮다'고 하는 기분이 들게 했다.

숙소로 돌아갈 때까지 미처 기다리지 못해 그 자리에서 망고를 먹었다. 어둡기도 하고 아무도 없었기 때문에 야만적으로 껍질을 이로 벗겨내고 덥석 베어 물었다. 맛이 밝은 햇빛 같기도 하고 부드럽고 다정한 달빛 같기도 했다.

무엇 하나 부족한 게 없었다.

나는 완전히 충만한 기분으로 부드러운 모래 위에 누워 옆에 있는 사람과 같이 미래를 기다리고 있었다.

>>>>

가이토가 냉장고에서 사과를 몰래 꺼내 껍질을 이로 갉아내고 먹고 있던 것을 발견했을 때 나는 발끈해서 혼을 냈다.

9년 전과 같은 모래사장에서 부드러운 모래 위에 혼자 누운 나는 쓴웃음을 지었다.

가이토에게 그렇게 화를 낼 필요는 없었다. 아이들과 떨어진 지금 떠오르는 것은 두 아들의 귀여운 모습과 나를 감동하게 만든 말과 행동뿐이었다.

누구보다도 나 자신이 나를 소중하게 여기지 않았다.

오늘 완성한 파르페를 다 먹었을 때 그걸 확실히 알 수 있었다. '아닌' 행동을 스스로 계속하면서도 남에게 '아니'라고 화를 내고 있었다. 그 사실을 자각하지도, 상대에게 제대로 전하지도 못한 채.

검은 액체 같은 밤바다. 광활한 하늘. 그사이에 나는 지금 혼자 였다.

혼자라는 걸 분명히 느꼈다.

원래 혼자였던 내 옆에 남편이 나타났고 가이토와 소타가 나타났다. 요 9년 동안에 말이다. 앞으로 세월이 흐르면 한 명, 또 한 명 떠날 것이다. 떠나는 거라면 다행이지만 사라져 버릴지도 모른다. 결국 나는 또 혼자가 된다. 네 명 함께 하는 시간은 불과 얼마 되지 않는다.

잔 속에서 포개어진 음식들이 완벽한 조화를 만들어냈다. 불과 한순간의 기적이었다.

지금의 내가 집으로 돌아가면 다시 시작할 수 있을까. 아니면 다시 실망하게 될까. 이제 너무 늦은 걸까.

어째서 우리는 소중한 것부터 제일 먼저 잊을까.

그때 주머니 안의 휴대전화가 울렸다.

화면에는 '남편'이라고 표시되어 있었다. 심장이 영문을 알 수 없이 삐걱거리기 시작했다.

"……여보세요."

"마코토, 지금 어디야?"

오랜만에 그가 내 이름을 불렀다는 생각이 들었다.

"미야코섬인데."

"미야코섬 어디?"

"어디냐니……."

당혹스러워하면서 모래사장 이름을 말했다.

"나 정말 대단한 것 같아."

자랑스러워하는 남편의 목소리에 더욱 당혹스러웠다.

"뭐가?"

"어떤 공이든 받아내겠다고 했잖아."

전화 건너편에서 아이들이 소란을 떠는 소리가 들렸다. 그게 점점 커져서 메아리치는 것처럼 두 겹이 되었다.

전화기를 대고 있지 않은 쪽의 귀에 소리가 들린다는 사실을 깨달았다.

돌아보자 희미한 어둠 건너편에서 두 작은 형체가 이쪽을 향해 달려오는 것이 보였다.

"엄마, 저기 말이야. 나 비행기 처음 탔어.""엄마 가출한 거야?""아빠가 라면 맛있게 끓여줬어.""신혼여행이 뭐야?""소타한테 말이야, 아빠가 주스 사줬어."

가이토와 소타는 동시다발적으로 말했다. 남편이 운전하는 렌터카로 숙소에서 짐을 가져와 남편이 예약한 호텔에 체크인 했다. 아이들은 씻기고 재우기 전까지 흥분을 쉽게 가라앉히지 못하고 거의 쉴 새 없이 떠들어댔다.

아무도 좀비한테 물어뜯기지 않았다. 가이토도 소타도 평소와 변함없이 씩씩하고 남편도 상상 속의 초췌한 모습과는 다르게 어딘가 후련한 표정마저 짓고 있었다.

"내가 없던 게 낫지 않았어?"

무심코 비아냥거리며 말했다.

"설마. 요 이틀간 무방비한 상태로 전쟁터에 있던 느낌이었어."

남편은 느닷없이 피곤한 얼굴을 했다.

"그런데 최악의 사태를 각오하고 헤쳐 나갔더니 자신감도 생겼고, 가이토랑 소타와도 유대감이 생겨서 즐거웠어. 당신이 늘 엄청 노력한다는 걸 알아서 새삼 감사하는 마음이 샘솟더라고. 그래서 내가 풀어나갈 과제도 보였고 말이지."

"뭐야. 프로젝트 경과보고 하는 사람처럼."

호텔 발코니에 나란히 앉아 오리온 맥주를 마시며 오랫동안 둘이서 이야기했다. 이야기하면 할수록 좀비가 점점 소멸해 갔다.

혼자서 무엇과 싸웠을까. 헤드셋을 끼고 가상의 좀비와 싸우고 있었다. 가장 가까이에 있는 사람도 제대로 보지 않고 적으로 인식해 버렸던 것이다.

"요 몇 개월 내내 고민했는데."

침대로 이동해서 슬슬 둘 다 졸려서 말이 없어지고 있던 무렵 남편이 결심한 듯 입을 열었다.

"실은 나 회사 관두려고."

"뭐어?"

직장 내 인간관계 문제로 내내 스트레스를 받고 있었던 것과 지금 하는 일이 하고 싶은 일이 아니라서 이대로 괜찮을지 고민해왔던 것을 남편이 단숨에 말했다.

"생각해놓은 다른 직장이 몇 군데 있는데 어떻게 될지 모르니까 집 짓는 이야기는 일단 보류……랄까, 백지화해줬으면 좋겠어."

"……좀 더 일찍 말해줬으면 좋았을 텐데."

"쉽게 말 못하지. 당신이 얼마나 속상해하고 화를 낼지를 생각하면."

"아니야. 화를 낸다면 고민하는 걸 전혀 말 안 해준 사실 때문일 거야. 그리고 당신이 집안일에 전혀 관심이 없는 듯해서 속상했던 거고."

"관심 있어."

"거짓말. 전부 내가 꾸려나가고 당신은 어떻게 하고 싶다는 이야기 하나도 안 하잖아."

"그야 마코토가 어떻게 하고 싶은지가 제일 중요하니까."

예기치 못한 말에 나는 할 말을 잃었다.

"마코토가 하고 싶은 대로 해서 즐겁게 웃어주는 게 제일이니까. 나한테도 아이들한테도."

그때 내 휴대전화가 소리를 냈다.

눈물이 흘러넘칠 것 같은 얼굴을 숨기려고 고개를 숙여 휴대전화 액정 화면을 켰다. 점심부터 내내 보이지 않던 마치다 씨가 보낸 짧은 문자였다.

'맛있는 소금을 찾기 위해 하테루마섬에 왔습니다.'

소금 따위 지금은 아무래도 상관없다. 나는 휴대전화를 다시 협탁에 내던지고 아무 말 없이 어색하게 남편과 거리를 좁혔다. 둘 다 켕기는 행동이라도 하는 것처럼 눈을 맞추지 않았다. 너무 오랜만이라서 어떻게 했는지 생각이 나지 않았다. 해상도가

완벽한 파르페

낮아서 움직임이 부자연스러운 옛날 컴퓨터 게임처럼 서로를 어색하게 끌어안았다. 손을 두른 남편의 등은 9년 전보다 살집이 붙어 있었다.

아이들을 위해 하루 더 묵기로 하고 이튿날에는 바다에서 헤엄치거나 카약을 체험하면서 놀았다.

가이토는 종업식에 못 가게 됐지만 그보다 지금 가족끼리 이곳에 있다는 게 중요하다고 생각했다.

섬의 북쪽에 있는 카페에 갔다가 돌아오는 길에 나의 제안으로 그 망고 농원에 들렀다. '망고 나무 주인 되기'를 신청하기 위해서였다.

"이 한 그루가 우리 가족의 나무가 되는 거야. 이 농원 사람들이 대신 키워주실 거야."

가이토와 소타에게 설명하자 "대박이다"라며 둘 다 눈을 빛내고 있었다.

가족의 나무에 열린 망고가 수확 시기가 되면 집으로 배달된다. 의도치 않게 잘못된 하루하루가 쌓여 간다고 해도 잊고 있을 무렵에 이 섬에서 마음을 환기 시켜 줄 망고가 도착한다.

"엄마가 묵었던 데가 좋아"라고 아이들이 졸라서 그날은 처음 묵었던 숙소에 다 같이 묵었다.

이튿날 아침, 가이토가 식사를 차리겠다고 억지를 부려서 맡기기로 했다.

"편해서 좋네"라고 서로 말하며 남편과 침대에서 빈둥대고 있는데 계속 기다려도 완성될 기미가 보이지 않았다. 기다리다 지치기도 하고 배가 고파서 소타가 칭얼거리기 시작했고 우리 두 사람은 말수가 줄었다.

한 시간 반이 걸려서 가이토가 가까스로 완성한 아침 식사는 탄 토스트(어째서인지 세 장밖에 없었다)와 소금을 잔뜩 뿌리고서 자잘하게 썬 오이, 요거트 한 팩에 기념품으로 산 고급 망고 잼을 통째로 한 병 쓴 것이었다.

네 명이서 작은 밥상에 둘러앉아 아침을 먹었다.

소타가 요거트를 요란하게 쏟으면서도 그릇 네 개에 열심히 나눠주었다. 탄 부분을 떼어내면서 식은 토스트와 짜디짠 오이를 먹었다. 영 시원찮은 아침 식사를 마주한 자신을 스스로 고무시키듯 남편은 몹시 밝게 행동했다.

"흠. 오이를 써는 방식이 개성적이야."

"전병처럼 바삭바삭한 식감이 식빵의 새로운 가능성을 끄집어내고 있군."

나와 남편은 고심해서 칭찬을 쥐어짜냈다.

그런 부모 마음도 모르고 가이토는 "완벽한 아침이야. 그야 내가 만들었으니까"라며 혼자서 흡족해했다.

제3화

고기를 굽다

인기척을 느끼고 눈을 떴다.

방 안에 새벽빛이 스며들기 시작하자 천장의 나뭇결이 희미하게 보였다. 밤사이에 기온이 꽤 떨어진 모양인지 이불 밖으로 나온 손바닥이 식어 있었다.

아직 어둑어둑한 그 방 안을 큰 총을 든 사내가 발소리를 죽이고 가로지르고 있었다.

"저기."

말을 걸자 남자는 "으악" 하고 놀라며 총을 떨어뜨릴 뻔했다.

"깜짝이야. 깼어? 아니 내가 깨운 건가? 미안. 마히루."

"마시로야."

이름을 기억하지 못하고 있다는 사실에 발끈했지만, 막 잠에서 깨 멍한 상태인 나도 그의 이름이 생각나지 않았다.

상반신을 일으켰다. 잠옷에서 맡은 적 없는 마른 잎 같은 냄새가 났다. 색이 바랜 카키색 맨투맨티다. 남자 옷이지만 사이즈가 딱 적당하다. 그의 몸집이 작은 탓일까.

어째서 나는 이름도 금방 떠오르지 않는 총을 든 남자의 옷을 입고 이런 곳에서 자고 있을까.

어제까지의 일을 떠올리려고 하자 가볍게 두통이 났다.

>>>>

일주일쯤 전이었다. 고등학교 시절에 친했던 무리의 술자리에 참가한 것이 시작이었다.

우리는 고등학교를 졸업하고 나서도 해마다 한두 번 모이는 게 연례행사였다. 전근 간 남편 때문에 멀리 이사를 가서 오지 못하게 된 친구도 있고 출산이나 육아를 하느라 한동안 모습을 감춘 친구도 있었지만 다들 35세가 된 지금까지도 이 모임을 계속 유지해올 수 있었던 건 부지런히 간사를 맡아주고 있는 마코토라는 친구 덕분이었다.

하지만 나는 요 2년 가까이 발걸음이 뜸했었다.

공통적으로 즐거워할 화제를 찾는 게 귀찮았기 때문이다. 아이가 있는 무리가 이유식이 어떻다는 둥 학원이 어떻다는 둥 이야기를 하면 독신 무리는 발언할 기회가 적어졌고, 관심도 없는 아이 사진을 보고 리액션해주는 것도 조금 고역이었다. 일하는 친구들이 업무에 대한 불평을 주고받고 있으면 전업주부인 친구들은 멀찌감치 떨어져 버라이어티 쇼를 보는 듯한 태도를 취하기도 했다. 그리고 같은 독신 친구라도 수입이 다르면 사용하는 화장품도 여행지도 달라져서 화제를 고려해야 한다.

결과적으로 처음 대면하는 사람처럼 표면적으로 얕은 대화만 하다가 끝나거나 누군가의 어색한 표정이나 짜증을 숨긴 표정을 보게 되기도 한다.

고등학생일 무렵에는 아무래도 상관없는 이야기로 그렇게 웃을 수 있었는데. 결국 이제 그 시절로는 두 번 다시 돌아갈 수 없다는 걸 확인하기 위해 모임에 참가하는 것 같았다.

하지만 그날 오랜만에 적극적으로 나갈 마음이 들었던 건 간사인 마코토와 메시지를 주고받다가 나온 불가사의한 말 때문이었다.

"무슨 뜻인지 모르겠는데, 그게 뭐야?"

모두가 모이기를 기다리는 동안에 옆자리에 있던 마코토에게 물어보자 "그지? 영문을 모르겠지?" 하고 마코토는 손뼉을 치면서 웃었다. 그 표정은 고등학생일 무렵으로 되돌아간 것처럼 젊음을 되찾아 보였다.

저번에 만났을 때는 "일과 가정이 아슬아슬하게 돌아가고 있어서 너무 버거워"라고 기운 없는 표정을 짓고 있었고 입만 열면 불평이었는데 말이다. 그러고 보니 마코토는 술에 취하면 원래 잘 웃는 버릇이 있어서 옛날에도 시시한 개그에 마코토 혼자서만 폭소했던 게 떠올랐다.

메신저로 이야기를 주고받으며 근황을 들었을 때 마코토는 〔여전히 일이 많아서 허덕이고 있지만〕하고 운을 떼더니 이렇게 보냈다.

〔파르페를 직접 만들 수 있게 되고서 인생이 변했어.〕

"나도 설명을 잘 못하겠는데 요리를 통해 자신을 되찾는 걸 도와주는 사람이 있어. 거기에 갔는데 엄청 좋았어."

"요리 교실이야?"

"그건 아닌데."

그때 "미안, 오래 기다렸지?!" 하고 사키가 늦게 와서 주목이 그쪽으로 쏠려 그 이야기는 끊어졌다.

"마시로가 눈부셔."

첫 번째 잔이 오기를 기다리는 동안 비스듬히 앞쪽에 있던 루미코가 갑자기 말을 걸었다.

"흰 셔츠도 목걸이도 반짝거리는 것 좀 봐."

"고마워"라고 가볍게 대답했지만, 꽤 기분이 좋았다. 흰 셔츠는 좋아해서 많이 가지고 있지만 오늘은 특히 더 좋아하는 고가의 셔츠를 입고 있었다. 일할 때 입고 가도 위화감이 들지 않는 데다 두 줄로 된 긴 목걸이를 레이어드 하기만 해도 단숨에 근사한 외출복이 된다는 게 마음에 들었다. 더구나 단추의 위치 등 세세한 디테일도 고려하고 있어서 그런 이야기를 하려고 "그래? 이 셔츠는—" 하고 기분 좋게 입을 열었는데 "우리처럼 애가 있으면 흰옷은 어지간해서 못 입잖아"라고 루미코가 마코토에게 말을 걸었다.

"그래그래. 애들이 더러운 손으로 만지거나 콧물을 묻혀서 금방 지저분해지거든."

"저렇게 긴 목걸이도 못 하지. 분명 애가 잡아당길 거고 애를 안을 때도 방해가 되니까."

둘이서만 신이 나기 시작해서 내 이야기는 행방을 잃었다.

"우선 다들 모였으니 건배하자."

가벼운 실망감을 달래려고 잔을 들고 소리를 높였다. "마시로가 주도하는 이 느낌, 왠지 그리워" "마시로 목소리를 들으면 하는 말을 안 들을 수가 없다니까"라고 건너편에서 마이코와 사키가 하는 말이 귀에 들어왔다.

건배하는 소리와 시끌벅적한 목소리가 연달아 터져 나왔다. 분위기가 한 차례 일단락되었을 무렵에 나는 이미 맥주잔을 절반 이상 비웠다.

10월 하순이 되어 쌀쌀해졌지만 실내에서 마시는 생맥주는 역시 좋았다. 피로가 단숨에 풀리는 듯해서 나는 바로 두 번째 잔을 주문했다.

이 작은 레스토랑은 분위기는 대중적이었지만 요리의 질은 보장할 만해서 로스트비프도 무척이나 육즙이 풍부했다. 나는 먹고 마시는 데 전념하면서 모두의 이야기를 듣고 있었다.

남편의 험담을 하는 루미코. 그렇다면 얼른 이혼하면 될 텐데. 아이를 핑계 삼아 자신의 현재 상황에 안주하고 싶은 거 아닌가? 전업주부라는 위험 부담이 큰 길을 쉽게 선택한 자기 책임이라고 생각하는데.

자유인을 자처하는 사키. 하지만 이 나이에 아르바이트라니 심한 거 아니야? 혼자 홀가분하게 살려면 수입을 좀 더 늘리는 걸 고려해야지, 아니면 비참한 노후를 보내지 않겠어?

선택적 딩크족으로 부부 둘이서 보내는 생활을 즐기고 있는 마이코. 여러 면에서 장점만 취한 것 같아 제일 영리한 선택일지도 모른다. 하지만 서로의 본가나 주변에서 2세 계획을 캐물어서 귀찮은 것 같다. 하긴 사회적으로 무책임하긴 하지.

정직원 직장과 두 자녀, 이해심이 넓은 남편까지. 제일 좋은 아이템을 갖추고 있어서 태클을 걸 만한 부분이 없을 듯한 마코토도 남편이 회사를 관뒀다지. 그건 그렇고 힘들어지는 걸 알면서도 아이를 더 낳는 건 이해가 안 된다.

열등감과 패배감의 색과 우월감과 안도감의 색이 마음의 도화지에 끊임없이 뚝뚝 떨어져서 뒤섞였다. 필요도 없는 그 난해한 추상화를 늘 기념품처럼 집으로 가지고 돌아가게 된다.

눈앞에 나란히 늘어선 건 현대 시대를 살아가는 동년배 여성들이 할 수 있는 선택의 쇼케이스나 마찬가지다. 이렇게 여러 길이 있는데도 하나같이 결국 막다른 곳에 다다를 듯해서 선택하고 싶지 않다. 누구의 삶도 부럽지 않은데 왜 괴로운 걸까.

"얼마 전에 마시로가 일하는 병원에 가려고 했는데."

마이코가 갑자기 화제를 꺼내서 고기가 목에 막힐 뻔했다.

"온다 해도 이야기할 시간이 없어. 종합병원은 끔찍할 만큼 붐비니까."

"마시로가 의사라니 실제로 안 봐서 아직 못 믿겠어."

"메스로 살을 가르는 건 상상이 되는데 가른 상태로 방치할 것 같아."

마코토가 자신이 한 말에 웃었다.

"내과라서 안 가른다니까. 아니, 매번 이 이야기 하는 것 같은데?"

"혼자만 3학년 때 이과로 갔고 공부도 잘했잖아. 제일 출세했어."

마이코가 여느 때처럼 그 소리를 했다.

"그렇게 좋진 않아. 바빠서 제대로 식사할 시간도 없어. 맞다. 최근에 제대로 밥을 지어 먹어야겠다는 생각이 들었는데 간단하게 만들 수 있는 레시피가 있으면 누가 좀 추천해줘."

진심으로 물어본 건 아니다. 누구의 지뢰도 밟지 않는 무난한 화제를 꺼냈을 뿐이다. 그런데 루미코가 활기를 띠며 이야기하기 시작했다.

"요리 앱 리스트 보내줄게. 전부 추천하는 레시피야. 그리고 최근에 산 이 레시피 책도 좋았는데······."

스마트폰을 꺼내기 번거로워서 "고마워. 나중에 체크해볼게. 최근엔 패스트푸드랑 편의점 음식만 먹고 있어"라고 일단락 지을 작정으로 적당히 말을 꺼냈다.

그런데 루미코가 갑자기 가엾게 여기는 시선을 보냈다.

"그런 건 절대로 먹으면 안 돼. 의사들이 오히려 자기 건강을 신경 안 쓴다는 게 사실이구나. 제대로 먹어야지! 바빠도 잘게 썬 채소랑 닭가슴살로 수프를 만들기만 해도 영양이 균형 잡혀."

다시 생각해도 웃길 만큼 루미코의 말에 화가 났다. 피곤해서 취기가 돌기 쉬웠던 탓일지도 모른다.

"나 말 좀 해도 될까?"

루미코의 얼굴이 경직되는 것도 개의치 않고 이어서 말했다.

"간단히 말하겠는데 야채 수프를 만들기는커녕 살 기력조차 없을 정도로 바빠. 안 먹는다는 최악의 선택지를 피하려고 아슬아슬한 수단으로 패스트푸드를 먹으러 갈 뿐이야."

머리가 열기를 띠는 것처럼 불쾌해졌다. 그리고 열기를 방출하듯 말이 멈추지 않았다.

"자기가 여유 있다고 해서 다들 그렇다고 생각하지 말아 줄래? 이쪽 상황도 모르면서 그렇게 부정하는 건 좀 잘못됐다고 생각하는데?"

몇 초간 다들 고요해졌다. 루미코가 들고 있던 술잔 속에서 녹고 있던 얼음이 아래로 가라앉는 희미한 소리가 들렸다.

술기운이 남아 있어서 이튿날에는 두통이 나고 몸이 무거웠다.

그런 날이면 꼭 상사는 비위에 거슬리는 말을 하고 환자는 장황하게 자신의 이야기를 늘어놓는가 하면 베테랑 간호사는 남자 의사에게라면 하지 않을 법한 지적을 당당하게 한다.

집에 가는 길에 시간을 보자 오후 10시가 지나 있었다.

버스에서 내려 수술실처럼 밝은 편의점으로 들어갔다.

소고기덮밥과 술을 들고 계산대로 가려는데 누군가에게 감시당하는 듯한 꺼림칙한 기분이 들어서 야채 주스를 추가했다. 한창 계산을 하는 중에 온장고 안에서 닭튀김을 꺼내 추가로 샀다.

집으로 돌아오고 나서 야채 주스를 마시기 시작했지만 절반 정도를 마시다가 맛이 없어서 포기했다. 빨대를 입에서 떼어낸 순간 오늘 있었던 꺼림칙한 일들이 연달아 떠올랐고 마지막으로 어젯밤에 루미코가 한 말이 되살아났다.

내 말실수로 분위기가 어색해진 후 "……미안. 괜한 참견이었지?" "나야말로 미안. 요즘 스트레스가 쌓여 있었거든. 심각하지?" "그래도 최근에는 편의점이나 패스트푸드점에도 건강식을 들이려고 노력하더라."

사태를 수습하기 위해 서로 다급히 얼버무렸고 주변에서도 도움을 줘서 다시 원래 분위기로 돌아갔다. 하지만 "마시로, 제대로 먹을 여유도 없을 만큼 노력하다니 대단하네. 나는 못 해"라고 루미코가 그렇게 넌지시 했던 말 한마디가 소화되지 않은 음식물처럼 아직 위에 남아 있었다.

그 '대단하네'가 칭찬이 아니라는 건 명확했다.

모두가 나의 삶의 방식을 비난하려고 만반의 준비를 한 채 기다리는 것 같다. 나는 내 힘으로 노력해서 여기까지 왔는데. 매일 아슬아슬하게 살아가고 있는데. 루미코가 건넨 대수롭지 않은 말 한마디에 영향을 받는 자신에게 화가 난다. 내가 훨씬 노력하고 있고 능력치도 위인데 말이다.

급하게 소고기덮밥을 입에 집어넣자 화학조미료 맛이 모르핀처럼 분노를 마비시켜주었다. 뒤틀린 감정이 차분해지고 서서히 위로받는 기분이 들었다.

냉장고는 텅 비어 있었다. 생수와 캔맥주. 가장 아래 칸에 있는 당근은 이미 미라가 됐다. 요리할 틈이 없어서 식료품을 사도 늘 이렇게 돼버린다. 그런데 또 새로 당근을 사서 넣어둔다. 부적이나 마찬가지다. 채소를 냉장고에 넣어두지 않으면 본격적으로 글러 먹은 느낌이 들어서다. 몹시 밝은 빛이 보여주고 싶지 않은 장소를 비춰주고 있는 듯해서 거칠게 냉장고 문을 닫았다.

샤워를 다 하고 나자 자정 전이었다. 지칠 대로 지쳤으니 얼른 자는 편이 좋다는 건 알고 있다. 하지만 풀로 붙인 듯 손에서 스마트폰을 떼어놓을 수 없어서 메일을 체크했다.

좋아하는 브랜드에서 보낸 메일을 보고 기분이 들떴다.

사고 싶었지만 품절이었던 가방이 재입고되었다는 알림이었다. 재빨리 사이트로 가서 15만 엔 하는 그 가방을 카트에 넣었다. 내친 김에 다른 브랜드 사이트에도 들어가 보니 신상품 셔츠가 나와 있어서 그것도 샀다. 흰 셔츠는 이미 100장도 넘게

가지고 있고 한 번도 입지 않은 것도 있다는 사실이 순간 떠올랐지만 새 옷은 그것만으로도 매력적이다. 쇼핑을 하는 몇 분간 꺼림칙한 일은 모두 잊고 있었다.

나는 이렇게 가지고 싶은 물건을 바로 결정해서 손에 넣을 수 있다. 샴푸 하나를 사는 데도 좀스럽게 가격을 신경 써서 타협해 저렴한 것을 사거나, 조금이라도 싼 것을 찾아서 마트 이곳저곳을 옮겨 다니는 어리석은 행동은 하지 않는다.

─루미코나 모모카처럼.

정신을 차리고 보니 인스타그램을 켜고 있었다. 모모카의 피드가 제일 위에 표시되어 있었다. 색깔이 예쁜 채소들이 수증기를 뿜어내고 있는 나무 찜통 사진과 함께 '닭가슴살과 가을 채소 찜. 집에서 만든 소스 3종류도 쟁여놓고 있었는데 잘 먹겠습니다! 조리 시간은 10분 정도인데 영양소도 균형 잡혀 있어서 자주 해 먹는 요리입니다^^'라는 글이 올라와 있었다. 그 아래에는 '맛있겠어요!' '찜은 허들이 높을 것 같지만 momo 씨의 말에 힘입어 시도해볼게요!' 등 팔로워의 댓글이 줄줄이 달려 있었다.

여동생인 모모카는 옛날부터 공부도 운동도 영 꽝이라 아무 장점도 없었다. 하지만 아담하고 아이돌처럼 예뻤다. 애교가 있고 덜렁대는 점이 모두에게 사랑받았다.

별 뜻도 야심도 없이 전문대학을 졸업해서 3년 후에 소개팅으로 만난 무역회사 직원과 결혼해 전업주부가 되었다. 지금은 임신 중이다.

3년 전부터 시작한, 간단하면서도 건강에 좋은 요리를 업로드하는 인스타그램 계정이 인기를 끌어 1만 명 가까운 팔로워가 있다. 계정을 갓 개설했을 무렵에 "언니도 팔로우해줘!"라고 졸라대서 마지못해 팔로우했다. 포스팅을 자주 하는 탓에 늘 타임라인 맨 위에 있는 게 거슬려서 팔로우를 끊고 싶은데 아직 타이밍을 잡지 못했다.

다시 메일 앱으로 돌아가 보니 가방 구입이 완료되었다는 확인 메일이 와 있었다.

메일을 보자마자 조금 전까지 느껴지던 고양된 기분이 싱거울 정도로 식어버렸다. 늘 그렇다. 사고 싶은 물건을 손에 넣을 때까지는 아드레날린이 솟구쳐서 충만감이 든다. 하지만 결제를 한 순간부터 서서히 식어서 실제로 사용할 무렵에는 기쁨이 전혀 남아 있지 않았다.

침대에 누워서 장난삼아 셀카를 찍었다. 자신의 사진 아래에 댓글이 달리는 상상을 했다.

'가늘게 찢어진 눈과 도톰하고 큰 입술이 근사하게 조화를 이루고 있네요.' '자립한 멋진 여성이라는 느낌.' '피곤해 보이네요. 팩을 안 하면 나이가 드러나요.'

바로 우스워져서 사진을 삭제하고 스마트폰을 내던졌다.

잠들려고 눈을 감자마자 영문을 알 수 없는 굶주림이 덮쳐왔다.

공복감과 비슷하지만 아무것도 먹고 싶지 않다. 알코올이 필요한가 싶었지만 맥주를 마시고 싶은 기분도 아니다. 다시 스마트폰으로 손을 뻗었다. 사고 싶은 것도 바로 생각나지 않았다. 하지만 무언가를 수중에 넣지 않으면 이 굶주림은 잠잠해질 것 같지 않았다.

즉시 메신저 앱을 터치해서 마코토와 이야기를 나누었던 대화창을 열었다.

"잡아먹혔어요."

그 특이한 남자, 마치다 모네는 속상하다는 듯 중얼거렸다.

"거의 전부요. 남은 건 이것뿐이에요."

커다란 흰 접시에 잎이 달린 당근을 통째로 튀긴 튀김이 보기 좋게 담겨 있었다. 옆에는 초록 잎 샐러드와 통밀빵이 곁들어져 있었다.

"인스타에 올릴 만한 사진이네요."

모모카의 팔로워들이 기뻐할 듯한 요리였다.

내 아부에도 불구하고 마치다 씨는 내키지 않는 얼굴로 조용히 창가로 걸어갔다.

큰 창문을 열더니 "너무해! 남의 밭에 나는 채소를 마음대로 먹다니, 나도 너희들을 잡아먹어 버리겠어!"

황폐한 밭 건너편을 향해 외쳤다.

위험한 사람이다.

마치다 씨가 돌아보자마자 나는 순간적으로 몸을 사렸다. 하지만 큰 소리를 내서 욕구 불만이 해소되었는지 그 얼굴은 온전히 평정심을 되찾아 있었다.

평정심을 되찾는 데 시간이 걸린 건 오히려 내 쪽이었다. 나는 배짱이 두둑한 편이라고 생각하지만 지금까지 살아오면서 접한 적 없는 종류의 인간 앞에서는 어떤 태도를 취해야 좋을지 정하기 어려웠다. 큰 부상을 입지 않는 한 우선 병원에 올 것 같지도 않은 타입이었다.

마코토가 알려준 '마치다 진료소'에 도착한 건 점심때였다. 쉬는 날에는 아무리 애를 써도 아침에 일어날 수 없어서 이 시간을 희망한 건 나다. 예약을 잡으려고 전화를 했을 때 마치다 씨는 "그럼 점심을 준비해놓고 기다리겠습니다"라고 가볍게 말했다. 평소라면 사양했을 테지만 요리 교실이라니 그것도 레슨 중 하나라고 생각해 그 말에 따르기로 했다.

하지만 얼굴을 마주하자마자 그 사람은 야생 사슴이 텃밭에 침입해서 채소를 뜯어 먹었다며 침통한 표정으로 말했다.

"죄송해요. 기껏 오셨으니 거하게 대접해 드리고 싶었는데."

자리에 앉은 나에게 마치다 씨가 차를 내왔다. 어서 들라는 말에 나는 포크를 들었다.

"아니에요. 충분해요. 더구나 대접받으러 온 게 아니라 배우러 왔으니까요."

"뭘요?"

"저는 의료 관계자인데, 마치다 씨도 아시겠지만 일이 너무 많아요. 그런데 건강 관리를 못하면 의사가 오히려 제 몸을 돌보지 못한다는 소리를 듣고 업무 능률도 안 올라가서요……."

당근 튀김은 바삭바삭하고 달달해서 나쁘지 않았다.

"그래서 바빠도 간단하게 만들 수 있고 영양소를 균형 있게 섭취할 수 있는 레시피를 배우고 싶어서 왔어요. 여긴 개인적으로 레슨을 받을 수 있는 요리 교실 같은 곳이죠?"

얘기하다 보니 설마 요리할 재료가 없나? 하는 의문이 들었다. 마치다 씨는 생각에 잠긴 얼굴로 잠시 아무 말도 없었다. 역시 그런 가보군.

"갑작스러워서 재료가 다 안 갖추어졌다면 오늘은 레시피와 순서만 배워도 상관없어요. 저는 딱히 유기농 자가 재배 채소를 고집하지도 않으니 지금부터 재료를 사와도……."

"시마다 마시로 씨."

갑자기 대놓고 풀네임으로 불러서 움찔했다.

"……네?"

"줄여서 시마시로 씨라고 불러도 될까요?"

"싫어요."

"아깝군요. 닉네임으로 꽤 근사하다고 생각했는데."

마치다 씨는 진지한 얼굴로 아쉬워했다.

"그럼 마시로 씨."

갑자기 이름으로만 부르는 건 너무 허물없는 태도라고 생각했지만 자연스럽게 절충안으로 합의 된 것 같은 분위기가 되어 버렸다.

"마시로 씨는 어떤 음식을 좋아하세요?"

질문을 받고 포크를 쥔 손을 멈추었다.

"……종류는 특히 고집하는 게 없지만 내추럴하고 서스테이너블하고 헬시하고 오가닉하고 안티에이징한 거라고 할까요?"

"대단해요. 영단어를 다섯 개나 말하다니. 요리로 말하면 어떤 게 있을까요?"

"불고기요."

마치다 씨가 또다시 근심 어린 얼굴을 했다.

"그거 말고 좋아하는 건요?"

"닭튀김, 로스트비프, 햄버그, 소고기덮밥이요."

"알겠습니다."

마치다 씨가 일어나 식기 선반 한가운데에 있는 서랍에서 파일을 꺼내 돌아왔다.

"마시로 씨는 고기를 좋아하는군요. 그럼 엄청 근사한 레시피가 있어요."

"아니, 평소에는 채소나 생선보다 무심코 고기를 고르는 편인데 고기만 먹어서는 안 되겠다 싶어서 건강에 좋은 요리를 배우고 싶어요."

"이건 제가 지금까지 본 레시피 중에서 제일 충격이었어요."

테이블에 펼쳐진 파일에 들어 있던 것은 외국 잡지에서 오려

낸 종이였다. 색연필로 그린 듯한 소박한 일러스트 밑의 공백에 펜으로 글씨가 쓰여 있었다.

'좋아하는 동물을 조린 요리. 만드는 법: 사슴, 토끼, 곰, 멧돼지 등 당신이 좋아하는 동물의 고기를 원하는 대로 썰어서 냄비에 넣고 물과 소금에 끓인다.'

"핀란드 친구가 보내줬어요."

"……이거 레시피라고 할 수 있나요?"

"고기가 좋다면 좋아하는 동물의 고기를 원하는 만큼 먹으면 행복해질 수 있으니 세포도 기운을 되찾을 거고 건강에도 좋아요."

마치다 씨는 신바람이 난 듯 말하더니 빈 접시를 치웠다.

"그러니 지금부터 좋아하는 동물을 잡으러 가보죠."

〉〉〉〉

실내가 조금씩 밝아져서 남자의 얼굴이 또렷하게 보였다.

남자라기보다 '남자애'다. 아담한 몸집에 얼굴이 작았다. 검은 자위가 큰 눈에 단정한 이목구비는 중학생일 무렵 좋아했던 아이돌 그룹의 멤버를 닮았다. 나이는 스무 살을 겨우 넘긴 정도로밖에 보이지 않았다.

미노루.

지끈지끈한 머리를 감싸 쥐면서 마침내 그의 이름을 떠올렸다.

어제 마치다 씨로부터 소개받았을 때는 사냥꾼이라는 이미지와 너무 동떨어져 있어서 무심코 빤히 보고 말았다.

"마시로? 아기 토기 같은 이름이네"라고 평소라면 질색할 말을 그에게 들었을 때도 잘생긴 얼굴 때문에 전혀 거슬리지 않았다.

미노루가 거점으로 삼고 있는 이 오두막은 마치다 진료소에서 30분 정도 걸리는 장소에 있었다. '마치다 2호'라고 적힌, 원동기처럼 보이는 스쿠터로 20분 정도 달린 산기슭에서 10분 정도 오솔길을 헤치고 들어간 곳에 있었다.

나무를 대충 엮어 지은 오두막은 지면이 그대로 드러나 있었다. 지붕만 덮인 옥외 공간도 보였다. 오른쪽에는 연륜이 묻어나는 업소용 싱크대가, 왼쪽에는 숯불구이용 가마가 설치되어 있었다. 안으로 들어가니 바로 오른쪽에 포렴으로 칸막이를 한 증축된 공간이 있었다. 접이식 침대와 선반, 아담한 테이블이 놓여 있는 거주 공간이었다.

꾀죄죄한 침대 옆으로 아웃도어용 재킷과 모자, 타월 등이 벽에 빼곡하게 걸려 있었다. 어제 멀찍이 떨어져서 '우와, 이런 곳에서 잘도 자네'라고 생각했던 그 침대에서 내가 자게 된 것이다.

"마시로 씨, 괜찮아?"

그가 맑은 목소리로 물어온 순간 어젯밤의 추태가 단숨에 떠올라서 핏기가 가셨다.

마치다 씨와 나는 어제 올가미 사냥꾼인 미노루가 덫을 둘러보러 가는 데 동행했다. 만약 동물이 덫에 걸렸다면 해체나 소분을 돕는 대신 고기를 나눠 가지기로 했다. 마치다 씨는 미노루와 몇 년 전부터 알고 지낸 사이로 가끔 그렇게 사냥을 돕는 모양이었다.

근처 산속을 경트럭(나는 조수석, 마치다 씨는 적재함에 탔다)과 도보로 돌아다녔다. 모든 덫을 둘러봤지만 사냥감이 걸려 있지 않아서 결국 빈손으로 돌아왔다. 어느새 저녁 먹을 때가 돼서 미노루가 우리에게 식사를 대접해 주기로 했다.

미노루가 직접 만들었다는 사슴과 멧돼지 훈제 고기를 한 입 베어 먹는 순간 맛있다기보다 '기분이 좋다'에 가까운 감각이 몸을 관통했다. 피가 술렁이며 세포가 동요하기 시작하는 것 같았다. 산과 들을 뛰어다니는 동물의 고기를 먹고 솟구친 아드레날린이 머리를 맑게 하더니, 급기야 더 똑똑해진 것 같은 기분이 들었다.

반죽한 밀가루를 펴서 숯불로 구운 난과 흡사한 음식에 집에서 만든 피클과 마요네즈를 함께 싸 먹는 게 최고로 맛있었다. 숯불향과 훈제향이 어우러졌고, 난이기에 그것들과 어울린다는 사실을 알 수 있었다. 주변에서 파는 어설픈 식빵으로는 이 훈제를 당해내지 못할 것이다.

"레드 와인이 당기네."

나는 별 생각 없이 말했다.

"있어."

레드 와인이 있는 것도 예상 밖이었지만 꺼내온 것이 간장 병이라는 것도 예상 밖이었다. 마치다 씨네에 있던 포도나무에서 수확해 둘이서 직접 담근 모양이었다.

"이런 말을 해도 될지 모르겠지만, 술 만드는 건 법으로 금지되어 있지 않아?"

내 말에 마치다 씨가 의아한 얼굴로 나를 쳐다보았다. 너무 의아해했기 때문에 딱히 틀린 말을 한 것도 아닌데 마치 내가 상식에서 벗어난 발언이라도 한 것 같은 기분이 들었다.

"자연에서 채취하거나 직접 기른 것으로 자기가 먹을 걸 만들 뿐이에요. 그런 건 다른 사람이 금지할 수 있는 게 아니잖아요."

마치다 씨의 말에 미노루도 고개를 끄덕였다.

"그런데 소금도 비교적 최근까지 제조가 금지돼 있었다니 놀라운 일이지. 살아가는 데 필수 불가결한 걸 만드는 걸 금지해서 권력이 사람한테서 힘을 빼앗으려고 하는 거 아닌가?"

"……술도 필수 불가결한 거니까."

내가 절로 기분 좋게 답하자 미노루는 "사실이지"라고 웃으며 나에게 잔을 건네 탁한 와인을 따라주었다.

2년 숙성시킨 레드 와인은 산미가 조금 강했지만 뭐라고 표현할 수 없는 깊은 맛이 나서 훈제 요리와 잘 어울렸다.

너무 잘 맞았다.

신이 나서 과음한 나는 그대로 정신을 잃었다.

밤중에 속이 안 좋아서 잠에서 깨 침대 위에 토한 건 희미하게 기억하고 있다. 미노루가 그걸 처리해주었던 것도 기억한다. 하지만 토해서 더러워진 옷을 어떻게 갈아입었는지는 기억에 없었다.

"미, 미안해……."

고개를 숙이고 횡설수설하며 사과했다. 얼굴 상태가 많이 좋지 않을 것 같아서 눈을 맞추지는 못했다.

"나도 마치다 씨도 아무렇지 않았는데 혹시 와인이나 고기가 안 좋았나?"

미노루가 염려하듯 말해서 "아니야"라고 다급히 가로막았다.

"엊그제도 과음해서 위 상태가 안 좋았을 거야. 자업자득이지 뭐."

말하면서 자기혐오에 빠졌다. 학생도 아닌데 이 나이에 뭘 하고 있는 거람. 오늘이 공휴일에 병원에서 호출이 없는 날이라는 게 유일한 구원이었다.

미노루가 경트럭으로 집까지 바래다준다고 했지만 나는 고개를 가로저었다.

"지금부터 또 덫을 둘러보러 갈 거지? 민폐만 끼쳐서 미안하니 나도 따라가게 해줘."

"나야 그래도 상관없긴 한데 마시로 씨 몸은 괜찮아?"

"이제 괜찮아."

이불을 밀어젖히고 침대에서 내려왔다. 마음대로 자라게 내버려 둔 앞머리도 함께 잡아서 머리를 높이 묶었다.

"실은 아무것도 사냥 못하고 돌아가는 게 분해서야."

내 말에 미노루가 웃었다.

그가 웃자 눈에 빛이 깃들어서 더욱 아이돌처럼 보였다.

"이런. 놓쳤네."

끝부분이 원으로 된 와이어가 흙 위로 뻗어 있었다. 다른 한 쪽 끝자락은 가느다란 나무에 고정되어 있었다.

"헛스윙을 한 거지. 밟기는 했는데 바로 눈치를 채서 덫이 작동하기 전에 도망간 거야."

미노루는 무릎을 꿇고 발자국에 얼굴을 가까이 가져갔다.

"수컷 사슴이네. 꽤 큰…… 3살 정도인가."

그가 한숨을 섞어서 중얼거렸다.

"그런 것까지 알아?"

"응. 경험으로."

미노루는 대답만 하고 별말이 없었다. 어젯밤에 내가 여러 가지 질문을 해서 이야기하는 데 지쳤을지도 모른다. 분명 수컷 사슴은 세 살이면 자립해서 자신의 영역을 만든다고 들었다.

첫 번째 덫은 도로 가장자리에서 2, 3분 정도 올라간 완만한 경사에 설치했다. 간단한 장치로 된 원형 덫이었는데 사슴이나 멧돼지가 밟으면 작동해서 와이어가 한쪽 다리를 고정하는 원리였다. 그걸 매해 스무 개 정도 설치한다고 했다. 숲속 나무 그늘에 돋은 잡초가 밟힌 곳이나 발자국 흔적, 나무줄기에 난 상처, 멧돼지가 진흙 속에서 몸을 문지르는 웅덩이. 주의 깊게 산을 걷다가 그것들을 발견하면 동물이 밟을 만한 장소를 특정해 덫을 심는다.

거대한 산속에서 그런 장소를 찾아낸다는 건 정신이 아득해지는 이야기였다.

미노루는 동안이라서 학생처럼 보였지만 실제로는 서른 살에 사냥 경력이 7년이라고 한다. 졸업한 대학교에서 외국 학생을 돕는 일을 하면서 가을, 겨울 사냥철에는 산 생활을 중심으로 동물을 사냥했다. 그렇게 잡은 사냥감을 집에서 가공하거나 숯불에 구워 지인을 통해 팔아서 생활을 꾸려나가고 있는 모양이었다.

미노루는 잠시 아무 말 없이 덫을 다시 설치하고 있었다.

가을 산속은 고요했다. 잎이 서로 스치는 희미한 소리. 아득한 상공에서 들리는 비행기 소리. 그런 소리가 때때로 귀에 닿았다.

미노루가 줄기에 덮인 와이어를 다시 연결하자 어린나무의 가느다란 줄기가 흔들리며 노란색으로 물든 잎이 내 주변으로 나풀나풀 떨어졌다.

정오에 접어들었을 무렵, 구름의 움직임이 이상해졌다.

잡목림에 빗소리가 툭툭 울려 퍼졌다. 그와 동시에 앞을 걷고 있던 미노루의 파란색 아우터 등이 멈춰 섰다.

"아."

그를 따라잡은 나는 무심코 소리를 냈다.

미노루의 시야 끝자락에는 다리에 휘감긴 와이어를 필사적으로 잡아당기며 발버둥 치는 사슴이 있었다. 까만 눈을 더 크게 뜨고 있어서 흰자 부분이 살짝 보였다.

미노루가 기민하게 움직이기 시작했다. 도구류를 넣은 배낭을 땅에 놓고 곤봉으로 보이는 것을 꺼냈다.

"어떻게 하면 돼? 지시해줘."

서둘러 옆에 나란히 서서 물었다. 미노루의 눈에 순간 의외인 듯한 기색이 떠올랐지만 바로 사라졌다.

"공포심을 오래 느끼지 않게 하고 싶으니까 우선 기절시켜야 해. 그 후에 앞뒤 다리를 묶어야 하고. 그러고 나서 강 하류로 내려가 죽이는 거지."

나한테 로프를 건네더니 미노루는 곤봉을 쥐었다.

그로부터 순식간이었다. 몇 초 후 훌륭한 타이밍에 사슴의 이마를 노리던 곤봉을 휘둘렀다. 사슴의 몸이 쓰러지면서 생긴 진동이 희미하게 발 언저리로 전해지는 것과 동시에 나는 달려가 앞뒤 다리를 묶었다.

둘이서 20미터 정도 경사면을 내려가면 나오는 작은 시냇물이 흐르는 곳으로 사슴을 옮겼다. 내가 뒷다리를 부여잡고 미노루가 사슴 머리를 무릎에 사이에 끼워 고정시켰다.

정신이 없어서 아무것도 느낄 틈이 없었다. 하지만 미노루가 사슴의 목에 나이프를 댄 순간에는 역시 미간에 힘이 들어갔다.

사슴 목에 벌어진 붉은 입 같은 상처가 조용히 퍼져갔다.

가랑비가 계속 내려서 젖은 바위나 나무들 색이 어둡게 가라앉았다. 흑백 같은 정경 속에서 미노루의 오른쪽으로 흐르던, 시냇물을 물들이는 붉은 색 피. 자갈 위에 놓인 백은색의 나이프, 파란색의 젖은 아우터가 눈에 또렷하게 존재감을 호소했다

"엽총, 가지고 왔는데 안 쓰네?"

붉은색이 사라지고 강물이 다시 투명해졌을 무렵 문득 떠올라서 물었다.

"올해 은퇴한 지인 사냥꾼한테 받은 건데 되도록 안 쓰고 싶어."

미노루는 사슴 몸을 향해 눈을 감고 손을 모았다.

"면허는 가지고 있어. 그런데 생명을 빼앗을 때 맨몸으로 마주하지 않으면 불공평한 것 같아서."

미노루가 고기 맛을 유지하기 위해서는 재빨리 목숨을 빼앗은 후 바로 피를 빼고 내장을 꺼내 식혀야 한다며 해체용 나이프를 들고 설명했다.

동물이 공포를 맛보는 시간이 길면 맛이 텁텁해지고, 죽고 나서 시간이 지나면 피가 돌아 비린내가 난다고 한다. 특히 방광과 요도는 바로 제거하지 않으면 냄새가 배게 되는 모양이다.

위를 향한 사슴의 뒷다리를 조수인 내가 고정시키고 미노루가 배를 갈랐다. 가지고 온 지퍼백에 심장과 간만 넣고 다른 장기는 흙에 묻었다. 베이지색이 감도는 핑크색인 사슴의 폐는 대리석 같은 무늬가 들어가 있어서 묘하게 예뻤다.

그 누구보다 현실 속에서 사는구나, 이 사람.

비에 젖으면서도 진지한 눈빛으로 나이프를 다루는 미노루의 옆얼굴을 보면서 생각했다. 팽팽하게 긴장된 피부에 빗물이 구슬처럼 맺혀 떨어지는 그 매끈함을 넋을 놓고 보았다.

동굴이 된 사슴의 몸을 식히기 위해 강물에 담가 놓았다. 늑골의 하얀 뼈대가 지탱하고 있는 돔 같은 동굴을 보고 있자니 갑자기 몸이 떨렸다.

젖은 피부로 느끼는 11월의 공기는 올해 제일 차가웠다.

"역시 마시로 씨는 알맞은 인재였어요. 의사라서 분명 해부를 잘할 거라고 생각했거든요."

나를 도우면서 마치다 씨가 의기양양하게 말했다.

미노루의 오두막으로 돌아와서 조력자로 불려 온 마치다 씨와 셋이서 다 같이 해체 작업에 들어갔다.

"해부 안 한다니까요."

반사적으로 대답하고 나서야 마치다 씨는 모른다는 사실을 알아차렸다. 하지만 아주 옛날에 실습으로 했던 해부를 의외로 똑똑히 기억하고 있다는 사실에 스스로도 놀랐다.

"더구나 마시로 씨는 육식주의자 같고 말이죠."

내가 그렇게 말하는 마치다 씨를 향해 "샥" 하고 손톱과 어금니를 드러내며 위협하는 포즈를 취하자 마치다 씨가 "꺅 무서워요. 잡아먹히겠어요" 하고 맞장구를 쳐줬다.

"사슴 가죽은 벗기기가 쉽네요. 사람 피부는 이렇게 간단히 안 벗겨져요. 죽어서도 포기를 모르죠."

싱크대에서 손이나 나이프에 묻은 털을 씻으면서 미노루와 같이 가죽을 벗겨나갔다. 미노루는 내 솜씨가 훌륭하다면서 감탄하더니 작업을 일단 나에게 맡기고 불을 지피러 갔다.

"그러고 보니 해체하는 데는 면허가 필요 없어요?"

문득 생각나서 마치다 씨에게 묻자 "집에서 해체해서 먹는 거라면 괜찮아요. 마시로 씨도 가족이나 마찬가지잖아요."라며 합의도 없이 마음대로 나를 가족에 집어넣었다.

깔끔하게 가죽이 벗겨지자 동물은 고기 덩어리가 되었다. 그 살덩이는 채도가 다른 복숭앗빛 수채 물감을 뚝뚝 떨어뜨려 뒤섞은 놓은 듯한 느낌이었다. 특히 배 부분 색이 예뻤다. 불교 때문에 육식이 금지되었던 시대에는 몰래 먹기 위해 멧돼지는 '모란' 사슴은 '단풍'이라는 은어로 불렀다고 하는데, 배 부분은 단풍이라기보다 '벚꽃'같다는 생각이 들었다.

화덕에 불이 붙자 오두막 안이 따스해졌다.

셔츠 한 장만 입고 소매를 걷은 미노루는 갈고리 형태의 나이프로 바꿔 들었다. 호리호리하다고 생각했는데 팔을 보니 의외로 근육질이었다.

나와 마치다 씨가 분담해서 관절을 따라 해체된 고기를 지퍼백에 담은 다음 매직으로 부위 이름을 써넣었다.

모든 작업이 다 끝났을 무렵에는 바깥이 완전히 어두워져 있었다.

"뿌듯하네."

바깥에 미노루가 내준 접이식 의자에 나는 털썩 주저앉았다.

오두막 바깥에 피운 모닥불 속에서 가지가 탁탁 타는 소리가 났다. 미노루의 손으로 가지런히 쌓은 나뭇가지가 딱 적당한 사이즈에 형태가 좋은 불을 만들어내고 있었다. 미노루가 지핀 불은 미노루와 닮아 보였다.

기분 좋은 피로감과 적당한 흥분감이 모닥불 열로 누그러들고 있었다.

고기가 구워지며 좋은 냄새가 났다. 야외에서 고기를 구워 먹다니 학창 시절 이후 처음일지도 모른다. 하지만 바비큐 파티라고 하면 여름이고 가을에 하는 건 처음일지도 모른다고 생각하자 갑자기 고등학생 무렵이 떠올랐다.

웃음을 터뜨리며 재잘거리던 여자아이들의 목소리가 들리는 듯했다.

"큰일이야. 모기한테 물렸어! 가을인데." "지금 손바닥으로 때렸는데 날아갔어." "끈질기네, 너 같아." "마코토 괜찮아? 모기약 있으니 발라." "야호. 모기약이다." "모기약으로 그렇게 신나

하는 사람은 처음 봤어."

마코토, 사키, 마이코, 루미코, 모두의 목소리도, 이야기하던 내용까지도 또렷하게 떠올랐다. 가을인데 왜 바비큐 파티를 했더라? 맞다. 학교 축제가 끝나고 파티를 하자며 우리 집 마당에 다 같이 모였었다. 어째서인지 모모카도 섞여 있었다. 이름은 기억나지 않지만 남자애들도 몇 명 있었고.

우리는 마냥 아무래도 상관없는 이야기를 했다. 그렇게 웃으면서도 야무지게 철판을 향해 눈을 빛내다가 다 익은 고기를 앞다투어 낚아채 갔다. 남자애들은 그 주변을 어슬렁거리다 늘 고기를 빼앗겼고, 가끔 애써 집었다 싶으면 설익어서 그들의 어리숙한 모습을 드러내고 있었다.

소란을 떨면서 여자애들끼리 숯불을 지폈고 가뜩이나 어설픈 화장이 땀으로 번졌다. 목에는 타월을 감고서 불고기 소스를 뿌려가며 우리 모두는 그저 큰 '즐거움'을 나눠가질 뿐 자신이 어떻게 보이는지 아무도 신경 쓰지 않았다.

지금 바비큐 파티를 하면 다들 신경 써서 직접 만든 절임을 가지고 오거나, 고기를 아이나 남편에게 먹이느라 바쁠 것이다.

그런 광경은 보고 싶지 않다.

"마시로 씨, 먹어."

미노루가 구운 고기를 나눠주자 정신이 돌아왔다. 예쁜 핑크색 고기를 입에 넣었다.

"엄청 부드러워! 맛있어!"

어젯밤의 훈제 요리와는 또 달라서 육즙이 많고 촉촉해서 혀
에 스며드는 것 같았다. 바깥은 숯 향으로 둘러싸여 고소하면
서 안은 미디엄보다 레어에 가까워서 딱 내 취향이었다.

"대단해. 어떻게 구웠어?"

"지퍼백으로 진공 포장한 고기를 뜨거운 물에 담가 저온 조
리 한 다음에 겉만 살짝 구운 거야. 사슴은 고온에서 오래 구
우면 질기니까."

"와아."

"장시간 삶는 방법도 있어. 지금 마치다 씨가 안에서 사슴 고
기로 카레를 만들 준비를 하고 있거든."

그 말을 듣고 보니 마치다 씨가 보이지 않았다.

"마시로 씨, 집에서 요리해 먹게 넓적다리 살 가지고 갈래? 2
시간 이상 삶으면 맛있어져."

나는 잠시 생각에 잠겼다. 나뭇잎이 술렁이는 소리와 벌레 소
리가 들렸다.

"……굽기만 한다면 할 수 있을지도 모르지만 저온 조리라든
가 2시간 삶는 건 못해."

목소리가 갈수록 나지막해지는 걸 스스로도 알 수 있었다.

"요리에 들일 시간은 없어. 인스타 같은데서 '좋아요'를 받는
게 삶의 낙이고 시간이 남아도는 한가한 주부들이나 실컷 하라
지 뭐. 요리밖에 잘하는 게 없어서 남자에게 선택받으려고, 남
자를 기쁘게 하려고 필사적인 모습이 바보 같아. 난 그런 걸로

나를 어필하거나 인정받고 싶지 않아."

산에 버려진 말은 남지 않는다. 인터넷상에서와 다르게 누군
가가 밟고 다칠 일도 없다.

눈앞의 미노루는 산처럼 동요하지 않는 존재로 보여서 어떻
게 생각하는지 신경 쓸 필요가 없었다.

"그럼 왜 마치다 씨한테 요리를 배우러 왔어?"

"아무리 성공해도 식생활이 무절제하면 비참해 보이잖아. 건
강 관리도, 몸에 좋은 식생활을 직접 꾸려나가는 것도, 가볍게
해내야만 이길 수 있으니까."

"마시로 씨는 이기고 싶은 거구나."

"응. 지는 게 제일 싫어."

"그렇구나" 하고 미노루가 웃었다.

"오늘 같이 작업할 때 알 것 같더라."

미노루의 말에 어째서인지 텅 빈 사슴의 몸이 포개어졌다. 자
신의 몸속이 비춰 보인 것 같아서 괜히 창피해졌다.

"뭘 이기고 싶은데?"

"응?"

미노루의 물음에 허를 찔렸다.

"……같은 세대 여성 중에서 최고가 되고 싶달까? 당해낼 수
없는 존재로 보이고 싶어."

말을 하면서도 멍청한 소리를 한 것 같아 부끄러워졌다. 최고
라니 그게 뭐람.

미노루는 태클을 걸지 않고 또다시 "그렇구나"라고만 하고는 따끈따끈한 고기를 나눠주었다.

다음 주에도 그다음 주에도 나는 미노루가 사냥하는 데 따라나섰다.

세 번째가 되자 덫의 위치를 전부 외웠고, 덫을 설치하는 포인트를 판단하는 것도 한 시즌만 지나면 가능할 것 같았다. 실제로 내가 점찍어둔 포인트를 미노루가 선택한 적도 있었다.

"거기일 거라고 생각했어!"

너무 기쁜 나머지 엉겁결에 말이 튀어나왔다.

"대단하네. 마시로 씨. 소질 있는 거 아니야?"라고 미노루가 솔직히 칭찬해주어서 더더욱 기뻤다.

만약 내가 설치한 장소에 사냥감이 걸리고, 숨통을 끊는 것과 해체하는 것도 스스로 할 수 있게 된다면 미노루는 더 감탄하지 않을까.

그 얼굴이 보고 싶었다.

늘 어딘가 컨디션이 좋지 않았던 몸이 산에 들어가게 된 이후로 갈수록 가뿐해졌다. 잠도 쉽게 들고 체력이 붙었는지 잘 피곤해지지 않았다.

우리 집 냉동실에는 마치다 씨가 만든 사슴 고기 카레와 미노루가 만든 사슴 고기 미트소스가 비축품으로 들어있다. 전자레인지에 돌린 다음 밥이나 파스타에 얹기만 하면 돼서 식생활이 풍족해졌다. 가끔 빈혈로 현기증이 나거나 무력감이 덮쳐오는 것도 사라졌다. 사슴 고기는 철분의 보고인 것이다. 고단백 저칼로리인 점도 좋았다.

그래도 나는 역시 무언가에 굶주리고 있었다. 아직 부족했다.

"마시로 씨, 지루한가 보네."

미노루의 목소리에 흠칫해서 붉은 낚싯대가 흔들렸다.

큰 바위가 있는 시냇물에서 우리는 나란히 낚시를 하고 있었다. 미노루의 발 언저리에 있는 양동이에는 이미 민물고기 세 마리가 헤엄치고 있었다.

앉아 있던 바위에서 한기가 스멀스멀 전해져왔다. 두툼한 이끼가 쿠션이 되어 주는데도 차가웠다. 얇은 아우터 대신 경량 패딩을 입어야 하는 날씨가 되었다.

"솔직히 낚시는 지루해."

"그래? 미안하니까 적어도 낚시라도 하는 게 좋을 것 같았어."

미노루의 면목 없다는 목소리에 역시 애교스러운 말투가 묻어난다는 걸 알아차렸다.

"미안. 그런 뜻이 아니야. 미노루 탓이 아니라 내 성격 때문이야."

미노루를 따라오는 건 네 번째다. 하지만 오늘도 빈손으로 돌아가게 될 듯하다.

처음에 같이 사슴을 해체한 후로 사냥감이 전혀 잡히지 않왔기 때문이다.

그리 간단히 잡히지 않는다는 말은 들었다. 미노루는 11월부터 2월까지의 사냥 시즌 사이에 사슴은 2, 3마리, 멧돼지는 운이 좋으면 1마리 잡을 수 있을까 말까 한 모양이었다.

멧돼지는 특히 영리해서 잡기 힘들다고 한다. 후각이 뛰어나서 덫의 금속이나 와이어 냄새도 바로 알아차린다고 했다. 그래서 사전에 수풀의 나뭇가지나 잎을 덫과 같이 삶아서 냄새를 묻히는 등 궁리를 더해가고 있는 모양이었다.

"자잘한 건 성격에 안 맞아. 작은 생물을 많이 잡는 것보다 큰 멧돼지를 한 마리 턱하니 잡고 싶어."

"엄청 큰 산을 정복하고 싶은 타입이지?"

"응. 낚시라면 참치 정도?"

"조만간 곰을 잡고 싶다고 할지도 모르겠네."

미노루는 예전에 도호쿠에 갔을 때 사냥 스승이 잡은 곰으로 만든 탕을 대접받은 이야기를 해주었다.

"동면 전이라면 거의 비계야. 그런데 그게 전혀 느끼하지 않고 사르르 녹아내리듯이 달았어. 아무리 먹어도 배탈도 전혀 안 나고 다음 날에는 몸이 가뿐하고 힘이 서서히 넘쳐흐르더라고. 고기가 몸에 주는 힘은 그 동물이 가진 개체로서의 강인함에 비례하는구나 싶었어. 같은 멧돼지라도 암컷과 수컷의 맛이 다르고 몸의 크기라든가 성질, 사는 장소에 따라서 먹은 후의 느낌도 전혀 달라."

"곰, 먹고 싶어. 잡아먹고 싶어."

내가 눈을 번뜩이자 미노루는 "역시나"라며 웃었다.

"그런데 너무 의욕에 불타면 오히려 덫에 안 걸리거나 놓쳐. 자신의 흔적을 지워서 중립 상태를 유지해 산과 동화되는 감각을 느꼈을 때 상대편에서 찾아오는 경우가 많다고 할까."

"잠시만. 안 잡히는 게 내가 벼르고 있어서라는 소리야?"

"그럴지도."

"……알겠어. 없는 것처럼 하고 있을게."

그로부터 우리는 잠시 조용히 물고기가 낚이기를 기다렸다. 나는 몇 번이나 미노루 쪽을 힐끔힐끔 엿보고는 타이밍을 쟀다. 말을 꺼낼 때까지 꽤 단호한 결심이 필요했다.

"……미노루. 실은 좀 상담하고 싶은 게 있어."

"시마다 선생, 하고 싶은 이야기가 뭐야?"

건너편에 앉은 상사가 충혈된 눈으로 이쪽을 쳐다봤다.

피부색이 탁해서 안색이 좋아 보이지 않았다. 미노루와 비교하면 맑은 물과 늪 정도의 차이랄까. 미노루는 여자인 나라도 기가 죽을 만큼 피부가 고와서 비교하는 것도 미안하지만.

"상담할 게 있어요."

상담이라는 말을 입에 올리는 데 거부감이 들었다.

누군가에게 상담하고 싶다고 생각한 적이 없다. 자신의 일은 스스로 정한다. 누군가의 입에 오르내리기도 싫고 요점에서 벗어난 충고도 필요 없어서이다. 하지만 지금은 입장상 그리 말하는 수밖에 없었다.

"실은 3월 말에 퇴직하고 싶어서요."

상사는 가만히 눈을 감더니 미간에 주먹을 갖다 대고 주물러서 풀어주는 동작을 취했다.

"너무 갑작스럽네."

"갑작스럽다고요? 아직 네 달이나 남았는데요?"

그렇게 대답하자 상사의 눈에 짜증이 가득 찼다. 아, 또다.

권위적이고 남성 중심에 연공서열 의식이 강한 세계에서는 내가 담담하게 사실을 말하는 것만으로도 건방져 보인다.

부정적인 반응을 보일 거라는 건 알고 있었다. 그래서 이러니저러니 1년 가까이나 결단을 내리지 못한 채 정체되어 있었다.

하지만 지금은 어제 미노루가 해준 말이 가슴속에서 닻이 되어 흔들리지 않고 있었다.

"설마 결혼해서 관두는 건 아니지? 시마다 선생만큼은 그럴리 없지?"

"그건 아니지만 일신상의 이유 때문입니다."

사슴 가죽을 벗겼을 때를 떠올리고 마음을 진정시켰다. 마음만 먹으면 이 녀석의 가죽도 간단히 벗길 수 있다. 가죽 한 장만 벗기면 모두 한낱 고깃덩어리일 뿐이다.

"해외의 의대에 가서 다시 공부하고 싶어서요. 장래를 생각하면 종합 내과 병원을 개업하는 게 좋을 듯해서 실력 향상을 위해 연구 유학을 희망하고 있어요."

이런 곳에 머물러 있으면 실력이 향상될 수 없어서라는 말은 꾹 삼켰다.

"젊은 녀석들은 바로 새로운 것에만 덤벼들지. 해외에 가면 뭐가 다를 줄 아나 보지? 의료라는 건 지역에 밀착해서 가까운 곳에서 곤란해하는 사람들을 착실하게 도와줘야 하는 게 아닐까? 개업을 꿈꾸고 있을지도 모르지만 그렇게 만만한 게 아니야. 지금은 조직의 일원으로 착실하게 업무를 해나가는 편이……."

"민물고기 낚시를 부정하지는 않아요. 하지만 저는 멧돼지나 곰을 잡고 싶어요."

"뭐라고?"

상사의 시선은 이해할 수 없는 것을 보는 듯했다. 하지만 당황스럽게 만드는 효과는 있었는지 순순히 "원장님이랑 상의해볼게"라고 해서 생각했던 것보다 훨씬 수월하게 이야기가 끝났다.

그날 하루 종일 몸이 가뿐했다.

어린 사슴처럼 얼마든지 달릴 수 있을 것만 같아서 누구에게나 싱글벙글 웃어줄 수 있었다.

상사와 이야기할 때는 닻이 되어준 미노루의 말이 이번에는 에너지를 주는 동력이 되어 몸속에 자리하는 듯했다.

어제, 내 상담 요청에 미노루가 말해주었다.

"마시로 씨는 분명 다리가 빠른 육식 동물일 테니 좁은 우리 안에 있을 수 없는 게 아닐까? 원하는 만큼 뛰어다닐 수 있는 장소에 가면 되잖아."

나는 퇴근하고 나서도 전혀 피곤하지 않아서 유학 후보에 들어가 있던 싱가포르 국립대학을 알선해주는 에이전시에 얼른 연락했다.

실은 세계 대학 랭킹 톱10에 들어가는 하버드나 뉴욕, 컬럼비아대학에 가고 싶었다. 하지만 학비와 생활비를 생각하니 도무지 손이 가지 않았다. 아시아에서 1위 대학이라는 것만으로도 만족하자고 생각했다.

메일을 보내고 나자 상쾌해졌다. 릴레이에서 다른 주자를 앞질러 선두로 나섰을 때와 같은 기분이다. 실력을 향상시키기 위해 해외로 간다는 것만으로도 적어도 퍼뜩 떠오르는 고등학교, 대학교 친구나 동료 누구보다도 위라는 생각이 들었다. 시시한 기준으로 판단되는 좁은 세계에서 빠져나갈 수 있다.

그때 전화벨 소리가 울렸다. 엄마였다.

대개 바쁘다는 이유로 전화를 받지 않았지만 오늘은 망설이지 않고 통화 버튼을 눌렀다. 앞으로의 일을 보고하자고 생각한 것이다.

"여보세요? 마침 잘됐어. 실은 말이야."

"얘 마시로, 들었니?"

내 말을 자르고 엄마는 활기차게 말했다.

"뭘 들어?"

나도 모르게 짜증이 목소리에 묻어나왔다. 사람 눈치를 보면서도 정작 중요한 때에는 제멋대로인 면이 달갑지 않았다. 전업주부인 엄마는 자식 농사가 끝나서 한가한지 한 주에 두세 번씩 전화가 걸려 왔다. 계속 무시하기도 그래서 가끔 받을 때도 있지만 대개는 흥미가 없는 이야기를 장황하게 늘어놔서 괜히 받았다는 생각만 들었다. 그럴 때면 "모모카는 항상 잘 들어주는데" 같은 소리를 해서 내 속을 긁었다.

전화 너머로 엄마는 계속해서 이야기했다. 그 내용이 머리에 들어오면서, 몸속에서 불타고 있던 것이 갈수록 식어갔다.

"내일 일찍 나가봐야 해서 이만 끊을게."

반은 억지로 전화를 끊었다.

속이 쓰리고 아파서 가만히 있을 수 없었다. 냉동실 문을 열었다. 마지막으로 남아 있던 사슴 고기 미트소스를 꺼내 전자레인지에 돌렸다.

맛도 제대로 느끼지 못한 채 지퍼백째로 입에 털어 넣었다.

엄청 목이 말라져서 냉장고에서 하이볼을 꺼냈다. 한 모금 들이키고 나서 보니 캔 뚜껑을 따낸 부분이 유독 날카롭게 느껴졌다.

12월이라고는 생각할 수 없는 날씨가 한동안 이어졌는데 그날은 아침부터 매우 추웠다.

미노루는 웬일인지 안색이 조금 나빴다.

추위 탓인가 생각했는데 "어제 저녁 무렵에 처음 놓은 덫에 멧돼지가 걸렸어. 안타깝게도 도와줄 사람이 없어서 전부 혼자 하려다 보니 밤을 새워야 했어"라고 했다.

"말도 안 돼! 올해 들어 처음이지? 속상해! 왜 안 불렀어?!"

경트럭에 올라타면서 무심코 목소리를 높였다.

"마시로 씨도 일해야 했잖아."

"그렇긴 해도."

운전 중에도 미노루의 옆얼굴에 피곤함이 번져 있었고 집중력이 떨어진 듯했다. 생각해보면 그때 되돌아가자고 제안했어야 했다.

거기까지 생각이 미치지 않았다. 혼란스러운 마음을 여전히 떨쳐내지 못하고서 자신의 일로 머릿속이 가득했던 것이다. 평소보다 집중하지 못한 채 덫을 둘러보는 일을 절반정도 마쳤다.

몸 컨디션이 나쁜 것치고는 미노루는 평소보다 잘 떠들었다. 졸음을 쫓아내기 위해서였을지도 모른다.

점심 때 미노루가 이누이트 사냥꾼에 대해 말해줬다. 전에 알래스카에 갔을 때 전통적인 수렵을 계속하고 있는 몇 안 되는 사냥꾼 밑에서 잠시 머물렀던 모양이다.

"수렵기가 되면 그 할아버지의 말을 늘 떠올려."

오래 된 스테인리스 물병에 생긴 흠집을 손가락으로 더듬으면서 미노루가 말했다.

"'사냥하는 자와 사냥당하는 자, 쫓는 자와 쫓기는 자는 대등하고 평등하다'고 했어."

"무슨 뜻이야?"

"최근에야 깨달은 것 같긴 한데, 그렇게 생각하면 도망치고 싶어질 것 같아서 아직은 확실히 설명 못하겠어."

"그래?" 하고 맞장구를 치면서 머릿속에 떠올랐던 건 모모카였다. 요 며칠 방심하고 있으면 뭐든 그쪽으로 연결된다.

모모카는 쫓기고 있는데 모르는 척하는 사냥감이기도 하고, 사냥할 마음은 없다는 듯 가장하고서 교활하게 사냥감을 노리는 사냥꾼이기도 하다. 모모카는 그런 유의 여자다.

엄마한테 들은 이야기는 모모카 남편의 승진과 해외 근무가 정해졌다는 것이었다.

"뉴욕이래! 대단하지? 우리 딸이 그런 곳에서 살게 되다니 꿈만 같아. 친구한테 얘기하니까 부럽다면서 거기서 생활하는 걸 보고 싶다고 모모카한테 페이스북 친구를 신청해도 되겠냐고 하더라고. 그래 그래, 오랜만에 만난 야마시타 씨도 모모카의 인스타를 항상 보고 있다고 그러더라."

흥분해서 말하는 엄마의 목소리가 이명이 된 듯 울려 퍼졌다.

"모모카의 어디가 대단한데? 대단한 건 뉴욕으로 전근 가는 제부지 모모카가 아니야."

견디다 못해 말을 가로막았더니 "어머, 왜 그렇게 신경이 곤두서 있어? 마시로, 일 너무 무리하는 거 아니야?" 하고 엄마는 여전히 신이 난 채 웃어넘겼다.

"너무 열심히 일하면 남자들이 못 다가와. 일도 좋지만 슬슬 결혼이라든가 출산도 생각 안 하면 시기를 놓칠 거야. 가뜩이나 동생한테 선수를 빼앗겼잖니. 엄마는 늘 걱정이야."

"뭐? 결혼에도 출산에도 관심 없어!"

짜증을 넘어서 거의 시비조가 되었다.

"그렇게 고집 부리지 않아도 되잖아. 정말이지 옛날부터 그랬다니까. 엄마는 그냥 마시로도 평범한 행복을 손에 넣었으면 좋겠다고 생각하는 것뿐이야."

―어떻게 그렇게 제멋대로 말할 수 있어? 남자한테 의지하지 말고 의사가 되어서 자립하라고 옛날부터 실컷 말한 건 엄마였잖아?

"아, 미안."

미노루의 등에 부딪칠 뻔해서 정신이 돌아왔다.

나무들의 간격이 넓어 비교적 빛이 잘 들어오는 산이었다. 우리는 사람들이 지나다니면서 자연스럽게 다져져 생긴 가느다란 등산로를 따라 걷고 있었다.

내가 멍하니 있었던 탓도 있지만 미노루가 갑자기 멈춰 선 것이라는 걸 곧 알아차렸다. 미노루는 움직이지 않은 채 무언가를 감지하려는 듯 아래쪽을 노려보고 있었다.

"멧돼지가 걸린 것 같아."

미노루가 왼쪽 경사를 가리켰다. 나무숲 아래로 한참 내려가면 덫을 설치한 포인트가 나오는데 여기서는 아무것도 보이지 않았다. 어떻게 알았냐고 묻기도 전에 "혼자 갔다 올 테니까 마시로 씨는 여기서 기다려"라며 미노루가 허리를 숙여 아래쪽으로 내려가려고 했다.

"잠깐만. 나도 도울 게."

"여긴 발 디디기 힘들어서 위험해. 숨통을 끊으면 옮기는 걸 도와줘. 그때까지는 여기 있어."

미노루가 말리듯 내 어깨에 손을 얹었다.

손의 감촉에 정신이 팔려서 말을 이어나가지 못하고 있는 사이에 미노루의 모습은 나무숲에 섞여서 보이지 않았다.

흔들리는 나뭇잎 사이로 새어 드는 햇빛을 잠시 멍하니 바라보았다. 어째서인지 힘이 빠져서 그 자리에 주저앉았다. 전력에 보탬이 되지 않는다고 통보를 받은 것과 마찬가지였지만 신기하게도 화가 나지도 속상하지도 않았다.

불안한 마음으로 잠시 기다렸다. 5분, 10분 느릿느릿하게 시간이 지나갔다.

20분이 지나도 미노루는 돌아오지 않았다. 예전에 들은 말이 뇌리에 스쳐지나갔다.

─별로 알려져 있지 않지만 멧돼지는 사나운 동물이야. 매해 사냥개가 100마리나 피해를 입고 공격당해서 죽는 사람도 있어. 특히 상처 입은 멧돼지는 피하는 게 좋아.

안절부절못해서 거의 굴러떨어지다시피 하며 경사를 미끄러져 내려갔다. 무언가 낙엽을 밟고 돌아다니는 소리가 들려왔다.

곤봉을 든 미노루의 뒷모습이 보였다. 그 너머로 으르렁거리며 엄니를 드러낸 멧돼지가 있었다.

멧돼지는 몇 번이나 미노루에게 돌진하려고 하다가 와이어에 묶인 발이 걸려서 미친 듯이 화를 내고 있었다. 미노루는 키 작은 나무들이 걸리적거려서 곤봉을 내려칠 타이밍을 잡지 못하고 있는 듯했다.

공격과 방어가 길어져서 지쳤는지 미노루는 여느 때처럼 날렵하게 움직이지 못했다.

멧돼지가 다시 미노루에게 향했다. 다음 순간 멧돼지와 부딪힌 미노루가 땅에 쓰러졌다. 무슨 일이 일어난 건지 순간 이해가 안 됐다. 멧돼지는 엄청난 기세로 미노루를 물고 흔들었다. 다리에 와이어가 보이지 않았다. 자세히 보니 발굽도 없었다.

혼신의 힘을 다해 자신의 발굽을 뜯어내 와이어에서 벗어난 것이다.

나는 몸이 움츠러든 채 움직이지 못했다.

"마시로 씨, 도망가."

머리와 배를 감싸고서 둥글게 땅에 엎드린 미노루가 이쪽을 알아차리고 외쳤다. 손등이 새빨갛게 물들어 있었다. 파란 아우터의 등도 찢어져서 피가 번져 나오고 있었다.

나는 순간적으로 땅에 구르고 있던 곤봉을 목표 삼아 달리기 시작했다. 무기가 있다면 승산은 제로가 아니다.

하지만 목표물을 조금 앞두고 멧돼지가 내가 가는 길을 막아섰다. 뒤로 물러서려고 하는데 무언가가 내 등을 덮쳤다. 미노루가 나를 뒤에서 끌어안고 같이 쓰러지더니 그대로 아래쪽 골짜기를 향해 굴러 떨어졌다.

꽤 긴 거리를 굴러 떨어진 느낌이었다. 물소리가 들렸다. 현기증이 가라앉자 주변을 살폈다. 굴러 떨어진 쪽을 올려다보다 이쪽을 내려다보는 멧돼지와 눈이 마주쳤다.

안쪽에서 가슴을 때리듯 심장이 울렸다. 나는 잠시 숨을 죽이고 몸을 움츠렸다.

멧돼지는 돌연 시선을 거두더니 몸을 돌려 사라졌다.

복도에서 링거 거치대를 질질 끄는 소리가 들렸다. 나는 다 마신 커피 캔을 자판기 옆에 있는 쓰레기통에 버렸다.

흐린 창에 비친 바깥 풍경이 가랑비에 번져들고 있었다.

이런 한밤중에 근무지가 아닌 다른 병원에 있는 게 어색하게 느껴졌다. 산에서 가까운 곳에 이 대학 병원이 있어서 참 다행이었다. 외과의의 평판이 좋은 곳이다.

절전을 때문인지 내가 있는 식당은 난방이 되지 않았다. 몸이 식어서 그런지 힘이 쭉 빠졌다.

"마시로 씨 괜찮으세요?"

마치다 씨가 빠른 걸음으로 식당에 들어왔다.

"전 괜찮지만 미노루가 많이 다친 것 같아요."

"조금 전에 간호사한테 상태를 들었어요. 치명상은 아니라니 다행이에요."

"그러게요. 상처가 좀 많지만 장기라든가 신경에는 영향이 없는 것 같아요. 뼈도 이상 없고요."

"역시 마시로 씨 응급 처치 덕분이겠죠?"

"팔에 입은 상처가 깊어서 지혈한 정도예요."

구급차를 불러야 하나 잠시 고민했었다. 미노루가 스스로 걸을 수 있다고 했고, 살펴본 걸로는 중상까지는 아니라고 판단해서 내가 부축해서 내려가기로 했다. 어차피 산을 내려가지 않으면 구급대원에게 장소를 설명할 방법도 없었다.

경트럭을 세워둔 곳까지 평소라면 10분도 걸리지 않았을 테지만 미노루를 부축해서 가느라 30분 정도 걸렸다.

"마취 때문에 아직 자고 있을 테지만 가볼래요?"

같이 병실로 향했다.

마치다 씨가 와주어서 조금 안심이 됐다. 집으로 돌아갈 마음이 들지 않아서 면회 시간이 끝나가는 지금까지 남아 있었지만, 혼자서 미노루와 마주하는 건 어딘가 두려웠다.

이상한 말을 지껄일 것 같아서였다.

힘없이 침대에 누워 있는 미노루를 보니 가슴이 욱신거렸다. 팔에 감긴 붕대가 안쓰럽다.

고기를 굽다

동물의 생명을 먹는다는 것. '사냥하는 자와 사냥당하는 자는 평등하다'는 말의 의미가 밀려왔다. 생명을 주고받는 일의 무게를 알지 못했다.

"마시로 씨, 내가 실수하는 바람에 이렇게 돼서 미안해."

눈을 뜬 미노루를 보자 멧돼지에 습격당했을 때보다도 심장이 더 두근거렸다.

"괜찮아."

나는 아플 정도로 고개를 가로저었다.

"미노루, 아쉽겠네. 큰 멧돼지였어?"

마치다 씨가 태평하게 물었다.

"100킬로그램 정도는 나갈 것 같은 암컷이었어. 강했지. 정말 아쉬워. 베이컨으로 만들었다면 엄청 맛있었을 텐데."

"하지만 미노루가 베이컨이 될 뻔했어."

"슬라이스나 다진 고기가 됐을지도 몰라."

시답지 않은 대화를 한창 나누고 있을 때였다.

"실례합니다. 혈압 좀 잴게요."

몸집이 아담하고 눈이 큰 젊은 간호사가 들어왔다. 아무 향기도 나지 않던 병실에 섬유 유연제의 달달한 향기가 감돌았다.

"면회 시간 지났네. 그럼 미노루, 필요한 거 있으면 내일 가져올 테니 연락해."

마치다 씨가 손을 흔들었고 우리는 병실을 뒤로했다.

그로부터 일주일간 괴로움에 몸부림치며 보냈다.

면회 시간에는 업무 때문에 자리를 비울 수 없어서 병문안을 못 갔다. 연락을 자주 하면 성가시다고 여길까 봐 〔괜찮아? 경과는 어때?〕라고 담백한 메시지를 한 번 보낸 게 전부였다.

〔건강해. 친구들이 매일 병문안을 와주고 있고〕라는 답을 보니 내가 나설 차례는 없을 것 같았다.

나는 그가 내 어깨에 올려놓던 그 손의 감촉과 눅눅한 땅의 향기, 그가 뒤에서 끌어안았던 순간이 떠올랐다.

그때 미노루의 팔에 생긴 상처에서 피가 흘러나와 아우터에 얼룩이 졌다. 응급조치를 취하고 나서 땀으로 엉망이 된 채 같이 경사면을 올라갔고, 병원으로 갈 때까지 그 시간 동안 나는 기묘한 고양감을 느꼈다. 내가 자신이 아닌 무언가에 떠밀려 움직이고 있다는 감각이 들었다. 병실을 뒤로하고 돌아갈 때는 내 몸 일부를 놓고 가기라도 하듯 차마 발이 떨어지지 않았다.

잠깐의 여유가 생기거나 잠들기 전만 되면 그날의 일이 머릿속에 계속 떠올랐다.

냉동실에 저장했던 야생 고기는 이미 다 떨어졌다.

몇 번이나 메시지를 썼다가 지우고 썼다가 지우고를 반복하다가 미노루가 퇴원한 지 나흘이 지난 후에야 겨우 산에 갈 약속을 잡았다. 날짜가 정해진 순간부터 안절부절못하며 하루하루를 보냈다. 날짜가 다가올수록 조절할 수 없을 만큼 마음이 들떠서 그 일만 생각하게 되었다.

고기를 굽다

약속한 날은 크리스마스였다.

깊은 뜻은 없었다. 크리스마스 선물이라고나 할까? 퇴원 축하 선물이기도 했다. 아우터가 멧돼지한테 찢겨나갔으니 새것이 필요하겠다 싶었다.

12월 25일 오후였다. 미노루에게 할 말을 머릿속으로 연습하면서 버스를 타고 산기슭으로 향했다. 딱히 일부러 크리스마스로 정한 건 아니었다. 우연히 휴일이었을 뿐이다.

코트 주머니에 넣어둔 스마트폰이 진동했다. 모모카한테서 메시지가 와 있었다.

〔많이 만들었으니 한가하면 들러.〕

그제 크리스마스 파티를 할 거라며 나를 초대했다. 가족과 친한 친구들을 불러서 홈 파티를 한다고 했다. 갈 마음이 없어서 무시하다가 오늘 아침에서야 〔미안. 선약이 있어서 못 가〕라고 답장을 보냈다.

약속 장소에 내려서 안절부절못하며 기다렸다.

늘 정각에 오거나 늦어도 2, 3분 정도면 오던 미노루의 경트럭이 웬일인지 5분이 지나도 오지 않았다. 아직 몸을 전처럼 움직일 수 없어서일 것이다. 열흘간 입원하면 근력도 떨어지기 마련이다.

10분이 지나 마침내 미노루가 나타났다. 당장에라도 경트럭에 달려가고 싶은 마음을 억누르고 스마트폰을 체크하는 척했다.

"미안. 늦었지?"

미노루의 피부에는 여전히 윤기가 흘렀다. 아니, 예전보다 피부가 더 좋아보였다. 왠지 기분이 좋아 보이는 표정이라 그런 것 같았다.

스스로도 당황할 만큼 가슴이 쿵쾅거렸다.

조수석에 앉아 미노루의 오두막으로 향하는 15분 동안 마음이 설레 자신이 무슨 이야기를 하는지 알 수 없었다. 아마 부상의 상태라든가 입원 중에 덫은 어떻게 했는지 같은 그런 이야기를 했던 것 같다.

미노루도 어딘가 비슷한 느낌이 들었다. 확실히 예전과 무언가가 달라졌다.

무릎에 얹어놓은 선물 봉투를 끌어안다시피 하고서 손에 힘을 실었을 때였다.

"어제부터 갑자기 손님이 와있는데 같이 만나도 될까?"

미노루가 말했다.

포장되지 않은 길로 들어서서 몸이 튕겨 올랐다.

"응? ……응."

예상치 못한 상황에 더 이상 아무것도 묻지 못하고 있는 동안 경트럭이 산속 오두막 앞에 도착했다.

마치다 씨라면 마치다 씨라고 말해줄 테니 지금 있는 손님은 아마 내가 모르는 사람일 것이다. 둘뿐일 거라고 생각했기 때문에 조금 실망했다.

우리가 차에서 내리기도 전에 오두막에서 아담한 사람 형체가 달려왔다.

"다녀왔어?!"

이쪽을 향해 오더니 미노루를 끌어안았다. 학생처럼 보이는 그 젊은 여자는 나에게 "처음 뵙겠습니다"라고 인사하더니 "실은 예전에 만났지만요"라며 미소를 지었다. 내면에서부터 빛나는 미소. 조금 전에 본 미노루와 같은 얼굴이었다.

내 어깨 정도 되는 키에 가늘고 부드러운 중단발의 머리카락. 유리구슬처럼 큰 눈. 어딘가에서 본 것 같았지만 너무 혼란스러워서 잘 떠오르지 않았다. 익숙하던 미노루의 오두막이 갑자기 낯선 장소처럼 느껴졌다.

"잠깐 봐서 기억 못 할 거라니까."

미노루는 그녀를 타이르며 수줍어하는 표정을 지었다. 기억에 남아 있는 섬유 유연제의 달달한 향이 코를 스쳐지나갔다.

"마시로 씨는 그날 바로 퇴원했잖아. 그 이후엔 병원에 안 왔고."

병원. 그 말을 듣자 생각났다.

미노루의 병실에 혈압을 재러 왔던 그 간호사였다.

시내 어디에 있어도 쫓아오는 크리스마스 노래에서 도망치듯 지하로 이어지는 계단을 내려갔다.

어둑어둑한 조명과 좁은 통로 덕분에 아주 조금 구원받은 기분이 들었다.

예상대로 이 오래된 찻집에는 나 말고 다른 손님은 아무도 없었다. 마음을 들뜨게 하는 성탄절 음악도 흘러나오지 않아 고요했다. 점주로 보이는 나이 든 남성도 커피를 서빙한 후 모습을 감췄다.

코트를 벗고 고요함 속에 파묻히자마자 후회했다. 지금 당장 소리를 지르고 난폭하게 굴고 싶은 기분이라는 걸 깨달았기 때문이다. 노래방이라도 갈 걸 그랬나 싶었지만 커플이나 학생 무리가 나를 얼마나 가여운 시선으로 볼지 생각하면 그것도 싫었다.

미노루의 오두막에서 보낸 한 시간은 좋게 말하려고 해도 지옥이었다.

그녀가 미노루에게 끌려서 어떻게 거리를 좁히고 연락처를 교환했는지 쭉 들었다. 퇴원하고 나서도 매일 메시지를 주고받다가, 둘이서 두 번이나 식사를 하러 갔던 모양이다.

미노루는 별 말 없이 쑥스러워하면서 때때로 그녀의 설명을 보충했다.

"실은 정식으로 사귀기 시작한 건 어제지만요."

귀를 덮고 싶었지만 할 수 없었다. 갑자기 돌아가겠다고 하는 것도 부자연스럽다. 나는 혼신의 힘을 다해 미소를 짓고서 "이제 맺어진 따끈따끈한 커플이네요"라고 공허한 말을 쥐어짜낼 수밖에 없었다. 긴장을 늦추면 폭발하는 폭탄을 끌어안고 있는 것 같았다. 감정을 숨기는 게 이렇게까지 힘들었던 적이 있

　　　　고기를 굽다

었던가.

"제가 약속도 안 잡고 산타클로스 복장으로 수제 쿠키를 들고 쳐들어왔어요."

뭐야. 요즘 세상에도 이렇게 촌스러운 행동을 하는 사람이 있다니. 80년대 청춘 드라마인가.

미노루가 내준 음식도 와인도 목으로 넘어가지 않았다. 나는 먹는 것처럼 보이기 위해 입에 넣은 고기를 계속해서 씹고 있었다.

"실은 여동생이 홈 파티에 초대해서 슬슬 가야 할 것 같아."

가까스로 그 말을 꺼냈을 때 그녀가 말했다.

"마시로 씨도 쿠키 드세요! 못 만들어서 부끄럽긴 하지만요."

문득 정신을 차리고 보니 손에 들고 있던 잔에서 커피가 쏟아지고 있었다.

다급히 입으로 옮기자 예상외로 썼다. 위가 쓰린 걸 참고 삼켰다. 몸속의 독을 지우려고 하는 것처럼.

그녀가 내온 쿠키를 떠올리자 온몸이 삐걱대는 통증이 덮쳐왔다.

인스타에 올리면 반응이 좋을 법한 아기자기한 쿠키가 나올 줄 알았다. 그래서 그 쿠키의 절망적인 상태를 보고 충격을 받은 나머지 순간적으로 할 말을 잃었다.

크기가 제각각에 형태도 찌그러진, 초등학생이 만든 것 같은 쿠키였다. 어째서인지 무작위로 올라가 있는 마블 초콜릿은 녹거나 폭발해서 지저분했고, 심지어 쿠키가 좀 탔다. 어떻게 봐도 정말 엉망진창인 쿠키였다.

저런 거에 내가 진 건가.

참을 수 없어서 구역질이 날 것 같은 충동을 느끼고 얼굴을 덮었다. 눈물이 멈추지 않았다.

가지고 싶었다. 노력하지 않아도 허세를 부리지 않아도 있는 그대로의 나를 받아들여주는 사람을. 계속 계속 그렇게나 가지고 싶었는데.

텅 빈 가게 안에 내가 울며 코를 훌쩍이는 소리만 계속 울려 퍼졌다.

"올 줄 몰라서 거의 아무것도 안 남겨놨는데……."

모모카는 그렇게 말하면서도 조금씩 남은 요리를 접시 하나에 깔끔하게 담더니 샴페인 잔과 더불어 내주었다.

부모님을 비롯해 손님들은 다들 돌아간 후였고 제부도 친구가 불러서 또 한잔하러 나간 모양이었다.

나는 돌봐주기를 기다리는 어린아이처럼 멍하니 의자에 앉아 모모카가 식기를 나란히 놓는 것을 바라보았다. 가슴속이 후련해질 정도로 솜씨가 좋았다.

"……못 올 거라고 했는데 갑자기 이렇게 늦게 와서 미안."

감자샐러드를 입에 넣자 갑자기 허기가 덮쳐왔다. 오늘 하루

고기를 굽다

종일 제대로 먹지 못했다. 감자샐러드는 부드러웠고 절묘하게 간이 되어 있었다.

내가 미노루한테 받아온 멧돼지 고기를 건네자 모모카는 "멧돼지는 요리해본 적 없는데"라고 순간 당황해했지만 "뭐, 돼지고기랑 비슷하겠지?"라며 불과 10분 만에 센스 넘치는 요리 한 접시를 만들어냈다.

우걱대며 위장에 음식을 쓸어 넣고 있는 내 건너편에 모모카가 앉았다. 흰색 니트 위로도 부른 배가 눈에 띈다는 것을 알 수 있었다.

염려하듯 나를 보는 모모카는 인스타 사진 너머로 부풀려진 자기과시욕이 강하고 교활한 이미지와는 전혀 달라 보였다.

그러고 보니 실제로 만나는 건 거의 반년 만이다.

반년 전에 가족 모임에서 모모카가 임신 사실을 알렸다. 단숨에 암막에 뒤덮인 느낌이 들었다.

축하한다고 저마다 한마디씩 하는 부모님의 행복한 얼굴. 모모카를 자랑스럽게 바라보는 표정과 축복하는 말들. 나는 그곳에 없어도 되는 존재로 추락했다.

모모카는 아무 노력도 하지 않았는데. 그저 남자와 섹스를 한 결과로 임신했을 뿐인데 어째서 이렇게 노력하는 나보다도 칭찬받고 사랑받는 걸까. 옛날부터 그랬다. 모모카는 그저 있기만 해도 사랑받았다. 내가 아무리 좋은 성적을 받아도 반장이 되어도, 릴레이에서 1등을 하고 부모님에게 도움이 되어도 부모님은 이런 표정을 짓지 않았다.

태어나면서부터 모모카는 늘 이기고 있었다. 왜? 어째서? 어 린 적의 내가 소리를 지르며 난폭하게 구는 것 같았다.

그날 이후 줄곧 모모카를 만나는 걸 피해왔다.

얇게 썬 멧돼지 요리를 한 입 먹었다. 알맞게 구워져 식감이 좋고 육즙이 많았다. 그리고 위에 뿌려진 적후추와 올리브가 포인트가 되어 정말 맛있었다.

"모모카는 대단하네. 난 이런 거 못 만들어……."

힘없이 중얼거리자 잠시 머뭇거리던 모모카가 입을 열었다.

"언니, 괜찮아?"

그 말투에는 진심이 담겨 있었다.

너한테 보여줄 나약한 모습 따위 없어. 평소에 느끼는 반발심 도 오늘은 힘을 잃었다. 크리스마스 날 밤에 울어서 부은 눈으 로 나타나놓고는 이제 와서 평소처럼 고집을 부리는 것도 우스 꽝스러울 거다.

나는 잠시 주저하다 미노루에 대해 이야기하기 시작했다.

"좋아지려고 했어……"라고 말했다가 "좋아했어"라고 다시 말했다. 입 밖으로 꺼내자 이제야 스스로 인정한 느낌이 들었다.

모모카는 이야기를 들으면서 점차 먹구름이 드리워진 표정을 지었고 내 접시에서 고기를 잽싸게 빼앗더니 화가 난 듯 입에 넣었다.

"믿을 수 없어. 돼지 목에 진주잖아."

"그건 그럴 때 사용하는 말이 아니야. 넌 정말 머리가 나빠."

"머리가 나쁜 건 언니지. 다른 일은 그렇게 잘하면서 연애는 정말 젬병이라니까."

"그렇게 말할 건 없잖아."

"연애는 이종격투기야. 시시한 자존심이라든가 체면 같은 건 치워두고 기세로 몰아붙이는 사람이 이기는 법이야. 진짜 뭐 하는 거야? 전략이 너무 없잖아. 짜증나니 배가 고프네. 손님들 받느라 먹을 틈이 없었어. 언니가 고기 좀 구워줘. 나 너무 피곤해."

모모카가 사람을 이렇게 부려먹었던가 하고 생각하면서 부엌으로 향했다. 임신하면 호르몬 때문에 성격이 변하는 걸지도 모른다.

"어떻게 요리해야 할지 모르겠는데."

"그냥 썰어서 소금이랑 후추 뿌리고 굽기만 하면 돼. 그것만으로도 충분히 맛있으니까. 아, 불판에 구워 먹을까? 거기 선반 위 칸에서 불판 좀 꺼내줄래?"

테이블에 불판을 세팅하고 덜어먹을 접시와 소금, 후추를 꺼냈다. 모모카가 지시하는 대로 움직이는 건 조금 울화가 치밀었지만 나도 아직 공복이라 고기가 먹고 싶어서 얌전하게 따랐다.

동그란 불판 위로 연기와 향기로운 냄새가 피어올랐다.

"그렇게 처음에만 임팩트 있는 촌스러운 여자랑은 바로 헤어질 거야."

모모카는 구운 고기를 엄청난 순발력으로 연달아 집어서는 자신의 접시에 산더미처럼 쌓았다.

"언니, 역시 그 두 사람 결혼할지도 모르겠어."

"뭐? 태세전환이 너무 빠르잖아."

모모카의 속도에 초조해져서 서둘러 한 조각을 집어 먹는데 아직 설익어 있었다. 창피하지만 다시 불판 위로 돌려놓았다.

"주변의 예를 생각해보면 '어라? 결국에는 그렇게 된다고?' 싶은 사람들이 결혼하는 케이스가 많더라고. 응, 역시 미노루라는 그 남자는 못난이 쿠키를 만든 여자랑 결혼할 거야."

"그런 말을 들으니 너무 절망적인데?"

거의 텅 빈 불판 위에 생고기를 또 얹었다. 불판은 이미 충분히 데워졌기 때문에 바로 요란한 소리를 내며 고기에서 기름이 번져 나오기 시작했다. 모모카가 고기 위로 신나게 소금과 후추를 뿌렸다.

이번에는 모모카가 전부 다 가져가지 못하게 곧 익을 만한 고기들을 허둥지둥 내의 영역으로 이동시켰다.

"……진짜네. 그냥 구워서 소금이랑 후추를 뿌리기만 했는데 맛있어."

"다행이야. 간은 괜찮아? 어때?"

"좀 짜긴 한데 조금 전에 울어서 염분이 빠져나갔으니 딱 적당해."

"자, 수분도 보충해."

모모카가 부어준 생수가 너무 맛있었다.

"왠지 지금 술 마시는 것보다 물 마시는 게 위안 받는 것 같아. 물, 완전 맛있어."

"소금도 대단하지 않아? 결국 소금만으로도 충분히 맛있는 것 같아. 원재료가 좋으면 그대로가 제일 맛있어. 여러 시행착오를 겪으며 소스를 만들어봤지만 실은 그럴 필요가 없다고 최근에 생각했지."

같은 동물이라도 개체에 따라 맛이 전혀 다르다고 했던 미노루의 말을 떠올렸다. 동물이 자란 산의 식생이나 계절에 따라서도 달라지니 그때그때의 만남을 즐기기 위해 1년 내내 사냥을 하고 싶다고 했었다.

"그러고 보니 언니 싱가포르에 유학 간다며?"

모모카가 물어서 정신이 돌아왔다.

"아직 정식으로 결정된 건 아니야."

"좋겠다. 음식이 싸고 맛있는데다 일본이랑도 가깝잖아. 나도 언니 따라갈까? 뉴욕은 가기 싫어. 물가도 비싸고 치안도 나쁘잖아."

"따라오면 민폐거든? 놀러 가는 거 아니야."

"그럼 뭐 하러 가?"

"유학이라고 했잖아. 너 바보야? 장래를 생각했을 때 나 혼자만의 힘으로 헤쳐 나가고 싶으니 실력을 향상시켜야지."

"멋지네. 언니는 어릴 적에 만화에 나오는 블랙잭 같은 의사가 되고 싶다고 했잖아."

"그랬었나?"

생각지도 못한 말에 놀라서 모모카의 얼굴을 보았다.

자매는 신기하다. 같은 장소에서 자랐는데도 전혀 다른 기억을 가지고 있다.

"말했다니까. 나는 블랙잭의 조수인 피노코가 되고 싶다고만 생각해서 왜 내가 블랙잭이 된다는 발상은 못 했는지 엄청 놀랐던 게 기억나. 언니는 정말 대단한 사람이라고 감탄했던 기억이 있어."

"그렇구나" 하고 곰곰이 생각했다.

"그러고 보면 미노루를 응급 처치하고 병원으로 데려갈 때 엄청 열중했었지. 응급 처치가 의외로 잘 맞을지도 모르겠네. 큰맘 먹고 과도 바꿔볼까?"

"얼마 전에 엄마가 말이야."

모모카가 내 이야기를 무시하고 화제를 바꾸었다.

"언니는 생일 선물로 비싼 화장품을 보내줬다면서 자랑을 하는 거야. 역시 돈 버는 사람은 다르다면서. 나는 품과 시간을 엄청 들인 케이크를 만들어 가지고 갔는데, 배려심이 너무 없지?"

"그랬구나…… 난 돈으로 때운 것 같아서 좀 켕기던데."

"나는 자매나 형제를 낳아도 절대 비교 안 할 거야."

둘이서 고기를 먹으며 계속 수다를 떨었고 다시 또 고기를 먹었다. 산을 누비고 다니던 멧돼지 한 마리를 서로 나누고 때로는 서로 빼앗아 먹었다. 그러는 동안에 나와 모모카의 차이 같은 것이 갈수록 애매해져가는 느낌이 들었다.

나는 무엇에 그리 집착했던 걸까.

시계를 보니 날짜가 바뀌어 크리스마스가 끝나 있었다.

새해가 되기 전에 사표가 무사히 수리되었다.

연말연시에는 송년회나 신년회 같은 건 스케줄에 넣지 않고 혼자서 영어 공부나 유학 준비를 하면서 보냈다. 목표를 향해 가고 있을 때는 그게 높을수록 기분이 좋다.

한때 그렇게나 나를 괴롭혔던 굶주림 같은 감각은 신기하게 도 가라앉았다. 모모카랑 둘이서 멧돼지 고기를 많이 먹은 이후로 2주 정도는 어째서인지 육식을 하고 싶은 욕구도 사라져서 집에서 채소를 먹는 일이 잦았다.

"오래 가지는 않겠지만."

밤의 부엌에서 혼잣말을 하며 채소를 쪘다.

3월 말에 퇴직하면 싱가포르에 가기 전까지 몇 개월이 남는다. 지금까지 일만 해서 취미다운 취미도 없었기 때문에 무엇을 할까 생각했다. 사냥 면허를 따도 좋을 것 같다.

그 이후로 미노루에게는 연락을 하지 않았다.

크리스마스에 미노루를 위해서 샀던 아우터는 마치다 씨에게 줬다. 옷을 건네주러 진료소에 들렀을 때 미노루가 여자 친구를 데리고 홋카이도에 있는 본가에 가있다는 말을 들었다.

정말 결혼할지도 모르겠다 싶었다. 만약 결혼 소식을 듣게 되더라도 그다지 충격을 받지 않을 것 같았다.

"와, 역시!"라고 소란을 떠는 모모카의 얼굴과 그런 모모카와 이야기를 나누는 내 모습이 떠올랐다.

모모카가 산달에 들어가기 전에 고기를 또 구워 먹자고 해야겠다.

※※※

2월 1일
키타하라 타쿠미

"타쿠, 너한테 편지 왔다."

선생님이 말을 걸어온 것은 내가 부엌에 서서 아침 식사를
준비하고 있을 때였다.

"다 옮기고 나면 가지러 갈게요."

목소리를 높이면서 큰 사발에 카레를 떴다. 선생님의 대표작
이라고 할 수 있는, 질감이 매트한 검은 큰 사발. 자기주장이 강
하면서도 안이 깊어서 어떤 걸 담아도 느낌이 여실히 오는 게
대단하다고 늘 생각한다.

평소에는 밥과 된장국에 달걀과 절임이 기본이지만 오늘은
어제 많이 만들었던 카레를 다 처리하고 싶어서 아침 식사가
여느 때와 달랐다. 큰 사발에 국자를 곁들여 각자 작은 사발에
덜어 먹는 스타일로 가기로 했다.

이 도자기 공방의 문을 두드린 건 작년 4월이었다.

아직도 그때 자신이 한 행동을 믿을 수 없다. 대학원을 관둔
그날에 무언가가 자신을 부른 것처럼 구마모토로 날아가 지역
작가의 작품을 모아 놓은 수공예품 숍에서 스승의 그릇을 만
났다.

충동적으로 연락해서 공방을 견학하기 위해 방문했다가 어째서인지 그날 중에 제자로 들어가기로 정해졌다. 도자기나 그릇을 좋아해서 막연하게 도전해보고 싶었던 적은 있지만 설마 그게 정말 가능할 줄은 생각지 못했다.

제자로 입문하는 게 결정되고 나서는 그렇게나 긴 시간 동안 움직일 수 없었던 게 거짓말인 것처럼 일들이 빠르게 진행되었다. 진행되었다고 표현하는 게 맞을까. 진행시킨 건 나인데 말이다. 원룸을 내놓고 가전이나 가구를 처분하거나 타인에게 양도하고서 최소한의 짐만 챙겨 다시 구마모토로 돌아올 때까지 일주일도 걸리지 않았던 것 같다.

스승의 자택 겸 공방은 부지가 넓어서 내가 생활하는 별채도 충분히 쾌적하다. 여기서 생활하면서 기술을 배우고 납품과 같은 사무를 처리하거나 잡무를 했다. 그리고 가끔은 식사를 차리고 있다.

스승인 오다 선생님은 일에는 엄격하지만 기본적으로 자잘한 부분은 그다지 신경 쓰지 않는 다정한 사람이다. 부인인 사츠키 씨도 점잔을 빼는 성격이 아니라서 아주 친하게 지내고 있다.

스승의 주변에는 거의 제조업을 하는 사람뿐이라서 그들로부터 배우는 것도 헤아릴 수 없이 많다. 월급은 용돈 정도밖에 되지 않지만 아무 불만도 없이 매일 아침 눈을 뜨는 게 기대가 되었다.

저번 주말에는 시내 공원에서 개최된 공예품 시장에 처음으로 직접 만든 작품을 몇 개 출품했다. 작품을 손에 든 사람이 정말 마음에 들어 하며 사주는 게 온몸이 떨릴 정도로 기뻤다. SNS 피드를 본 아즈마가 '다음에 고향에 갈 때는 꼭 사러 들를게'라고 댓글을 남겨주었다.

"그것도 구웠어? 대단하네."

살짝 구운 인도식 밀전병, 차파티를 쌓아올린 접시를 테이블로 옮기자 스승이 감탄했다.

"정말 간단해요. 참고로 인도에서 난은 특별할 때 먹고, 평소에는 전립분으로 만든 밀전병을 먹나 봐요."

그 이후 카레에 완전 빠져서 수십 종류의 레시피를 시도했다. 부엌에는 내 전용 향신료 코너가 있을 정도다. 스스로는 알아차리지 못했지만 내 정신 상태와 관계가 있는 모양이다. 스승에게는 "타쿠는 고민이 생기면 카레를 만들지"라는 소리를 들었다.

자리에 앉으려고 하다가 테이블에 놓인 편지의 존재를 깨달았다. 가끔 인터넷으로 주문한 것이 오기는 하지만 편지가 온 건 처음이었다. 이 주소를 알려준 사람은 불과 몇 사람밖에 없다.

심플한 흰 봉투였다. 어딘가 낯익은 서툰 글자가 보였다. 뒤집어보자 예상했던 대로 '마치다 모네'라는 발신인 이름이 있었다.

아침부터 주방에서 울려 퍼지는 망치 소리가 칼이 도마에 닿는 소리로 바뀌었다.

컴퓨터 화면으로 시간을 확인해보니 오후 1시에 가까웠다. 뭔가 먹을 것을 찾으러 부엌으로 내려가려고 생각했을 때 "마코, 점심 다 됐어"라고 남편이 부르는 소리가 들렸다.

"감기 때문에 쉬면서도 일했지?"라고 나무라는 말을 듣고서 "하는 수 없잖아. 급한 안건이 들어왔으니"라고 답했다.

변명을 하면서 접시를 옮기는 것을 도왔다. 타코라이스에서 마늘 냄새가 감돌았다. 남편의 요리를 좋아하지만 낮밤 가리지 않고 마늘을 많이 사용하는 게 조금 신경이 쓰였다.

"봐봐. 오전 중에 완성됐어."

남편이 가리키는 쪽을 보자 가스레인지 앞에 향신료 선반이 있었다. 썰렁했던 부엌이 또 한 번 활기찬 느낌이 들었다.

새로 지은 이 집에 이사 오고 나서 일주일이 지났다.

작년 여름에 미야코섬에서 대화를 나누어 건축 사무소를 통해 집을 짓자던 이야기는 일단 백지화됐었다. 하지만 그 사실을 시부모님에게 이야기하자 고향 지인인 목수를 소개해주었다. 아주 심플하게 설계한 집으로 견적을 내본 결과 당초의 예산보다 1천만 엔 가까이 저렴했다.

감각 있는 젊은 디자이너나 그럴듯한 건축 회사에 의뢰하는 편이 나을 것 같았지만 그 지역에서 오래 일해 온 베테랑 목수는 신념이 강해 보여 무척이나 신뢰가 갔다. 시부모님이 금전적으로 지원을 해준다는 말도 나와서 목수에게 의뢰하기로 했다. 미야코섬에서 돌아온 지 일주일도 지나지 않아 엄청난 스피드로 일이 진행되었다. 남편과 자주 이야기를 나눈 결과 큰 틀은 프로에게 맡기고 자잘한 부분은 DIY로 조금씩 만들어나가기로 했다. 9월 말에 퇴직하고 나서 남편에게 여유가 생겼기 때문이었다. 남편은 현재 이직하려고 자격증 시험공부를 하면서 집안의 자잘한 것을 만들거나 가사와 육아의 대부분을 짊어지고 있다.

그 대신 나는 내내 보류하고 있던 승진 이야기를 받아들였다. 관리직으로 승진하자 일이 늘었고 이사를 하고 나서는 통근 시간도 길어졌지만 가사와 육아 부담이 컸을 때보다는 훨씬 수월하다.

그랬더니 지금은 남편이 때때로 아이들에게 화가 나서 히스테릭해져 고함을 지르거나 요리를 하면서 궁지에 몰린 모습을 보여주게 되었다. 그 사실 자체는 바람직하지 않지만 나는 왠지 마음이 놓였다.

내가 나빠서가 아니라 같은 고생을 하면 누구든 그렇게 된다는 게 판명되었기 때문이다. 덕분에 여유를 가지고 막다른 골

목에 다다른 남편을 거들 수 있게 되었다. 같은 고생을 경험한다는 공평함은 이렇게나 사람끼리 가까워지게 한다.

"앞으로 나도 업무에 복귀할 테니 가이토와 소타도 요리를 할 줄 알아야지. 우리 집 부엌은 공유 공간으로 정의를 내릴게"라며 남편은 지금 아이들도 사용하기 쉬운 부엌을 만들려고 애쓰고 있다.

타코라이스는 적당하게 향신료 향이 나서 맛있었다. 감기에 걸렸을 때는 먹기에 거북하지 않을까 싶었는데 오히려 식욕이 돋았다.

가족을 위해 밥을 차리는 것. 가족이 차린 밥을 먹는 것. 그 것은 앞으로도 같이 살아간다는 고요한 결의 같은 걸 서로 나누는 행위이지 않을까.

어쩌면 당연한 일이거나 의무가 아니라 터무니없이 신성하고 행복한 일일지도 모른다.

갑자기 그런 생각이 들었다. 머릿속에서 또렷하게 말이 되었을 때는 이미 타코라이스의 마지막 한 입이 목을 통해 몸속으로 들어간 후였다.

"마코, 발판은 가이토가 같이 만들겠다고 했으니 남겨봐 줄래?"

"그럴게."

같이 식사한 후에 차를 마시면서 이야기했다.

지금까지 주말에는 왠지 모르게 쇼핑몰에 가서 왠지 모르게 돈을 썼는데 가족끼리 집을 만들게 되고 나서는 내내 충만한 휴일을 보내고 있다.

앞에서 우체국 아저씨의 오토바이 소리가 들렸다.

우편함에 가보니 광고 전단에 섞여 손 글씨가 적힌 봉투가 하나 있었다.

"마치다 씨? 무슨 일이지?"

놀라서 무심코 목소리가 나왔다. 이쪽 근황을 묻는 편지일까? 기다리다 못해 그 자리에서 봉투를 뜯었다.

반으로 접힌 흰색 카드가 나왔다. 열어보자 손수 쓴 글자로 이렇게 적혀있었다.

파티 안내

일시 2월 20일 점심 무렵
장소 마치다 진료소

시마다 마시로

"파티라니?"

카드를 한 손에 들고 중얼거리면서 아파트 엘리베이터로 향했다.

우편함에 달랑 한 통 들어 있었던 것은 마치다 씨로부터 온 수수께끼의 초대장이었다. 우선 집으로 돌아가자며 초대장을 가방 옆 주머니에 꽂았다.

오후 9시. 퇴근길 정체도 끝난 어중간한 시간대라서인지 입구에는 아무도 없었다. 엘리베이터가 움직이기 시작하자 자신이 목표로 삼은 높은 곳을 향해 상승하는 듯한 기분이 들어 입꼬리가 올라갔다.

기분이 괜히 고양된 건 동생의 출산을 보고 돌아오는 길이기 때문이기도 했다.

예정일보다 18일이나 일렀기 때문에 한발 앞서 뉴욕으로 갔던 모모카의 남편은 귀국이 늦었고 부모님은 한창 여행하던 중이었다. 마침 유급 휴가를 다 쓰기 위해 휴가를 낸 날 이른 아침에 모모카로부터 전화가 와서 불려갔다.

병원에 도착한 게 오전 6시 무렵이었다. 그때부터 저녁쯤에 아기가 태어날 때까지 무시무시한 현장에 함께하게 되었다. 아무리 일이 버거워도 이보다 가혹하지 않았다. 사슴을 해체했을 때보다, 멧돼지에게 습격당했을 때보다도 장렬해서 몇 번이나 도망치고 싶었다. 9시간이나 계속 들렸던 모모카의 절규 탓에 여전히 두통이 났다. 마취 없이 분만을 하다니 제정신인가 싶었다. 무통 분만에는 반드시 보험을 적용시켜야 한다.

모모카가 분만실로 들어가고 나서 잠시 후에 아기 울음소리가 들린 순간 마침내 해방되었다는 생각에 마음이 놓이면서 눈물이 났다. 더 이상은 한계였기 때문에 병원 식당에 있던 소파에 그대로 쓰러져서 깊은 잠에 빠져들었다.

2시간 후에 눈을 떴을 때도 모모카는 아직 잠들어 있는 듯해서 혼자 어슬렁대며 신생아실로 향했다. 조금 떨어진 곳에 있어서 얼굴이 또렷하게는 보이지 않았지만 '다니구치 모모카 님 아기'라는 명찰을 확인하고 다행이구나 싶었다. 모모카의 메신저에 메시지를 보내고서 그길로 집으로 돌아갔다.

매점에서 빵을 사서 먹은 게 다라서 소를 한 마리 통째로 먹어치울 수 있을 정도로 허기가 졌다. 제일 가까이에 있던 소고기 덮밥집에 들어가 특대를 먹어치우느라 땀을 뻘뻘 흘리는 바람에 대중목욕탕에 들렀다가 돌아가던 차였다.

몸은 여전히 피곤한데 어째서인지 기분이 몹시 고양되어 있어서 별 의미 없이 집까지 달려 들어갔다.

침대에 몸을 내던지고 마치다 씨가 보낸 카드를 다시 펼쳤다.

파티 안내

일시 2월 20일 점심 무렵
장소 마치다 진료소

배웅과 마중을 위한 소소한 파티가 열립니다. 마시로 씨의 소중한 요리를 하나 가지고 오시거나 저희 부엌에서 만들어주세요.

드레스코드 흰색 옷

"여전히 정보가 적네."
무심코 혼자서 태클을 걸었다. 이 사람에게 상식적인 태도를 요구해도 소용없겠지만 좀 더 설명해주면 얼마나 좋겠냐고 생각했다.
특히 마지막 한 줄은 몇 번이나 다시 읽어도 의미를 알 수 없었다.

한 가지만 규칙을 지켜주세요. 한마디도 하지 않는 겁니다.

최종화

레스트 인 빈즈

"저기 리세, 이 립이라는 글자 뭐야? 다들 달고 있는데."

식탁에 있던 모네가 노트북 화면을 가리켰다.

겨울 아침. 이제 막 장작 스토브에 불이 붙기 시작해서 실내 공기는 아직 희미하게 서늘했다.

"립이라니 뭔데?"

"이리 와봐."

싱크대 앞에서 식기를 정리하던 나는 마지못해 손을 멈추고 식탁 쪽으로 걸어가 모네의 컴퓨터를 들여다보았다.

인터넷을 하는 건 2년 만이었다. 실은 시야에 들어오는 것도 싫지만 옛날에 좋아했던 미국 뮤지션의 이름이 눈에 띄어서 무심코 몇 초간 보고 말았다. 그의 부고를 알리는 인터넷 뉴스였다.

댓글란에 여러 개 달려 있는 명복을 비는 세 글자.

"립……. R.I.P겠지. 레스트 인 피스를 축약한 거야."

영어는 꽤 하는 편일 텐데 이 녀석은 가끔 덜떨어진 소리를
한다.

"'평온하게 잠들라'를 축약해도 되나? '평잠~'이라고 하는 거
나 마찬가지잖아. 너무 가볍지 않아?"

"나한테 물어서 뭐 해."

말이 값어치가 떨어진 건 최근 시작된 일도 아니다. 인간은
자신들이 발명한 걸 타당하게 사용한 전례가 없다. 말은 그 경
향이 제일 두드러진다. 그건 내 이름이 아오 리세라는 것과 마
찬가지다. 일일이 불평하는 건 시간 낭비다.

"레스트니까 일본어로 '잠들다'보다는 '쉬다'겠지? 그렇다는
말은 일본어로 번역할 때는 '수고했어'라고 하는 편이 낫지 않
아?"

"리세, 그거야말로 너무 가볍잖아."

모네는 그 화제를 바로 치워버리고 "그러고 보니 사진 정리도
할까 싶어"라며 이번에는 사진 파일을 열기 시작했다. 나는 싱
크대 쪽으로 돌아갔다.

얼마 지나지 않아서였다.

"와아, 그리운 사진이네. 리세 봐봐."

"뭐야, 귀찮게."

"됐으니까 와봐."

또다시 작업이 중단되고 마지못해 모네 쪽으로 갔다. 화면에
가득 차게 열린 사진을 보고 흠칫했다.

레스토랑 종업원의 단체 사진. 뒤쪽에 나란히 서 있는 주방 스태프가 아니라 앞줄의 홀 스태프들에 섞여 내가 찍혀 있었다.

파랗게 염색한 머리, 검정 일색인 복장에 뼈가 앙상한 체격. 팔짱을 끼고 일부러 시선을 벗어나게 해서 허공을 노려보는 듯한 눈초리를 하고 있었다. 불과 3, 4년 전인데 '뭐지 이 똥폼을 잡은 젊은 나부랭이는' 하는 생각이 들었다. 옆에 찍혀 있는 그녀는 기억보다 훨씬 부드럽게 미소 짓고서 카메라를 보고 있었다.

모네는 "그땐 즐거웠지!" 하고 혼자 들뜬 듯 종알거렸고 내가 건성으로 대답조차 못하고 있는 동안에 화면을 닫고서 메일을 체크하기 시작했다.

"'파티'에 초대했는데 브라질 친구는 못 온대. 아쉽네."

"당연하지. 그렇게 멀리 있는 친구는 부르지 마."

"리세는 멀리서 왔잖아."

"브라질에 비하면 전혀 안 멀잖아. 더구나 갑자기 그렇게 나타나서 강제로 초대를 하면 올 수밖에 없는걸."

"멕시코에 있는 친구는 온대."

"멕시코에서? 얼마나 한가한 녀석이길래."

"우연히 일본에 귀국하는 시기랑 겹치나 봐. 기념품으로 콩을 잔뜩 사다 준대. 남미 콩 요리 좋잖아. 페이조아다도 칠리 콘 카르네도 너무 좋아. 브라질에 사는 애도 콩을 보내줄 건가봐. 한국 친구도 튀르키예 친구도 태국 친구도 올 수 있대. 야호!"

모네는 그 뒤로 얌전해졌다.

모네가 메일에 답장하느라 키보드를 두드리는 소리가 깡충깡충 뛰는 것처럼 신나게 울려 퍼졌다. 손 글씨는 필적에 성격이 드러나지만 타자는 한창 치고 있을 때의 리듬이나 소리에 성격이 드러난다.

—리세, 왜 그렇게 부모의 원수처럼 키보드를 쳐? 망가지겠어.

에미에게 들었던 그 말을 떠올리고 입을 다물었다.

내가 대답을 하지 않아도 모네는 혼자 신나게 계속 말하고 있었다.

여전하구나 싶었다. 거의 매일 같이 일하던 3년 전에도 모네는 내내 이런 느낌이었다.

모네는 내가 메인 셰프를 맡고 있던 레스토랑이 오픈한 지 반년 정도 지났을 무렵에 들어왔다. 사장이 여행지에서 알게 되었다며 어디서 굴러먹던 개뼈다귀인지도 알 수 없던 모네를 투입시켰을 때는 무슨 생각을 하는 건가 싶어서 화가 났지만 지금이라면 사장의 의도를 명확하게 알 수 있다. 아니, 실은 그 무렵에도 어렴풋이 알고 있었다.

갑자기 머릿속에 재생된 건 어째서인지 주방에 서 있을 무렵의 아무래도 상관없는 한 장면이었다.

레스트 인 빈즈

"비정한 고등어."

생선을 한창 다듬고 있던 모네가 수수께끼의 말을 읊조렸고 몇 초 후에 옆에서 작업하던 신입이 "네에?" 하고 곤란해하는 표정으로 고개를 들었다.

"비정하고 차가운 생선이라고 하면 뭘까 생각하고 있었어."

"아, 정이 없다는 의미에서 비정하다는 건가요? 난 또 뭔가 싶었어요."

"그러면 고등어일 것 같아서. 비정한 고등어."

"왠지 모르게 알 것 같아요."

신입이 활짝 웃었다.

"전갱이는 서민적이고 싹싹한 느낌이잖아."

"도미는 왕 같지만 온화할 것 같아요."

"정어리는 약해 보이고."

"역시 고등어는 서늘한 표면이랑 눈초리가 냉혹한 느낌이 들지."

둘이서 신이 난 모습을 보고 "어이, 잡담하지 마"라고 나는 큰 소리로 꾸짖었다. 가뜩이나 일이 더딘 신입의 손길이 완전히 멈춰 있어서였다. 신입은 웃음기를 확 지우더니 "죄송합니다"라며 굳은 표정을 지은 채 작업으로 돌아갔다.

"리세는 비정한 물고기가 뭐라고 생각해?"

"알게 뭐야. 아무래도 상관없어."

즉시 대답한 후 갑자기 답이 떠올랐다.

"……상어가 아니려나?"

담담히 말했다.

"리세, 멋진데? 그런데 마트에서 살 수 있는 생선이 아니면 안 돼."

"어이, 언제부터 그런 기준이 생긴 거야."

주변의 스태프들은 듣지 않는 척하면서 웃음을 참고 있는 표정을 짓고 있었다. 완전히 모네의 페이스에 말려들었다는 걸 알았다.

"이제 끝이야. 부지런히 일해."

"리세. 부지런한 거랑 인생은 궁합이 안 맞아."

모네는 주눅 드는 기색도 없이 말하더니 "봄철의 삼치는 삼삼하지요"라고 묘한 개사곡을 부르며 삼치를 다듬는 작업으로 돌아갔다.

항상 저렇게 놀고 있는 것처럼 보이지만 할 일은 야무지게 해서 불만은 없었다.

미쉐린 스타를 받은 레스토랑의 자매점으로 오픈한 혁신적인 퓨전 요리점이었다. 메인 셰프로 스카우트됐을 때 나의 커리어의 터닝 포인트가 될 거라는 확신이 있었다. "아오 씨가 원하는 대로 하면 돼"라고 사장이 나에게 전적으로 맡겼기에 힘이 들어가 있었다.

본가인 노포 요리점, 아시아의 베스트 레스토랑에 랭킹된 프랑스 요리점, 일해 온 가게의 레벨은 높았다. 35세 이하의 젊은 요리사 콘테스트에서 우승했던 적도 있어서 내 역량에는 자신 있었다. 더구나 스카우트 이야기를 듣고 예전 가게를 관두고 나서는 스페인으로 날아가 미쉐린 3스타 레스토랑에서 한 달간 연수생으로 일했다. 타협이 일절 허용되지 않는 세계 레벨의 가게에 자극을 받아 더 높은 곳을 지향하고 있었다.

하지만 개점하고 얼마 지나지 않아 나 혼자만의 역량으로는 어떻게 할 수 없다는 걸 뼈저리게 깨달았다.

"이런 상태로 내놓을 수 없잖아! 다시 해."

"여긴 패밀리레스토랑이 아니야!"

"몇 번이나 같은 말을 하게 하는 거야. 외울 생각이 없어?"

"사생활이 중요하다니. 할 일을 제대로 해내고 나서 말해. 프로 의식이 없어?"

주방에는 매일 같이 나의 노성이 울려 퍼졌다.

요구하는 레벨에 도달하는 스태프가 전혀 없다는 사실에 경악했다. 일에 대한 프로 의식이 낮고 마무리가 허술해서 화가 나 참을 수 없었다.

부하가 완성한 요리의 비주얼이나 맛이 완벽하지 않으면 버리고 직접 다시 했다. 식재료를 납품받을 때도 사전 준비를 할 때도 세세한 부분까지 다시 체크해서 누락된 걸 찾느라 한도 끝도 없었다. 그 사이에 새로운 식재료를 찾아내 새 메뉴를 고안해서 시범적으로 요리를 만들었다. 더욱 참신한 요리를 만들어야 한다는 압박감을 받는 생활에 휴일은 없었고 수면 시간은 늘 고작 2, 3시간이었다.

나의 고군분투와 반비례하듯이 직장 분위기가 나빠지는 걸 알았다. 내가 자리를 비우자마자 스태프가 담소를 나누기 시작하는 것도, 내 험담이 태반이라는 것도 말이다.

요리를 다시 하느라 손님에게 제공하는 시간이 늦어지는 일로 홀 매니저가 불평을 했다.

"어쩔 수 없잖아. 퀄리티가 우선이야. 타협한 걸 내놓으라는 소리야?"

"그렇게 세세한 부분까지는 아무도 몰라요."

"알아차리지 못하겠지만 세부적인 사항까지도 소홀히 하지 않는 게 요리사의 자부심이야."

내 요리를 낮은 레벨로 보고 있다는 게 느껴졌다. 이쪽에는 확인도 하지 않고 손님으로부터 터무니없는 요청을 받아들이거나 요리 콘셉트를 바꾸는 것도 짜증이 났다.

얼마 지나지 않아 불협화음이 사장의 귀에도 들어가 충고를 듣게 되었다. '같이 일하는 사람을 적으로 돌리지 마라'고 말이다.

적으로 돌릴 마음은 없다. 전우가 되어줬으면 하는 사람들이 함께 싸워주지 않으니 혼자 싸우는 수밖에 없다고 말하고 싶었다. 한 번이라도 긴장을 늦추면 굴러 떨어질 듯한 외줄타기 상황을 하루하루 온힘을 다해 버텼다. 그렇게 하나하나 승리를

레스트 인 빈즈

쌓아서 손님도, 평가도 유지하고 있는 것이다. 혼자 최전선에 서서 싸울 수밖에 없는 내가 어째서 후방에 있는 녀석의 비위를 맞추고 다정하게 대해야 하는가.

그런데도 마지못해 태도를 바꾸려고 노력해 보았다. 잘하는 게 당연하다고 여겨지는 일이라도 칭찬하려고 노력하거나 탐탁지 않은 잡담을 하려고 하거나 말이다. 괴로워서 견딜 수 없었다. 그런 일에 힘을 쏠 바엔 요리에 전력을 쏟고 싶었다.

내가 쓰러지면 주방이 돌아가지 않는 상황은 난감하다는 생각에 제일 유망해 보이는 스태프를 수셰프로 키우려고 지도하기 시작했다. 아이를 상대하는 듯한 기분으로 친절하고 자상하게 가르쳤다.

마침내 나를 대신할 정도까지는 아니더라도 대부분을 맡길 수 있을지도 모를 때까지 갔을 무렵에 그 녀석은 홀연히 가게를 관뒀다. "여기서 흡수할 만한 건 남김없이 다 흡수했기 때문에"라는 말을 남기고 다른 유명한 가게로 옮겼다.

그 배은망덕한 녀석을 대신해서 들어온 사람이 모네였다.

모네가 들어오면 그 자리의 공기가 늘 순식간에 가벼워진다.

팽팽한 실이 느슨해지는 걸 체감할 수 있을 정도로 스태프들이 편안해하는 걸 눈으로 보고 알았다.

맨 처음에는 꽤 대하기 힘들었다. 처음 대면할 때부터 친구처럼 말을 걸어오질 않나 화려한 무늬가 들어간 터번을 두르고 작업하지 않나, 일을 하는 중이든 아니든 상관없이 계속해서 잡담을 하고 진지한 미팅에서도 늘 혼자 노래를 부르거나 장난 스러운 발언을 했다.

그런데도 모네는 순식간에 처음부터 있었던 것처럼 직장에 익숙해졌다. 조리에 관한 요점을 훌륭하게 파악했고 다양한 분 야에 대한 지식이 풍부해서 내가 그로부터 눈이 번쩍 뜨이는 아이디어를 얻을 때도 있었다. 하지만 이상하게 자신의 방식에 집착하지 않고 어떤 업무도 즐겁게 익혔다.

느슨한 모네가 있어서 내 방식이 달라졌냐고 한다면 그렇지 않았고 오히려 한층 더 세부적인 면에 집착하고 엄격해졌다. 내 가 아무리 분위기를 얼어붙게 만들어도 모네가 오면 중화시켜 준다는 안도감이 생긴 탓이었다. 같은 외줄타기 곡예를 하더라 도 그때까지처럼 정신을 압박받는 게 아니라 떨어져도 밑에 그 물이 있다는 감각이 생겼다.

가게가 주최하는 요리 교실이나 지방 꽃집과 한 컬래버레이 션 등 모네는 자신의 다양한 연줄을 살린 이벤트를 제안했다. 처음에는 회의적이었지만 그중 몇 개를 받아들여서 실현시켰 다. 모네에 대한 신뢰가 있어서 가능했다.

"다음 주에 누나 생일인데 여기로 식사하러 와도 돼?"

어느 날 모네가 그 말을 꺼냈을 때 나는 귀를 의심했다.

"누나가 있어? 혹시 부모님도 계셔?"

"있으면 안 돼?"

"아니, 참외나 야자나무에서 태어난 줄 알았지."

"그랬으면 좋았겠지만 우연히 인간한테서 태어났어. 나도 누나도."

"그렇군."

"누나가 채식주의잔데 알아서 해줄 거지?"

모네가 너무나 당연하다는 듯 말해서 해본 적이 없어서 무리라는 말은 자존심상 할 수 없었다.

그렇게 모네는 쌍둥이 누나, 에미를 가게로 데려 왔다.

에미를 떠올릴 때면 그 목소리가 가장 먼저 들려왔다.

에미의 목소리는 아주 독특했다. 한 치의 오차도 없이 몸의 중심에서 뿜어져 나오는 듯한, 곧게 뻗어나가는 푸른 불기둥 같은 목소리였다. 질량을 가진 진실이 순식간에 몸의 한가운데를 꿰뚫는 것만 같았다.

처음 봤을 때 나에게 말하던 에미의 목소리를 절대 잊을 수 없다.

모네가 에미와 같이 식사를 하러 온 날. 식사가 끝나고 디저트까지 다 먹었을 무렵 나는 두 사람의 테이블로 갔다. 지인이 손님으로 오면 나가보는 게 당연한 관습이지만 그것보다도 모네의 누나가 어떤 사람인지 직접 보고 싶은 마음이 더 컸다.

모네와는 분위기가 전혀 달랐다.

피부가 까무잡잡하고 남미나 남아시아의 피가 섞여 있는 건 똑같지만 그 거무스름함의 종류가 달랐다. 모네는 햇볕에 그을린 탓인지 쾌활함을 발산하듯 윤기가 흐르는 밝은 도토리색 같았고, 에미는 꼿꼿하고 강한 의지가 느껴지는 색이었다.

에미는 윤기가 흐르는 검고 긴 생머리를 하나로 모아 묶고 있었다. 나는 밖으로 드러난 그녀의 예쁜 이마에 넋을 잃고 말았다.

테이블로 다가가는 내 존재를 알아차리고 고개를 든 그 눈은 사뭇 결코 길들여지지 않는 야생 동물을 연상케 했다. 전형적인 미녀는 아니지만 개성 있고 매력적인 얼굴에는 사람을 강하게 매료시키는 무언가가 있었다.

가능성을 숨긴 미지의 식재료를 앞에 두었을 때처럼 가슴이 두근거리는 느낌을 받았다.

"요리는 어떠셨나요?"

그날따라 나는 그렇게 물었다. 틀에 박히고 뻔하다고 생각해서 절대 하지 않았던 말이다. 물어봤자 어차피 요리의 진가를 적절하게 표현해줄 손님은 거의 없었고, "맛있어요" "감사해요" 같은 뻔한 대화를 나누는 건 시간 낭비라고 생각했기 때문이다. 게다가 요리에 대해 아는 척하려는 놈들이 자신이 가진 지식만 죽 늘어놓는 걸 듣는 건 사양하고 싶었다.

처음으로 채식주의자 손님을 받은 탓이기도 했다. 고기나 생선을 사용하지 않는다는 큰 핸디캡을 커버할 수 있게 기술과 지혜를 총동원했다는 자신감은 있었지만 어떻게 받아들였을지 궁금하긴 했다.

"나 좀 대단하지?"

흠칫하게 하는 저음이었다.

"……라는 목소리만 들리는 요리였어요. 그 소리가 너무 커서 재료의 목소리는 들리지 않네요."

에미는 내 눈을 똑바로 보며 말했다.

예상과 너무 동떨어진 말을 들으면 오히려 놀라지 않는 법이다. 나는 동요하지 않았지만, 그렇다고 대답할 말도 바로 찾지는 못해서 다시 에미의 눈을 쳐다보았다.

그 눈은 아무런 꾸밈없이 투명했다. 특이한 말로 존재감을 드러내려는 자기현시욕도, 우월하다는 것을 과시하려는 도전적인 기색도 없었다.

"미안, 리세. 누나는 사실만 말해."

모네가 미안하다는 듯 미간을 찡그리고 아무 도움도 되지 않는 소리를 했다.

처음 만난 그 장면을 떠올릴 때마다 몇 번이나 스스로에게 묻는다. 그 후에 일어날 모든 일을 미리 알았더라면 에미를 좋아하지 않았을까 하고 말이다.

"실은 나, 콩 중에 병아리콩을 제일 좋아해."

중요한 비밀을 털어놓듯 모네가 말했다.

'파티' 전날. 모네의 부엌에서 몇 종류나 되는 콩을 씻어서 물에 불리는 작업을 한창 하던 중이었다.

"맛도 견과류 같이 고소해서 좋고 외양도 엄청 다정한 색이고 우둘투둘한 것도 좋아. 한 번 병아리콩으로 두부를 만들어봤는데 깊이감이 있어서 엄청 맛있더라고."

영어로는 chickpea 중국어로는 鷄兒豆. 이걸 병아리에 빗댄 나라가 많은 것처럼 이름대로 뭐라 할 수 없을 만큼 귀엽다.

"리세는 어떤 콩이 제일 좋아?"

모네가 아주 심각한 얼굴로 묻는 바람에 적당히 흘려보내지 못한 채 잠시 생각에 잠겼다.

"……검은콩이려나. 보고 있으면 마음이 차분해져. 종류는 뭐든 좋아. 검기만 하면."

"왜?"

도로 질문을 받자 당혹스러웠다. 파고들 듯 질문 받는 데는 아직 익숙하지 않다.

"……검정은 어떤 색이든 허용하잖아. 검은색 앞에서는 겉으로 꾸밀 필요도 없고."

내 입에서 나온 말에 기묘한 기분이 들었다. 나는 언제부터 그렇게 생각하게 되었을까.

진한 붉은색의 강낭콩. 반지르르한 검은콩. 대두. 무늬가 눈길을 끄는 메추라기콩, 호랑이콩. 적화강낭콩. 렌틸콩.

스칼렛러너빈, 비둘기콩, 누에콩을 닮은 파바빈, 애팔루사빈, 크리스마스라이저빈, 스페인어로 '산양의 눈'을 의미하는 오호 데카브라빈. 여러 나라에서 모네의 친구들이 보내준 콩들이다.

이렇게 다양한 종류의 콩들이 늘어선 모습은 장관이었다. 아주 소란스럽게 느껴지는 건 단순하게 수가 많아서일까.

물을 담은 볼 여러 개가 조리대에 나란히 놓였고, 그 안에 가라앉은 콩들은 재빨리 물을 흡수하여 잠에서 깨어나 생기가 넘치듯 보였다.

"블랙아이드피스는 바로 삶아도 되니 물에 안 불려도 돼."

"이거 눈알로 보여."

블랙아이드피스는 해석하자면 '검은 눈 콩'이다. 수많은 눈이 주시하고 있는 듯한 모습이 조금 꺼림칙했지만 미국 남부에서는 흔한 콩이다. 우리는 '호핑 존'이라는 영양 솥밥을 만들기로 했다. 아프리카 계열 주민의 소울 푸드로 신년에 먹으면 행운을 가져다준다고 한다. 일본의 팥밥 같은 것이다. 콩을 풍년과 번영의 상징으로 삼고 재수가 좋다고 여기는 문화가 많다.

"생 걸 그대로 빻아? 삶고 나서 빻는 게 아니라?"

모네가 건조시킨 병아리콩 일부를 믹서기에 돌리기 시작해서 놀랐다.

"훔무스를 만드는 데는 여러 가지 방법이 있어. 이 방법으로 만들면 식감이 단단해서 나는 좋아해."

홈무스, 또는 후무스. 중동 여러 나라에서 먹을 수 있는 병아리콩 페이스트 요리다. 일본에서라면 설탕으로 달게 삶는 게 고작이지만 세계에는 다양한 콩 조리법이 있다. 고기나 생선 조리법에는 비할 비가 못 되지만 말이다.

"Make Hummus, Not Wall."

갑자기 모네가 시합 전의 구호처럼 외쳐서 놀랐다.

"갑자기 소리 지르지 마."

"벽이 아니라 홈무스를 만들자. 팔레스타인에 갔을 때 이스라엘이랑 사이에 있던 분리 장벽에 그려진 그래피티에 있던 말이야."

"……메시지가 센스 넘치네. 리듬도 좋고."

"차라리 홈무스로 먹을 수 있는 벽을 만든다면 어떠려나."

"썩겠지."

믹서기가 끙끙대는 듯한 소리를 내는 것과 더불어 용기 안의 병아리콩이 돌아가 크림색 폭풍이 되었다. 호랑이가 빙빙 돌다가 버터가 되는 그림책을 연상했다.

"리세, 아프리카에도 낫토가 있다는 거 알아?"

작업을 하면서 모네는 끊임없이 이야기했다.

"들은 적 있어. 나이지리아였던가?"

"나이지리아, 가나, 부르키나파소를 비롯한 서아프리카 15개국 정도에서 전통적으로 먹을 수 있는데 세네갈에 갔을 때는 놀랐어. 이름이 네테토였거든. 일본에서는 낫토라고 한다고 하니 비슷하다고 해서 세네갈 사람이랑 이야기하면 반드시 먹힐

주제 같았어."

"그대로 안 먹고 조미료로 뿌린다든가 국물을 내서 먹지 않았어? 분명 일본의 낫토보다도 더 검게 건조시켜서 둥글게 만들어 팔고 있었어."

요리나 음식 이야기가 나오면 자연스레 수다스러워진다. 내 안에 저장된 말이 이미 바짝 말라버렸다고 생각했는데 오랜 습관이라는 게 무서운 법이다.

에미도 그랬다.

나와 마찬가지로 목적 없는 잡담을 어색해했다. 감정 표현을 그다지 하지 않고 말수가 적고 필요 이상으로 말하지 않는데 음식과 요리 이야기가 나오면 수다스러워졌다.

애초에 아프리카 낫토도 에미한테 배운 거라는 걸 떠올렸다. 국물이나 조미료로 사용되는 낫토라는 시점이 신선해서 연달아 요리 아이디어가 솟구쳐서 이야기가 멈출 줄 몰랐다. 에미는 내가 하는 말을 한마디도 흘려듣지 않았고 천천히 소화하듯 되새김질을 하거나 하나하나 착실하게 자신의 생각을 덧붙여 돌려주었다.

"아프리카 낫토도 대두로 만든다고 했던가?"

"파루키아라는 콩인데 대두랑 비슷해. 대두랑 마찬가지로 그대로 가열하기만 하면 소화하기 힘들고 몸에 안 좋은 성분도 있으니 발효시키지. 이렇게나 떨어져 있어도 인류가 하는 행동은 비슷해. 자신이 있는 장소에서 찾을 수 있는 한정된 식물을 조금이라도 소화하기 좋고 영양가가 있는 걸로 만들려고 노력하지."

남매는 정반대였지만 이렇게 음식 이야기를 할 때 풍기는 즐거운 느낌은 비슷했다. 물을 흡수해서 싱그러워진 콩처럼 말이 샘솟았다.

그렇게 생각한 순간 에미가 수많은 말린 콩을 소쿠리에 가득 쏟아 붓는 소리가 귀에 닿을 것처럼 느껴졌다. 집 부엌에서, 식당 주방에서, 소리가 파도처럼 밀려왔다.

빗방울 한 방울 한 방울이 기쁨으로 가득 차 쏟아지는 듯한 축제 같은 소리였다.

ꝜꝜꝜ

에미가 혼자 꾸려가고 있던 아담한 가게 〈마메mame〉는 그 이름대로 콩요리점이었다.[*]

첫 대면을 하고 불과 며칠 후에 모네가 알려줘서 처음 그곳을 찾아갔다. 원래는 가다랑어집이었던 곳을 개조한 가게로 건물 폭이 좁았고 길에서 보이는 창문은 격자로 되어 있었다. 가게 앞에서 잠시 망설인 후 마음을 다잡고 문을 열었다.

벽에는 흰 회반죽이 발려 있고 바닥에는 목재가 깔려 있었다. 아담한 공간에 발을 내딛자 우선 한가운데에 있는 붉은 기

---

[*] 콩은 일본어로 '마메'이다.

가 도는 나무로 된 테이블 하나가 눈길을 끌었다. 가다랑어 살의 검붉은 부분 같다고 생각한 것은 원래 가다랑어 가게였다는 사전 정보를 알고 있어서 그런 걸지도 모른다. 여덟 명에서 열 명은 앉을 수 있을 법한 테이블은 원래 아담한 가게에는 어울리지 않는데 이곳에서는 묘하게 조화를 이루고 있었다.

그것 말고는 두 사람이 앉을 수 있는 테이블석이 두 개 있었다. 썰렁할 정도로 심플한 면이 오히려 차분한 분위기를 자아냈다. 이제 막 영업 시작 시각이 되었는지 아직 손님은 없었다.

무언가를 삶는 좋은 냄새가 감돌았다. 양파나 토마토나 허브가 시간을 들여 부드럽게 하나로 섞이는 냄새였다. 음식 냄새에 마음이 놓이는 자신이 신기했다. 그다지 익숙하지 않은 감각이었다.

가게 안, 좁은 바 건너편에 있는 부엌은 널빤지에 가려져 있어서 손님의 모습을 살피면서 서비스를 제공하는 가게가 아니라는 점을 알 수 있었다. 부엌으로 이어지는 오른쪽에 있는 출입구에는 면직물로 된 포렴이 걸려 있었고 허리 높이쯤 오는 스윙 도어가 달려 있었다.

이쪽의 존재를 알아차린 모양인지 부엌에서 들리던 작업 소리가 멈추었다. 다가오는 기척에 고동이 빨라졌다. 긴장해서인지 두려워서인지 알 수 없었다.

"안녕하세요."

얼굴을 내민 에미에게 말을 건 순간 그때까지 느꼈던 망설임이 사라졌다. 표정도 말도 붙임성도 없는데 어째서인지 나를 이 자리에 받아들인다는 생각이 들게 하는 분위기를 풍겼다.

메뉴판을 보고 주문한, 날마다 바뀌는 메뉴 세트가 얼마 지나지 않아 테이블로 서빙되었다. 홈무스와 얇게 썬 바게트. 렌틸콩 샐러드. 수프처럼 걸게 졸인 요리.

김이 샐 정도로 평범한 요리였다. 확실히 '나 좀 대단하지?'라고 주장하고 있지는 않았지만 말이다. 당황하면서 식사를 시작했다.

요리를 먹자마자 나는 에미가 그때 나에게 한 말의 의미를 알 수 있었다.

사람이 요리한 게 아니라 마치 식재료들끼리 우연히 만나서 자연스럽게 이 형태가 되었다고 여겨질 정도였다.

누군가가 만든 요리를 맛볼 때마다, 내심 세세하게 비평을 하는 습관이 있다. 이 소스를 뿌리려면 아스파라거스를 삶는 시간이 10초는 더 짧았어야 했다. 코스 구성이 별로다. 몸통이 좀 더 가늘고 작은 도미를 사용했어야 했다 같은. 하지만 에미가 만든 음식에 비평할 여지는 없었다. 비평이나 리뷰라는 것에서 좀 더 먼 곳에 있는 것 같았다.

요리가 물처럼 몸에 스며들었다. 이렇게나 잘 벼려진 심플함이라니.

이렇게 단순한데도 말로 표현할 수 없는 정보가 순식간에 고차원으로 전달된다. 어떤 원리로 만드는 건지 전혀 이해할 수 없었다. 비유하자면 줄곧 서양화를 그리던 화가가 처음으로 수묵화를 접했을 때 느낀 충격 같은 거랄까.

"잘 먹었습니다"라는 말 뒤에 붙일 적절한 말을 고르다 나도 모르게 "주방을 볼 수 있을까요?"라고 말해버렸다.

에미가 인상을 살짝 찌푸렸다.

"왜요?"

"어떤 장소에서 음식이 만들어지는지 보고 싶어서요. 지금까지 체험해보지 못한 요리였습니다."

나 스스로도 깜짝 놀랄 정도로 "제발 부탁드립니다"라는 말이 입에서 자연스럽게 튀어나왔다.

"저는 신경 쓰지 말고, 하던 일을 계속하시면 됩니다. 방해가 되지 않도록 구석에 있을게요."

"모네 말고 다른 사람이 들어오는 건 싫어요."

에미는 방금 자신이 한 말을 뒤쫓듯 시선을 돌리며 말했다.

"······아주 잠깐이라면 괜찮아요."

에미의 부엌은 평온했다.

마치 살아있는 생물이라도 만지는 것처럼 조심스럽게 손을 움직이더니 식재료에 새로운 삶을 선사한다. 매우 순도 높은 무언가가 고요히 축적되어 그곳에 가득 차있다는 걸 느낄 수 있었다.

같은 주방인데도 에미가 요리를 하는 이곳은 전쟁터가 아니라 종교적인 장소 같았다.

원래는 모네와 둘이서 꾸려 나가던 가게였던 모양이다. 하지만 개업하고 얼마 지나지 않아 모네가 여행을 떠나게 되면서 에미만의 장소가 되었다. 가게는 혼자서도 충분히 꾸려 나갈 만한 규모였다.

요리하는 에미의 움직임은 지금까지 본 어떤 요리사와도 인상이 달랐다. 최소한으로 움직이면서도 기백이 있던 아버지와도 달랐다. 마치 빨리 감기한 영상처럼 빠릿빠릿하고 군더더기 없이 움직이는 최고급 스페인 레스토랑 스태프의 동작과도 다르다.

어떻게 표현할 방법이 없었다. 분명한 건 말로 표현할 수 없다는 답답함 때문에 내내 시선을 뗄 수 없었다는 것뿐이었다. 에미가 채소를 써는 소리와 그 리듬이 기분 좋아서 내내 듣고 싶어졌다.

부엌 선반에 나란히 놓인, 밀폐 용기에 담긴 다양한 콩들이 싱크대를 향해 손을 움직이는 에미를 지켜보는 듯했다.

에미는 콩을 씻기 시작했다.

"왜 콩 요리인가요?"

부엌의 조화를 깨지 않도록 조심스럽게 내뱉은 내 목소리가 너무도 초라하게 들렸다.

에미는 순간 작업을 계속할지 망설이는 것 같더니 곧 미련 없이 손을 멈추었다.

"어떤 종교와 문화를 가지고 있는 사람이라도 먹을 수 있는 단백질원이니까요."

"그렇군요."

돼지고기나 장어, 문어, 할랄 음식으로 인정받지 못한 고기와 생선을 먹을 수 없는 이슬람교. 소나 돼지를 먹지 않는 힌두교. 엄격한 불교는 완전 채식이고 그 외에도 내가 모르는 금기를 가진 문화는 많을 테다.

사람들과 어울리지 않을 것 같아 보이는 에미한테서 박애주의자 같은 말이 나왔다는 게 의외였지만 조금 전의 요리를 먹은 후라서 선뜻 받아들일 수 있었다.

"영양가도 높고 배가 든든하기도 하고 보존하기도 좋죠. 재배하기도 어렵지 않고요. 이 정도로 사람을 구하는 음식은 없을지도 모르겠네요."

내 말을 들은 에미는 "그래요 그래!"라고 하는 것처럼 눈을 반짝였다.

에미는 음식에 세계 공통어가 있다면 바로 콩일 거라고 했다.

"또 와도……"라고 하려다가 "자주 와도 될까요?"라고 고쳐 말했다. 어째서 공통어를 찾았고 그걸 사용하려고 했을까. 어떤 길을 거쳐 이런 요리를 만들게 되었을까. 모두 다 알고 싶어졌다.

에미가 미소 지었다.

"당신이 먹고 싶다면 얼마든지 와도 돼요. 그게 내가 할 일이니까요."

함박웃음이 아닌데도 얼굴에 환한 빛이 깃든 것처럼 보였다.

—누나는 사실만 말해.

모네가 말한 대로였다.

식재료가 가진 성질을 그대로 살리듯, 에미는 말도 그렇게 다루고 있었다. 말이 가진 성질을 제멋대로 가공하지 않고 똑바로 상대에게 도달하게 하려는 듯했다. 다시 말해, 말 그 자체를 존중하고 있는 것이다. 그래서 가공된 것만 섭취해온 사람이라면 조금 대하기 어려웠을 것이다.

에미는 아부하는 말, 계산적인 태도, 형식적인 미소가 전혀 불가능했다. 그런 것들이 사회성이라고 불리는 이 세상에서 그렇게 살아온 것 자체가 일종의 기적이나 마찬가지였다.

나는 늘 에미의 말을 정면으로 받아들일 수 있는 사람이기를 바랐다. 에미의 요리를 몇 번이라도 몸에 담고 싶었다. 그러다 보면 나도, 내 요리도 극적으로 바뀔 거라는 예감이 들었다. 그 예감이 너무 강해서 그 힘에 이끌려 에미와의 거리를 좁혔다.

요컨대 흑심을 품은 단골이 되었다.

에미의 요리를 먹게 되면서 나는 조금씩이지만 확실히 변해갔다. 쓰는 말도 달라졌고, 일을 시작하기 전의 마음가짐이라던가 완성도에 대한 개념 같은 것들도 변했다.

좀 더 거창하게 말하면, 세상을 보는 견해 그 자체가 근본적으로 바뀌어버렸다고 할 수 있었다.

에미를 향한 마음은 점점 커져갔다. 에미도 나에게 호감을 가지고 있는 것처럼 보이기는 했지만, 1센티미터만 더 다가가도 갑자기 뒤로 훌쩍 물러서버리는 길고양이를 상대하는 것 같은 긴장감이 늘 있었다.

그래서 마음을 전해도 될지 아슬아슬한 순간까지 망설였고, 고백할 타이밍을 정할 때도 섬세한 주의를 기울였다. 교제를 승낙 받은 순간의 흥분과 내가 처음으로 사귀는 상대라는 말을 들었을 때의 자랑스러움이 뒤섞인 그 기쁨은 절대 잊을 수 없었다.

>>>>

파티 당일 아침이었다.

표백된 것처럼 하얀 겨울 햇살이 실내로 비쳐 들어 잠에서 깼다. 모네의 부엌 구석에 있는 접이식 침대 위에서 몸부림을 치며 창문 쪽으로 몸을 돌렸다. 보온성이 높은 벽재를 사용했는지 실내 공기는 그다지 서늘하지 않았다. 잠시 난로 앞에 쌓인 장작에 일은 거스러미를 멍하니 바라봤다.

꽤 오랫동안 잔 듯했다.

무언가가 결정적으로 변했다는 느낌이 들었지만 언어로 표현할 수가 없어서 모네가 일어날 때까지 가만히 누워 있었다. 성에가 껴 뿌예진 창문 너머로 펼쳐진 하늘이 단계적으로 흰색을 덧칠하듯 밝아져갔다.

모네가 몸을 뒤척였다. 일어나나 싶었는데 이불을 다시 꼭 덮고서 몸을 웅크렸다. 이불이 중간만 둥글게 부풀어 올라서 발효한 빵 반죽처럼 보였다.

이제 적당히 하고 일어나라는 의미로 이불을 빼앗자 모네는 이쪽이 흠칫 놀랄 정도로 요란하게 펄떡 몸이 튕겨 올랐다. 그리고는 반신을 일으켜 비난하듯 이쪽을 흘겨보더니 휴 하고 한숨을 쉬었다.

둘 다 한마디도 하지 않은 채 손님을 맞이할 준비를 하는 동안 나는 모네를 찬찬히 응시했다. 키에 비해 의외로 작은 손. 리듬감 있는 움직임. 두툼한 입술에 치켜 올라간 입꼬리. 눈동자 색은 때론 현명해 보이기도 하고 멍한 것처럼도 보였다. 디테일이 흩어졌다가 순간순간 새로운 모네를 만들어내는 것처럼 느껴졌다.

말을 나누지 않으면 그만큼 상대를 유심히 보게 되는 법이다.

맨 처음에 찾아온 사람은 큰 종이봉투를 든 성실해 보이는 청년이었다.

얼굴도 몸도 가느다란 체형에 흰 옷을 입어서 그런지 화이트 아스파라거스처럼 보였다.

모네와 함께 부엌으로 들어온 그와 눈이 마주쳐 묵례를 했다. 그는 살짝 긴장한 얼굴로 입을 열어 무언가를 말하려다가 급하게 입을 틀어막고서 씁쓸한 표정을 지었다. 말을 하는 건 대부분의 사람에게 반사적인 행동이라고도 할 수 있어서 말을 하지 않는 다는 건 쉬운 일이 아니다.

그는 종이봉투에서 도자기 그릇을 꺼내 조리대 위에 놓았다.

하나는 지름이 30센티미터 정도 되는 대접이었다. 연한 회색이 감돌아 꾸밈없어 보였다. 손수 만든 것인 듯했다. 이런 종류의 그릇치고는 얇고 단정한 생김새에 어딘가 허술한 느낌도 있어서 그의 됨됨이가 엿보이는 듯했다.

이렇게 뚫어져라 보는 건 실례 같았지만 그가 이쪽을 보는 빈도도 높았다. 살짝 조심스럽기는 하지만 말이다. 말을 나누지 않는 만큼 상대를 자주 봐서 감지하려고 하고 있었다.

사람은 말을 통해 서로 연막을 치는 구석이 있다.

다른 하나는 선명한 파란색과 노란색으로 칠해진 그림이 들어간 접시였다. 인상이 꽤 달랐다.

그가 큰 밀폐 용기를 꺼내 뚜껑을 열자 향신료 향기가 터져 나왔다.

의외였다. 겉보기에서 왠지 모르게 차갑고 담백한 맛의 무언가를 만들어 올 것 같았다. 두부무침이라든가 절임이라든가.

이곳을 방문한 적이 있는지 그는 거침없는 동작으로 싱크대 아래 문을 열더니 큰 냄비를 꺼냈다. 카레를 옮겨 담은 냄비를 불에 올리자 향신료 향이 더더욱 짙게 퍼져나갔다.

화이트 아스파라거스인 그가 데운 카레를 큰 사발 쪽에 옮기기 시작했다.

나는 컬러풀한 접시를 살포시 건드리고 나서 자신을 가리키며 눈으로 물었다.

그는 고개를 끄덕이더니 무심코 입을 떼려다가 다시 인상을 찌푸리며 괴로운 표정을 지었다. 생각과 다르게 얼굴에서 감정을 읽어내기 쉬운 녀석이다.

나는 그 접시에 냉장고에서 꺼낸 옅은 갈색 퓌레를 얹고 납작하게 펼쳐갔다. 멕시코의 핀토 빈즈 퓌레다. 날짜를 착각하고 어제 찾아왔다가 다시 멕시코로 돌아간 모네의 친구가 두고 갔다. 파를 뿌리고 옆에 토르티야 칩스를 얹었다.

생각대로 접시의 화려한 색이 밋밋한 퓌레의 색을 돋보이게 했다. 화이트 아스파라거스가 이 접시를 무슨 의도로 가지고 왔는지는 모르겠지만 마치 이 요리를 위해 가져온 것처럼 잘 어울렸다.

콩과 함께 껍질째 삶은 마늘을 하나씩 튜브에서 짜내듯 껍질을 벗겨 병아리콩 샐러드에 넣고 있는데 갑자기 가슴이 조여왔다.

요리를 하는 동작 하나하나에 에미와 나눈 추억이 깃들어 있어서였다.

가슴의 통증을 음미하듯 눈을 감았다. 다시 눈을 뜨자 테이블 건너편에 장식된 그림이 보였다.

붉은 양손 냄비.

냄비에 표정이라는 말을 사용하는 건 조금 이상하긴 하지만 그림 속 냄비는 에미가 사용하던 무렵의 표정을 하고 있는 것처럼 보였다. "어쩔 수 없잖아. 그 냄비는 리세가 가지고 가버려서 그 대신으로 그려 놓은 거니까"라고 어제 모네가 말해줬다.

냄비 주변에 칠해진 묘하게 따뜻한 느낌이 나는 거무스름한 색이 그 밤을 떠올리게 했다.

>>>>

사귀기 시작한 지 한 달 정도 지났을 무렵이었다. 처음으로 에미를 집에 묵게 했다.

나는 상대가 몸을 살짝만 움직여도 잠에서 깨기 때문에 누군가와 같이 자는 건 힘들었다. 가뜩이나 수면 시간이 짧은데 그래서는 미안하다며 에미는 따로 자는 것에 선뜻 동의해주었다.

에미가 내 침대를 쓰고 나는 소파에서 자기로 했다. 평소에는 스탠드 불을 켠 채 자지만 끄는 편이 좋은지 에미에게 물었다.

"나는 캄캄한 편이 좋아. 리세는?"

"난 좀 밝은 편이 좋긴 한데, 그래도 괜찮아. 끄자."

불을 끄자 암흑과 더불어 성취감에 휩싸였다. 같이 있어 주는 사람을 위해 작은 배려를 했다는 사실에 자신이 충만해진 듯했다.

나와 에미는 하나부터 열까지 다 달랐다. 나는 쓴 커피를 좋아했지만 에미는 맛이 연한 일본 홍차를 좋아했다. 나는 양말을 좋아하지 않아 귀가하면 바로 벗지만 에미는 두 겹이고 세 겹이고 겹쳐 신었다. 의외였던 건 에미의 방 오디오에서 흘러나오는 라틴 음악이었다. 처음에는 낭랑하게 노래하는 보컬이나 기타가 너무 시끄럽고 열정적이라 어울리지 않는 것 같았다. 하지만 나는 그 밑바닥에서 깔린 슬픈 정서에 어느샌가 익숙해져 있었다.

우리 집 부엌에는 에미가 좋아하는 홍차가 있었고, 현관에는 에미를 위해 산 슬리퍼가 있었다.

밤의 어둠이 신비로운 친밀감을 만들어내 어느새 서로에게 어린 시절의 추억을 이야기하고 있었다.

에미와 모네는 열 살 때 부모님이 이혼한 후 뮤지션인 아빠를 따라 미국에서 일본으로 왔다. 미국에서 산 건 불과 몇 개월뿐이고, 그 전까지는 엄마의 친척이 있던 쿠바에서 몇 년간 살았다고 한다. 일본 생활에 익숙해지지 못해 학교에서 있을 곳이 없었던 것. 아빠의 재혼 상대에게 귀여운 구석이 없다고 외면당했던 것. 그리고 그 재혼 상대가 만든 음식을 거의 먹지 않아서 괜히 더 화를 샀던 것. 일본어가 좀처럼 늘지 않았던 것에 대해서 들었다.

"모네는 처음부터 능숙하게 말해서 대단하다고 생각했어. 나는 안 되더라. 말하고자 하는 의지가 거의 없었거든. 말이라는 건 희망인 것 같아."

"희망?"

"응. 사람에게 희망을 가지지 못하니 말을 잘 못하는 것 같아. 말을 배우는 원동력은 그 말을 사용해서 이야기하고 싶은 사람이 있느냐 없느냐야. 나는 그 무렵에 정말 대화를 나누고 싶었던 사람이 모네밖에 없었거든. 모르는 말에 둘러싸여 있는 게 두려웠어. 맞게 전달되는지 아닌지 생각하면 말이 좀처럼 나오지 않아서 한동안 학교에서는 내가 말을 못하는 병에 걸렸다고들 생각하더라고. 실제로 병이었을지도 모르지만."

어둠 속에 살포시 놓인 에미의 목소리는 평소보다 훨씬 부드러웠지만 나약하게도 들렸다.

육식을 관둔 게 12세 때였다는 것도 이야기해주었다. 축산계의 현실과 지구 환경에 주는 영향을 알게 되면서 그 이후로 육식을 받아들일 수 없게 되었다고 한다.

"채식주의자라고 하면 상대가 어째서인지 공격적인 태도를 취하고는 해. 그런 건 위선이라는 소리를 들은 적도 있어. 그때는 아는 어휘가 적을 때라 말뜻을 이해할 수 없어서 나중에 찾아봤어. 가짜 선의? 왜 내가 안 먹는 게 가짜 선의지? 역시 이해가 안 됐어. 그래도 지금은 조금 알 것 같아. 자신과 다른 사람이 존재하는 것만으로도 어째서인지 자신이 부정당한다고 생각하는 사람이 있는 것 같아. 자신이 생각하는 선의 말고는 가짜라고 생각할지도 모르지."

집 근처에 있던 식당을 좋아해서 그곳에서 아르바이트를 시작하고서부터 일본어가 빠르게 늘었다고 한다. 특이한 단골손님들만 찾는 가게였는데 그 가게 덕분에 사람들과 이야기할 수 있게 되었다고 한다.

에미가 수많은 말들을 건네주는 게 기뻤다. "이렇게 이야기를 많이 한 건 리세가 처음이야"라는 말을 듣고 우월감에 젖어 있을 때였다.

"리세는 왜 요리를 해?"

갑작스러운 질문에 당황했다. 누구에게도 받은 적 없는 질문이었으니 말이다.

"……뭐랄까. 자신을 표현하는 수단이라고나 할까?"

처음 해보는 얘기라서 그런지 아무래도 잘 설명할 수가 없었다.

"리세, 나는 연령적으로 어른이 된 지금도 말하는 게 서툴러. 말 대신 계속 요리만 할 수 있었으면 좋겠어."

조심스럽고 떨리는 목소리로 에미가 말했다. 당장이라도 꺼질 것 같은 양초 불빛 같았다.

그날 밤에야 비로소 깨달았다. 자신이 터무니없는 착각을 하고 있었다는 것을.

항상 솔직하게 말하는 것을 두려워하지 않는 에미가 강한 사람이라고만 생각했다. 하지만 그렇지 않았다. 방어하기 위한 말을 가지고 있지 않은 이 사람은 늘 무방비하게 내장을 외부로 드러내고 있는 것과 마찬가지였던 것이다.

그런 에미에게 자신의 가게는 피난처였고, 동시에 타인과 연결될 수 있는 유일한 장소였다.

※

가벼운 단발을 한 그 여성이 들어오자마자 부엌에 바닐라 향기가 감돌았다. 달달한 향수를 뿌렸나 싶었지만 아니었다.

가지고 온 에코백에서 갓 제철이 된 딸기와 생크림에 이어 바닐라 에센스를 꺼내는 것을 보고 알았다. 뚜껑을 닫는 걸 잊었나 싶었지만 유심히 보니 에코백에 갈색 얼룩이 여러 군데 흩어져 있었다. 누군가가 일부러 흘리지 않는 한 그렇게 묻어 있지는 않을 것이다.

왠지 모르게 혼자 사는 사람이 아니라는 걸 느꼈다. 그녀를 감싼 공기에 어딘가 소란스러운 기척이 있었다. 화이트 아스파라거스와 달리 그녀가 들어오자마자 부엌의 공기가 크게 움직인 것처럼 느껴진 건 그 탓일지도 모른다.

바닐라 씨와 같이 온 키가 큰 동년배 여성은 더욱 카리스마가 있었다.

언뜻 본 느낌으로 배구 선수 같았다. 포지션은 공격수. 갈색 웨이브가 들어간 긴 머리를 뒤로 묶고 좁은 이마는 시원스럽게 드러내고 있었다. 또렷한 눈썹 아래에 자리한 눈이 나를 평가하듯 노려보았다. 그녀가 발산하는 카랑카랑한 목소리가 상상된다.

두 사람 다 흰옷을 입고 있었지만 인상이 전혀 달랐다. 바닐라는 아울렛에서 산 것 같아 보이는 헐렁한 흰 니트 원피스인데 비해 공격수는 비싸 보이는 흰 실크 셔츠에 다림질이 잘 된 흰색 바지 차림이었다.

둘 다 잠시 어색한 듯 주변을 두리번거렸지만 바로 익숙해진 것 같았다.

저마다 조리대 위에 자신의 요리 공간을 정하더니 망설이지 않고 작업을 시작했다. 그런데 공격수가 가지고 온 것은 얇게 썬 고기였다. 프라이팬을 꺼냈으나 다른 사람들을 살펴보더니 아직 고기를 구울 타이밍이 아니라고 판단했는지 도움을 주려는 듯 바닐라에게 다가갔다.

바닐라에게 건네받은 볼에 담긴 딸기를 공격수가 멍하니 내려다보았다. 어떻게 해야 좋을지 모르는 모양이었다.

바닐라는 공격수의 얼굴을 올려다보고 팔을 쿡쿡 찌르더니 시범을 보이기 시작했다. 볼에 담긴 딸기 절반은 슬라이스, 다른 절반은 깍둑썰기로 해달라고 손짓발짓으로 전하고 있었다. 공격수는 시키는 대로 어색하게 딸기를 썰기 시작했다.

새콤달콤한 향기가 아직 조금 앞선 봄의 예고처럼 감돌고 있었다.

나는 검은콩 수프 맛을 조절하는 데 들어가기 시작했다. 모르는 사람과 이렇게 부엌을 더불어 사용하고 있어도 말을 하지 않으니 편하다. 저마다 상대의 기척을 읽고 서로에게 방해가

레스트 인 빈즈

되지 않도록 움직이거나 은근슬쩍 도움을 주는 모습이 평화로웠다.

화이트 아스파라거스는 어시스턴트 기질이 다분한지 예의바르게 설거지를 하거나 바닐라와 공격수의 가방을 방해가 되지 않는 장소에 치워주는 등 은근슬쩍 움직이고 있었다. 모네는 식탁에 흰 식탁보를 세팅하고 있었다.

냄비 안을 저어서 알갱이가 닿는 감촉으로 콩이 얼마나 삶겼는지를 가늠하고 있는데 문득 시선이 느껴졌다.

고개를 들어 출처를 찾다가 화이트 아스파라거스가 공격수를 바라보는 시선과 맞닥뜨렸다. 나를 향한 것이 아닌데도 알아차릴 만큼 그 눈빛에 열기가 담겨 있었던 모양이었다.

공격수가 다 썬 딸기를 화이트 아스파라거스가 부지런히 그릇에 옮겨 담았다. 힐끗힐끗 공격수를 보는 그 얼굴에는 '근사한 사람이다'라는 속마음이 또렷하게 적혀 있었다.

정말 알기 쉬운 녀석이다. 첫 대면에서 에미를 보던 나도 저런 얼굴을 하고 있었을지도 모른다고 생각하자 가슴이 다시 아파왔다.

이렇게 내내 그저 에미를 보고 있었더라면.

외부 상황에도, 자신의 초조함에도 휘둘리지 않고 정말 에미를 제대로 바라보고 있었더라면.

그녀에게 했어야 할 말과 행동을 알 수 있었을까. 놓쳐서는 안 되는 때를 제대로 판별할 수 있었을까.

그 신형 바이러스가 뉴스에 나오기 시작했던 겨울, 나는 고민에 빠졌다.

모네는 얼마 전에 가게를 떠났다. 들어올 때와 마찬가지로 또 훌쩍 여행을 떠난 것이다. 심하게 타격을 입었지만 다른 사람이 그만둘 때처럼 부정적인 감정은 솟구치지 않았다. 계절에 따라 바람의 방향이 바뀌는 것처럼 그런 삶을 살아가는 사람이라고 받아들였다.

이대로 괜찮을까. 모네가 떠난 후 멍하니 있는 일이 늘었다.

관리직이 맞지 않다는 건 알고 있었다. 요리를 향한 마음과 사람을 통솔하는 일을 양립시킬 수 있는 능력이 자신에게 없다는 걸 이제 인정하는 수밖에 없었다.

이대로 이 가게에서 경력을 쌓기 위해 관리자로서의 능력을 갈고 닦을지, 혼자서도 꾸려나갈 만한 자신의 가게를 차릴지. 어느 쪽으로 방향을 바꿔야 할지 결정하지 못하고 있었다.

하지만 그런 망설임을 밀어낼 정도로 시류는 급격하게 달라졌다.

바이러스는 세계적으로 심각한 사태로 보도되었다. 내게 무관한 일인 듯했던 감염이 육박해오고 있었고 마스크나 소독제를 사려는 사람이 줄을 지었다. 거리에 인파가 사라졌고, 외식

레스트 인 빈즈

은 경솔한 행동으로 여겨져서 임차하고 있던 상가 빌딩 자체가 영업 중지 사태를 맞이해 가게도 부득이하게 휴업을 하게 되었다. 앞날이 보이지 않는 상황 속에서 고민하고 있던 두 길 모두 닫힌 듯했다.

같은 시기에 에미의 가게에 예기치 못한 일이 벌어졌다.

에미가 사는 동네에서 첫 감염자가 나왔다고 보도된 후 감염자가 들렀던 가게로 〈마메〉가 인터넷 게시판에 거론되었던 것이다. '보건소에서 일하는 가족한테 들었다'는 댓글의 진위도 알 수 없고, 설령 감염자가 가게에 왔다고 해도 가게에서 감염됐다는 증거가 없는데도 그 정보는 눈 깜짝할 사이에 확산되었다.

1년도 더 전에 지역 잡지에 실렸던 에미의 얼굴 사진에 '마스크를 안 쓰고 영업하고 있다'라며 오해하는 댓글이 달리면서 일이 더욱 커져만 갔다.

비정기적인 휴일을 알릴 목적으로 에미가 꾸준히 운영하던 〈마메〉의 SNS 계정에는 '바이러스를 퍼뜨리는 가게는 망해라' '죽기 싫으니 이 가게에는 절대로 안 간다' '이런 안이한 생각으로 운영하는 가게가 피해자를 만든다' '이런 유기농 계열의 가게를 운영하는 사람은 근거 없는 민간요법으로 바이러스를 예방할 수 있다고 믿는 것 같다. 거의 종교나 마찬가지다' 등의 댓글이 몇 십 개나 올라왔다.

소문은 사실무근이라고 쓴 에미의 게시글에도 '증거는 어디에 있나요?' '증명할 수 있어요?' 등의 댓글이 달렸다.

"증거가 있냐고 이쪽이 묻고 싶어."

손으로 얼굴을 감싼 에미가 중얼거린 말에는 고요한 분노가 담겨 있었다. 반론하는 댓글을 쓰려고 하는 에미를 나는 말렸다.

"이런 건 무시하는 게 제일 나아. 이런 인터넷 악플러들은 반응하면 괜히 더 열을 낼 뿐이니까."

가게로도 몇 번이나 말 없는 전화가 걸려왔다.

에미는 그런데도 영업을 이어나갔다. 매일 먹으러 오는 사람이 있고 지금 쉬면 헛소문을 인정하는 것처럼 보인다며 말이다.

하지만 일주일 정도 지났을 무렵 새로운 댓글이 달렸다.

'가게 부근에 사는 사람입니다. 마스크도 안 쓰고 태평하게 기침을 하고 걸어 다닙니다. 가족이 옮았습니다. 살인자입니다. 예전부터 가게 주인이 엄청 불친절해서 동네에서도 민폐였습니다.'

곧바로 다른 계정이 단 댓글이 이어졌다.

'나는 이 가게에 간 적 있는데 가게 주인은 사람을 얕잡아 보는 것 같았다. 이런 일이 있어도 영업을 계속하다니 어떤 사고 방식을 가지고 있을까? 감염돼서 제일 먼저 죽었으면 좋겠네.'
'가서 먹어 본 적이 있는데 완전 맛없었다. 용케 아직까지 가게를 운영하고 있네.' '지역 민폐입니다. 폐점했으면 하네요.' '이사가.' '여기 관할 보건소 연락처 링크예요. 익명으로도 클레임을 넣을 수 있으니 다들 참고하세요.'

맛집 사이트 등에도 저런 댓글들이 달린 링크가 복사되어 있었다.

에미는 나날이 지쳐갔고 움직임이 느려졌다. 오가는 길에 누군가가 감시하는 느낌이 든다며 무서워해서 나도 같이 따라다녔다. 걱정됐기 때문에 갈 수 있을 때는 나도 가게에 가 있기는 했지만 에미는 움직이다가도 가끔 멍하니 멈출 때가 있었다.

"누가 썼을까. 절대 그럴 리 없다고 믿지만 단골일지도 모른다고 생각하면 손님이 와도 어떻게 해야 좋을지 모를 때가 있어. 모르는 사람을 위해서 요리하는 게 두려워져."

주방에서 들리는 식칼 소리도 콩을 씻는 소리도 예전의 경쾌함을 잃고 흐트러진 불협화음이 되어 결국에 에미는 가게에 갈 수 없어졌다.

경찰서에 신고했지만 반응은 무뎠다.

그렇다면 민사로 고소하겠다고 나는 씩씩거리며 에미와 같이 변호사에게 상담하러 갔지만 드는 비용과 수고를 앞에 두고 에미는 발걸음을 멈추었다. 댓글을 쓴 인물을 특정해도 만약 그게 아는 사람이면 어쩌나 하는 염려도 있었을 테다.

변호사가 만약 마음이 바뀌어 고소하기로 했을 때를 대비해 댓글을 증거로 모아두라는 조언을 해주었다. "새 댓글은 내가 대신 체크할 테니 에미는 이제 보지 마"라며 내가 그 역을 자처했다.

가게를 휴업한 에미는 생기를 잃었다. 집에서도 요리를 거의 하지 않게 되었고 언제나 목소리가 닿지 않는 물속에 있는 듯했다.

뭐라고 말해야 좋을지, 무엇을 해주면 좋을지 아무 생각도 나지 않았다. 이 정도로 속수무책인 일이 나에게 일어날 줄은 생각지도 못했다. 나는 그저 숨을 죽이고 에미의 주변을 서성이다가 무언가를 해야 한다는 초조함에 이따금 요점에서 벗어난 말과 행동을 하고는 했다. 마치 지시를 기다리는 쓸모없는 신입 스태프 같았다.

그때 내가 몰두하기 시작한 것은 자신의 가게를 열 준비였다.

직접적인 계기는 사장에게서 레스토랑을 폐점하라는 통보를 받은 것이다. 조급했던 마음도 등을 떠밀어서 이걸 계기로 자립하는 수밖에 없었다.

내가 앞으로 나아가려는 모습을 보이면 에미에게도 좋은 영향을 끼치지 않을까 하는 생각도 있었다. 〈마메〉를 다시 열지 못한다고 해도 내가 독립하면 같이 일하는 방법도 있고, 내 가게가 궤도에 오르면 에미의 생활을 돌봐줄 수 있을지도 모른다.

그러기 위해서 한시라도 빨리 준비를 해야 했다. 바이러스 사태가 수습된 후에 가게를 차릴 준비를 하는 건 늦다. 사태가 끝난 뒤에 바로 달릴 수 있도록 해야 한다. 그런 생각에 사로잡혀서 사업 계획에 시간을 할애하게 되었다. 그와 병행해서 나를 취재한 적 있는 맛집 잡지나 지역 잡지, 요리 칼럼니스트 등에 연락해서 내년 봄 무렵에 가게를 오픈할 생각이라는 사실을 넌

지시 전했다.

감이 무뎌지지 않도록 집에서는 시험 삼아 매일 요리를 했다. 동물성 재료를 사용하지 않는 요리도 만들어서는 에미에게 가지고 갔다.

말로 할 수 없으면 요리로 표현하자고 생각했다. 집에 틀어박혀 있으니 먹기에 너무 부담스럽지 않은 조리법으로 영양소를 균형 있게 해서 말이다. 요리 색깔도 컬러풀하게 해서 기분이 좋아지도록 했다. 에미를 생각하며 정성을 들여 만든 요리를 이틀에 한 번꼴로 집으로 가져다 줬다.

에미는 거의 먹지 못하는 날이 많았다. 조금이라도 먹어주는 날은 기분이 좋았다. 에미가 부담스럽지 않도록, 요리를 가지고 가는 것도 그녀가 남긴 것을 처리하는 것도 감정을 보이지 않게 담담하게 했다. 내가 할 수 있는 일을 할 뿐, 먹어주길 바란다기보다는 그저 습관적으로 계속하려고 했다.

그날은 추위에 습기까지 뒤섞인 아주 추운 날이었다.

낮에 부동산에 찾아갔다가 가장 원했던 곳을 계약할 수 없다는 소식을 듣고 낙담하고서 집으로 돌아왔다. 무거운 마음을 떨치지 못한 채 해가 저물기 시작한 집에서 여느 때처럼 컴퓨터를 켰다.

〈마메〉에 대한 댓글은 전보다는 잠잠해졌지만 날에 따라서는 여전히 몇 건이고 올라왔다. 감정적으로 대응하지 않고 기계적으로 기록하고 있을 때였다.

화면 아래에 있는 최신 댓글을 본 나는 무심코 "어" 하는 목
소리가 나왔다. 화면을 스크롤하는 시린 손끝에서 한기가 온몸
을 타고 흐르는 듯한 느낌이 들었다.

>>>>

새하얀 식탁보를 씌운 식탁에 다양한 콩요리를 나란히 놓
았다.

내가 움직인 것을 계기로 공격수가 고기를 굽기 시작했다. 프
라이팬이 내는 소리를 배경음 삼아 한 사람, 또 한 사람 새로운
게스트가 들어왔다. 총 10명 정도가 부엌에서 북적이며 순서
대로 찬장, 냉장고, 가스레인지, 마지막으로 식탁으로 흘러가듯
작업을 하며 저마다 가지고 온 요리를 옮겨나갔다. 연령도 성
별도 체형도 인종도 사는 세계도 아마 제각각인 듯했지만 모두
흰옷을 입고 있어서인지 한 그룹처럼 통일감이 있었다.

그들은 자신의 요리가 담긴 그릇으로 식탁보의 하얀 공백을
제각각 채워나갔다. 테이블에 자신이 있을 곳을 찾아서 집을
짓듯이.

나는 마지막 요리를 마무리했다.

에미가 검은콩으로 가장 자주 만들었던, 졸임과 수프 사이
어딘가 같은 요리로 남미에서는 흔히 먹는다고 한다. 각국에서
저마다 부르는 이름이 다르고 요리법이나 간을 하는 방식도 조

금씩 다르다.

마늘과 소금만 사용해서 심플하게 간을 한 것, 돼지고기와 소고기를 같이 삶은 것, 여러 종류의 허브를 넣는 것.

에미가 만든 요리는 콩 그 자체의 맛이 직접적으로 전해져 오는 것이었다.

실한 콩에 향미 채소나 향신료가 이 이상 들어가면 콩의 맛을 방해하고 마는 절묘한 순간이 찾아오는데 그때 느껴지는 맛이 있다. 소박을 넘어서 빈곤해 보인다는 소리를 들어도 이상하지 않을 요리지만 전혀 그렇게 느껴지지 않았다.

바스러지는 콩의 부드러운 식감. 식욕이 없을 때라도 몸에 술술 들어갔다. 심플하지만 배려심이 느껴져서 매일 먹어도 질리지 않는 요리였다.

부엌에 서 있던 에미의 모습을 좇듯이 불을 조절하고 소금을 조금씩 더했다.

그녀가 만들었던 맛의 기억을 더듬어서 그걸 지금 재현하려고 하고 있었다. 마치 내 안에 남아 있는 그녀의 영혼 조각을 실물로 소생시키기라도 할 것처럼.

부글부글 소리를 내는 냄비에 얼굴을 가까이 가져가자 열기를 품은 바람이 두둥실 날아올랐다. 불에 데워진 공기는 상승하는 게 당연하다. 처음에는 냄비의 절반 정도 담겨 있던 물이 거의 사라졌다. 증발해서 공기와 더불어 어딘가로 간 물은 여전히 이 방 안에 있을까.

이렇게 착실히 요리한 게 오랜만인 탓인지 혼자 있을 때는 떠오르지 않았던 생각이나 감정이 펄펄 솟구쳤다.

불을 끄고 잘게 썬 파슬리를 냄비 안에 뿌렸다.

접시를 꺼내기 전에 몇 사람이 모였는지 세다가 문득 깨달았다. 무인도에서 혼자 지내고 있을 때도 요리는 했다. 통조림을 데우거나 채집한 조개나 물고기를 굽거나 먹을 수 있는 식물을 볶는 것을 요리라고 부를 수 있다면 말이다.

오랜만인 것은 자신이 아닌 다른 누군가를 먹이기 위한 요리를 하는 것이었다.

⟫⟫⟩

"난방도 안 하고 뭐해?"

에미의 집에 들어선 순간 무심코 잔소리가 나왔다.

서늘하고 어두운 집에서 에미는 침대에 앉아 멍하니 있었다.

난방과 불을 켜고 부엌에 서서 물을 끓였다. 싱크대에는 즉석 카레 포장지가 뜯긴 채 놓여 있었고, 내용물을 꺼낼 때 묻은 황갈색 액체가 포장지 입구에 들러붙어 있었다. 내가 만든 것을 먹지 않고 이런 걸 먹다니, 순간 괴로워졌다.

지퍼백에 넣어서 가지고 온 포타주를 빨간 법랑 냄비에 옮겨서 뭉근한 불로 데웠다. 기다리는 동안에 에미에게 홍차를 우려서 가지고 갔다.

에미는 따듯한 음료를 마실 때도 손잡이가 없는 잔을 선호한다. 뜨겁지 않을지 걱정이 되었지만 양손으로 야무지게 감싸다시피 해서 들었다.

하지만 그때 홀짝홀짝 홍차를 마시던 에미는 당장이라도 잔을 떨어뜨리지 않을까 싶을 만큼 손에 힘이 들어가 있지 않았다. 여윈 에미는 손목도 완전히 가늘어져 있었다.

적갈색 렌틸콩 포타주를 그릇에 담은 후에 쿠민으로 살짝 간을 한 당근 퓌레, 파 퓌레 두 가지로 표면에 꽃밭 그림을 그린 듯 장식했다. 발효향으로 악센트를 주기 위해 동결 건조시킨 낫토 파우더를 아주 조금 뿌렸다.

마음속으로 그리던 대로 완성된 결과물을 보자 어느 정도 기분이 풀렸다. 이거라면 에미도 기뻐하지 않을까 싶었다.

식기 전에 테이블에 내놓은 그릇 앞에 에미가 앉았다. 그다지 빤히 보지 않도록 하면서도 곁눈질로 상태를 살폈다.

에미는 한 입 먹자마자 순간 실망한 듯한 표정을 지었다. 그러고서 견디려는 듯 미간을 찡그리고 음식물을 씹더니 괴롭게 삼키고서 공허한 눈으로 손을 멈추었다.

가슴에 퍼지는 낙담이 너무나도 커서 스스로도 놀랐다.

"괴로운 건 알지만 계속 그런 태도면 솔직히 나도 힘들어."

말이 입을 뚫고 나왔다.

그 전에도 그 후에도 내가 감정적인 태도를 취한 건 그때뿐이었다. 이 이상 어떻게 하라는 건가. 몸을 찌르는 듯한 분노가 나를 집어삼켰다.

"……오늘, 날 특정하는 새 댓글이 올라왔어."

나와 에미가 같이 찍힌 사진을 예전 가게 스태프가 해시태그와 함께 SNS에 올린 피드였다. 이벤트가 열려서 에미가 가게에 찾아왔을 때 찍힌 것이었다. 꽤 예전 사진인데 그걸 누군가가 찾아내서 어떤 게시판에 링크를 복사해서 붙였다. 그것과 함께 인용된 건 지역 정보 웹매거진에서 〈음식업계의 역경, 미래를 보는 요리사들〉이라는 특집으로 최근에 나를 취재한 기사였다.

'요리사들의 사랑에서 태어난 혁신을 기대하고 싶다'는 문장. 새로운 가게에서는 채식주의자를 위한 코스도 내놓을 예정이라고 하자 기자가 파고들어 질문을 해서 그만 '여자 친구의 영향'이라고 말하고 말았는데 이렇게 쓰일 줄은 몰랐다.

링크로 연결해놓은 사진과 기사를 두고 '이 요리사랑 사귄다고 한다. 이 녀석의 윤리 의식도 의심스럽다. 생명을 경시하는 사람은 음식점을 차리지 않는 게 좋다'는 댓글이 있었다.

숨겨둘 생각이었다. 에미의 괴로움을 괜히 늘릴 테니까. 나 혼자 대처하면 되는 일이다. 그리 생각했는데 무심코 입에서 나오고 말았다.

악의가 담긴 말을 매일 계속 보고 기록을 남기는 작업을 하면서 스스로도 알아차리지 못한 사이에 피폐해졌나? 앞이 보이지 않는 불안감, 자신의 꿈에 영향을 끼칠지도 모른다는 공포심과 피곤함에서 오는 스트레스. 자신의 노력이 보답 받지 못한다는 허탈감. 그런 부정적인 요소들이 어느 순간 폭발한 걸까?

다 변명이다.

"……미안."

스푼을 놓고 고개를 숙인 에미의 심상치 않은 모습에 심장 소리가 빨라졌다.

"말할 생각은 없었어. 이쪽이야말로 미안. 신경—."

"미안. 만들어줬는데 못 먹어서. 아무 맛도 안 나."

"사과 안 해도 돼. 간을 꽤 약하게 했거든. 너무 약하게 했나."

"그게 아냐. 무슨 음식이든 맛을 모르겠어. 냄새도."

명치를 맞은 듯한 충격을 받았다.

"……언제부터?"

"줄곧. 가게를 쉬기 얼마 전부터."

그래서 에미는 요리를 하지 않게 되었던 걸까. 그래서 내가 만든 요리도 못 먹게 된 건가.

손이 떨릴 듯해서 나도 스푼을 내려놓았다. 에미가 인터넷상에서 받은 공격에 얼마나 중상을 입었는지도, 에미한테 가게가 얼마나 중요한지도 알고 있다고 믿어 의심치 않았다.

그런데 단지 알고 있다고 생각했을 뿐이었다.

심장 소리에 시야가 흔들렸다. 이 일의 크기만큼은 순간적으로도 알 수 있었다. 요리가 생업인 사람에게 맛을 알 수 없게 되는 게 어떤 일인지를.

스트레스 때문에 오는 일시적인 증상이다, 조만간 괜찮아질 거다, 너무 신경을 쓰는 것도 좋지 않다, 나는 여러 말을 더해 갔다.

그중 에미에게 도움이 된 건 하나도 없었다. 자신의 말이 이만큼이나 무의미할 줄은 몰랐다.

그날 밤은 같이 있겠다고 고집을 부렸지만 에미는 혼자 있고 싶다고 굳이 사양했다. 거의 허물처럼 보이는 에미를 남겨두고 간다는 게 견딜 수 없었지만, 에미의 의지를 존중해서 하는 수 없이 집으로 돌아갔다.

그날 밤은 거의 자지 못했다.

이튿날 아침 불안감에 휩싸인 채 다시 에미네 집까지 달려갔다. 가겠다는 연락에 답이 있어서 있다는 건 알았지만 문을 열 때까지 제정신이 아니었다.

문 건너편에 에미가 모습을 드러냈다. 그 얼굴이 예상외로 밝아 보여서 깜짝 놀랐다. 무언가 떨쳐 버린 듯한 평온한 표정을 짓고 있었다.

나는 어젯밤의 충격과 죄책감이 해소된 듯한 안도감을 느꼈다. 내내 말하지 못해서 괴로워하다가 입 밖으로 꺼내 분명 마음의 짐을 내려놓게 된 것이다. 그렇게 생각했다.

잠시 이야기를 주고받고 나서 나는 그길로 예정돼 있던 융자 상담을 하러 은행에 갔다. 에미도 잠시 후에 건물주에게 이야기를 하러 간다고 했다.

혼자 갈 수 있겠냐고 묻자 에미는 괜찮다고 답했다.

그 후 에미가 실제로 건물주에게 가서 계약을 해지하겠다고 했다는 것을 나중에 들어서 알게 됐다.

건물주의 집을 나선 후 에미는 돌아오지 않았다.

그 후부터는 기묘하게 일그러진 꿈속에 있는 듯했다.

일어날 리가 없는 일이 눈앞에서 벌어지고 저마다 현실과 동떨어진 말을 하는 기묘한 세계였다. 헤매던 나는 생각하기를 관둔 채 그냥 꿈이라고 생각하려 했지만 때때로 제정신으로 돌아와 '이럴 리가 없잖아' 하고 분노를 퍼부었다. 하지만 그럴 때면 사람들이 하나같이 불쌍히 여기는 시선으로 뒤돌아봤고, 나는 그저 수많은 눈에 둘러싸이는 불가사의한 세계에 있었다. 일그러진 꿈속에서 일어난 일에 자신이 침식되어가지 않도록 나는 감각을 차단하고 대처했다. 수색, 독극물 섭취로 혼수상태, 저체온증, 유서, 장례식, 그런 말들이 자신에게 깊이 스며들지 않도록.

경찰의 조사를 받으면서 에미에 대한 악성 댓글의 경위를 이야기하는 동안 악몽에서 깨어나지 못했다는 걸 인정할 수밖에 없었다.

경찰 수사로 특히 악질적인 댓글을 단 두 사람이 특정되었다. 그중 한 사람은 100개에 가까운 계정을 가지고 다른 이용자로 가장해 댓글을 달았다.

변호사를 고용해 경찰서에서 둘 다 대면했다.

그 두 사람은 40대 여자와 50대 남자였다. 둘 다 다른 지역에 사는 사람으로 면식도 전혀 없고 가게에 온 적조차 없었다.

둘 다 전혀 기억나지 않는 얼굴을 하고 있었다. 나이와 성별, 실루엣만 어렴풋이 떠오를 뿐 얼굴은 흐릿했다. 시간이 지나서 그런 게 아니었다. 눈앞에 있을 때부터 그랬다. 조금 떨어져 있긴 하지만 마주보고 있는데도 잡다한 것에 가로막혀 있는 것처럼 제대로 보이지가 않았다.

목이 너무 말랐다. 푹푹 찌는 사막에 있는 듯한 목마름이 목 언저리에서부터 가슴과 명치까지 퍼져 맹렬하게 몸속의 수분을 빼앗아갔다. 영원히 수분을 잃어 두 번 다시 촉촉해지는 날이 오지 않을 것처럼 여겨졌다. 목소리가 잠기고 목에 무언가가 걸려서 나오지 않았다.

절망했다. 거대한 악이라고 생각했던 존재가 너무나도 평범하다는 사실에. 이렇게 전철 안에서 마주치거나 어딘가의 창구에서 친절히 대해주었을 듯한 존재가 에미를 죽음으로 몰았다는 사실을 너무나도 이해할 수 없었다.

화면상에서는 그렇게 글을 써놓고서 둘 다 "가벼운 마음이었습니다" "악의는 없었습니다" "옳다고 생각했습니다"라고 되풀이할 뿐 무엇 하나 납득이 가는 설명은 해주지 않았다. 어쩌면 전혀 관계없는 사람이 대역으로 왔을지도 모른다는 생각마저 들 정도였다.

한없이 사악하고 용서할 수 없는 동기라도 좋다. 논리적으로 앞뒤가 맞게 본인 안에 있는 것을 자세히 설명해준다면 그나마 구원받을 듯했다. 어떤 사실이라도 좋으니 그저 납득하고 싶었다.

진심으로 인간이라는 존재가 싫어졌다.

인간이 사용하는 말이라는 것도.

구청, 경찰서, 재판소, 어디서든 인간과 대면하고 그때마다 말을 사용하는 게 고역이었다. 질문은 폭력으로 여겨졌다. 창구가 바뀔 때마다 몇 번이나 에미의 죽음을, 사인을 말해야 했다. 악몽 같은 시스템이었다. 어째서 단 한 번만의 설명으로 모든 기관이 공유할 수 있도록 되어 있지 않은가. 그 말을 꺼낼 때마다 피가 나오는데 어째서 몇 번이나 말하게 하는가.

그것이 자신과 관계가 없었을 적에는 '극단적 선택'이라는 말을 사용하게 된 이유를 생각해본 적도 없었다. '자살'이면 되지 않은가. 사소한 말의 차이는 아무래도 상관없었다. 지금 생각하면 믿을 수 없을 정도로 무디고 오만했다.

결코 사소한 차이가 아니었다. '죽인다(殺)'는 말이 가진 파괴력. 그것이 에미에게 지워졌을 때, 기억 속의 에미까지 산산이 부서지고 말았다. 그 말이 주는 죄책감을 절대로 에미가 짊어져서는 안 되었다.

에미를 죽인 건 에미 자신이 아니다. 살해당했다는 쪽이 더 진실에 가깝다.

—누구에게?

내 입에서 나오는 말을 들을 때마다 네 탓이라는 소리가 들리는 것 같았다.

집도 짐도 비우고 향한 곳은 태평양 먼 바다에 있는 작은 섬이었다.

외딴 섬의 더 외딴 섬. 개인 배로만 들어갈 수 있고, 걸어서 금방 한 바퀴를 돌 수 있는 섬이었다. 원래 몇 세대밖에 없던 주민도 이미 다 떠나서 무인도가 된 그 섬에 전에 일하던 가게 사장의 지인의 어머니가 2년 전까지 살았던 집이 있어서 인수할 사람을 찾고 있었다. 신변 정리를 하던 중에 그 이야기가 생각나 연락을 했더니 거저나 마찬가지로 넘겨받았다.

사람이 있는 장소에서 멀어지고 싶었다. 말이 닿지 않는 곳으로 가고 싶었다. 휴대전화도 컴퓨터도 처분하고 최소한의 일상 용품과 에미가 남긴 몇몇 물건만을 백팩에 채워 넣고 섬으로 건너갔다. 거의 아무에게도 행선지를 알리지 않았다.

전기도 수도도 가스도 끊겨 있었다. 앞으로의 일을 생각할 마음도 없었고 살아가는 일에 적극적이지도 않아서 아무래도 상관없었다. 즉석 식품을 대량으로 저장해 놓고 주로 그걸 먹었다. 최소한의 조리 도구는 그대로 남아 있어서 가끔 물고기나 조개, 먹을 수 있을 만한 식물을 채집해서 휴대용 가스버너로 조리하기도 했다.

기후의 변화로 계절 정도는 알 수는 있었지만, 달이나 날짜

레스트 인 빈즈

는 모른 채 지냈다.

거의 2년에 가까운 세월을 홀로 보냈다.

>>>>

식탁을 향해 손을 모으고 눈을 감았다.

다시 눈을 뜨자 대부분의 게스트가 아직 손을 모으고 있었다. 무언가의 종교 의식 같았다. 어떤 종교든 기도할 때 손을 모으는 건 공통일까. 게스트들의 용모와 자태, 인종은 제각각이었지만 같은 동작을 취하고 있으니 신기하게도 연결 고리가 생긴 것처럼 보였다. 저마다 앉아 있는, 취향은 제각각이지만 결속이 잘 된 의자들과 마찬가지로 말이다.

다들 젓가락이나 스푼을 들고 식사를 하기 시작했다.

사람이 먹고 있는 모습이 어딘지 신기하다는 양 나는 잠시 관찰했다.

지금은 익숙해졌지만 모네를 따라 속세로 돌아왔을 때는 다른 세상에 온 것 같았다. 여객선, 상점, 차, 집과 높은 건물, 전철의 자동개찰구, 전선과 아스팔트. 모든 게 오싹할 만큼 낯설어 보여서 놀랐다. 사람이 많이 있는 것도 이상해 보였다. 저마다 생김새와 복장이 다르고 움직이는 모습이 신선해서 무심코 희귀한 생물을 보는 것처럼 계속 보고 말았다. 사람의 동작을 읽을 수 없어서 사람이 많이 오가는 곳에서는 몇 번이나 누군가와 부딪쳤다.

　모네는 기쁜 얼굴로 여러 접시에서 요리를 덜어 한 입 먹을 때마다 '오' 하는 표정을 짓거나 미소를 지었다. 그러면서도 호스트답게 전체를 둘러보고는 누군가의 곁에 큰 접시를 건네거나 줄어든 음료를 채워 넣는 등 무심한 듯 다정하게 움직이고 있었다.

　물을 마시자마자 배가 갑자기 꼬르륵거렸다. 우선은 눈앞에 있던 병아리콩 샐러드를 시작으로 닥치는 대로 요리를 먹어나갔다.

　모르는 사람이 만든 요리는 먹을 수 없을 거라고 생각했다. 하지만 거부감을 느낀 건 입에 넣기 전뿐 먹기 시작하자 괜찮았다. 부엌을 공유한 덕분일지도 몰랐다.

　그저 굽기만 한 고기와 꽤 수고와 시간을 들인 향신료 카레를 똑같이 '맛있다'고 느꼈다. 북유럽풍 미트볼, 튀르키예의 할루미치즈 샐러드, 중국 북부 것으로 보이는 양고기 물만두, 타코스, 솜땀, 김치. 게스트들이 여러 갈래로 나뉜 문화적 배경을 가지고 있다는 걸 나란히 늘어선 요리들이 나타내고 있었다.

　마지막으로 검은콩 수프와 마주했다.

　부드럽게 바스러지는 검정. 검은색이라고 불러도 될지 알 수 없는 뭐라고 표현하기 힘든 검정이었다. 푹 삶겨 형태를 잃은 콩이 자연스럽게 포타주가 되어, 스푼으로 떠내자 번지르르한 걸쭉함이 빛을 품고 있는 것처럼 보였다.

검은콩 수프는 쿠바에서 프리홀레스 네그로스, 또는 단순하게 프리홀레스라고 불리는 국민 음식이다. 프리홀레스는 스페인어로 콩이라는 뜻이다.

에미의 어머니의 뿌리가 있는 나라로 한동안 가족과 친척들과 살았던 적이 있다고 에미가 가르쳐주었다. 배급제라서 식재료를 구하기 힘들어 하루가 멀다 하고 프리홀레스를 얹은 밥이 나왔지만 질리지 않았다며, 다 같이 매일 테이블을 둘러싸던 그 무렵이 제일 행복했었다고 했다.

밥에 뿌렸다는 점도 매일 먹어도 질리지 않았다는 점도 일본으로 치면 낫토와 비슷한 위치일지도 모른다. 에미가 만든 프리홀레스 덮밥은 모노톤에 맛이 단조로워 보였는데 입에 넣자 놀랄 만큼 풍성하고 깊은 맛이 났다. 콩에 흔한 껄끔거리는 전분질 없이 입자가 자잘해서 걸쭉해도 부드러웠다. 이따금 낱알이 남아 콩이 섞여 있는 게 포인트가 되었다. 사실은 에미가 만들던 토스토네스(쿠바의 녹색 바나나 튀김)도 만들고 싶었는데 녹색 바나나를 구하지 못해 단념했다. 두 번 튀겨서 바삭하고 달지 않은 토스토네스도 소박하고 어딘가 그리운 느낌이 나는 음식이었다. 튀김에 찍어 먹는 마늘과 고수를 베이스로 한 식욕을 자아내는 모호 소스 맛도 잊을 수 없다.

이따금 스푼이 접시에 닿는 소리나 컵을 놓는 소리가 들릴 뿐 식탁은 고요했다.

하지만 갑자기 요란하게 코를 훌쩍이는 소리가 들려서 고개를 들었다.

빙그르 식탁을 둘러보자 화이트 아스파라거스가 자꾸만 눈을 비비고 있는 모습이 보였다. 프리홀레스를 먹으면서 울고 있었다.

옆에 앉아 있던 공격수가 일어나 티슈를 가지고 와서 그에게 건넸다. 마치 늘 그러는 양 자연스러워 보였다. 아마 그의 이름도 신원도 모를 텐데 말이다. 아니, 그래서 별 의도 없는 행동을 취할 수 있었을 거라고 다시 생각했다.

익명, 이름과 신원을 밝히지 않는 것은 본래 사람과 사람의 관계를 자유롭게 만들기 위해서일지도 모른다. 사람을 해치기 위해서가 아니라.

화이트 아스파라거스는 죄송하다고 말하듯 고개를 몇 번이고 숙이고서 티슈로 코를 풀었다.

이 녀석은 왜 우는 걸까.

아무것도 모를 텐데. 알 리가 없는데.

왜. 어째서지.

그날 자신의 외침이 들리는 것 같더니 몸속이 일렁이는 것이 느껴졌다.

>>>>>

섬에서 살던 어느 날, 바다에서 조개를 캐다가 넘어지면서 손

레스트 인 빈즈

으로 짚은 암초에 상처를 입었다. '엄지 쪽 손바닥의 불룩한 살이 푹 패어 피가 꽤 났다.

내버려둔 채 멍하니 보고만 있었는데, 얼마 지나지 않아 피가 멈췄다. 실망스러웠다.

내가 이 세상에 머물기로 한 이유는 에미의 부재가 존재하기 때문이다.

에미는 사라졌다. 남은 건 에미가 존재했다는 흔적뿐이다. 하지만 그렇기 때문에 그걸 확인하기 위해서라도 살아가기로 했다.

이런 세상에서 살아갈 의미는 이제 없다고, 뒤를 따르고 싶다고도 생각했다. 하지만 죽는다고 해서 에미를 만날 수 있을 리도 없고 속죄할 수도 없다.

에미의 형태를 한 에미의 부재와 함께 살아간다. 내가 바란 것은 그뿐이었다. 얼마나 큰 아픔과 고통이 함께한다고 해도 그러고 싶었다.

그런데 시간이 지나면서 그것조차 이룰 수 없었다. 파도가 바위나 모래사장의 형태를 조금씩 바꿔가듯 에미의 부재도 형태가 변화해갔다. 기억 속에서 에미의 영상을 재생했을 때 반드시 세트로 따라오던 감정이 생생함을 잃고 갈수록 멀어져갔다.

상처를 입은 이튿날 희미하게 살이 채워진 것을 보자마자 어찌할 바를 몰라 으르렁거리듯이 외쳤다.

왜야. 왜냐고.

치유 받고 싶지 않다고. 회복 따윈 되고 싶지 않다고.

한 달쯤 지나면 분명 또 새로운 세포가 증식해서 도려내진 상처도 찢어진 상처도 원래대로 돌아올 테다. 다친 적조차 없었던 것처럼 잊어버린 자신의 몸을 용서할 수 없었다.

이 세계의 이지러진 부분을, 즉 에미의 부재를 갈수록 채우려고 하는 그 강한 조수의 흐름 같은 힘 앞에 혼자 어떻게 해야 할지 알 수 없었다. 세계도 나 자신도 에미가 있던 흔적조차 지우려 하고 있었다. 생각해보면 그때 메워져가던 상처는 나를 무력하게 만드는 계기가 되었다. 세상을 향한 어쩔 도리도 없는 울적한 마음이 혼란스러운 상태로 단숨에 샘솟고 있었던 것이다. 그건 세상이나 에미를 궁지로 몰았던 사람들에 대해서만이 아니라 에미를 향한 분노이기도 했다. 왜 마음대로 사라져버린 거야. 내가 있는데 왜.

그날 밤 몸이 아주 아프고 구역질이 났다. 체온은 알 길이 없었지만 아마 꽤 고열인 것 같았다. 꾸벅꾸벅 졸 때마다 얼음송곳으로 찌르는 듯한 두통에 벌떡 일어났다. 몇 번이나 갑자기 구역질이 찾아와서 이동할 틈도 없이 잠자리에서 토했다. 몸의 통증은 뼈까지 전해져 뼈가 부러졌나 싶을 정도였다. 몸이 고통을 위해서만 존재하고 있는 듯한 상태였다. 아무것도 할 수 없었다.

그대로 사흘 정도 지났으려나. 실컷 설치던 통증과 열은 거의 사라졌지만 몸이 움직여지지 않았다. 몸을 움직이게 하는 원동력인 에너지가 몸을 유린하던 폭한에 빼앗긴 듯했다.

애초에 움직이고 싶지 않았다. 움직여서 뭘 하려고? 앞으로 뭐가 있는데? 자신의 생명을 유지하기 위한 지령을 낼 욕구도 희망도 아무것도 솟구치지 않았다. 어떤 종류의 감정도 이제는 남아 있지 않았다. 이대로 천천히 죽을지도 모른다고 생각했다. 머릿속은 안개가 낀 것처럼 뿌옜다.

마지막 만찬으로 먹고 싶은 게 무엇인가 하는 흔한 질문이 어째서인지 떠올랐다. 내 경우에는 뭘까 하고 장난삼아 생각해보려고 했다.

프리홀레스.

에미가 자주 만들던 프리홀레스가 눈앞에 실물이 나타난 것처럼 떠올랐다. 모습뿐만 아니라 냄새와 부드러운 식감, 따끈따끈한 것을 볼이 미어지게 먹었을 때 목에서 몸속으로 영양소가 흡수되는 듯한 감촉까지 지금 이 순간 생생하게 느껴지는 듯했다.

그 순간 몸 전체로 그 생각만 했다. 지금 되살아난 감각을 실제로 맛볼 때까지는 이렇게 이곳에서 자고 있는 걸 용납할 수 없다고 생각했다. 몸속에서 큰 소리로 외치고 있는 듯한 그건 식욕이라든가 욕구라는 단순한 게 아니라 뭐가 어떻게 되었든 먹어야만 한다는 협박에 가까운 것이었다. 그것에 몸이 지배당하고 뇌가 점거당한 듯했다.

그런 소리를 듣는다고 해도 없다. 프리홀레스는 이곳에 없다.

어느 누구도 만들어주지 않는다. 저항하려고 하던 나는 몸이 외치는 그 목소리의 의도를 알아차렸다.

스스로 만든다. ……그 수밖에 없다.

쇠약해져 똑바로 설 수 없어서 노인처럼 허리를 구부린 채 에미가 남겨준 것 중에서 검은콩을 찾아내 요리하기 시작했다.

시간이 얼마나 지나갔는지 알 수 없었다. 한두 시간이었던 듯하지만 콩을 불리는 시간을 생각하면 더 길었을 테다.

어느새 나는 쓰러질 듯하면서도 냄비 안에서 김이 모락모락 나는 프리홀레스를 바라보고 있었다.

자신이 이걸 만들어냈다는 사실을, 그렇게나 바라던 걸 이런 몸 상태로 현실로 만들어냈다는 사실을 믿을 수 없었다.

입에 넣은 순간 눈물이 흘러넘쳤다. 먹은 게 그대로 눈으로 나왔다고 여겨질 만큼 한 스푼 입에 넣을 때마다 눈물이 몸에서 밀려나왔다.

＊＊＊

진즉에 바짝 말라버렸다고 생각했는데 눈물이 나와서 당혹스러웠다.

입안에 있던 프리홀레스를 삼켰다. 그 부드러운 걸쭉함은 오열로 막힌 목도 쉽게 통과해 저절로 뱃속으로 들어갔다.

게스트들의 시선을 느끼고 견디려고 했지만 수치심은 눈물을 멈출 힘을 가지고 있지 않았다. 화이트 아스파라거스가 '저 때문에 죄송합니다'라고 말하고 싶은 듯 이쪽을 응시하고 고개를 꾸벅꾸벅 숙였다.

게스트들이 순서대로 티슈를 한 장씩 가지고 와주었다. 조금 전의 화이트 아스파라거스와 마찬가지로 고개를 숙여서 받고 얼굴을 닦았다.

모네는 큰 접시를 가지고 테이블을 돌아서 요리를 조금씩 덜어주고 있었다. 전부 다 덜어주고 나서 에미의 냄비 그림이 장식돼 있는 벽 가로 가더니 그림 아래에 자리한 사이드테이블 위에 올려놓았다. 사이드테이블에는 바로 그 빨간 냄비가 놓여 있었다.

에미의 뼛가루가 담긴 냄비다.

어느새 모두의 배가 충만해진 공기가 감돌았고 누구라고 할 것 없이 일어나 테이블 위를 정리하기 시작했다.

짬을 내어 바닐라가 잔 몇 개를 쟁반에 올려서 가지고 왔다. 딸기와 생크림, 아이스크림이 켜켜이 쌓인 파르페였다.

바닐라가 내 앞에 잔을 놓았을 때 잔 다리가 테이블 나무에 닿아 쨍그랑 소리가 났다.

그 소리를 들었을 때 어째서인지 '돌아왔다'고 느꼈다. 인간 세계로 돌아왔구나 하고.

신기하다. 인간만이 요리를 한다. 인간만이 죽은 이를 애도한다.

그날 혼자 있는 섬에서 프리홀레스를 다 먹었을 때였다.

파도 소리에 섞여 든 배 엔진 소리가 들렸다. 아무래도 바로 옆 선착장에 배를 대는 듯했다. 섬에 사람이 오는 일이 없어서 반사적으로 경계심에 몸이 굳었다. 하지만 얼마 지나지 않아 다시 엔진을 거는 소리가 들렸고 배는 멀어졌다.

안도한 것도 잠시, 분명 밖에 누군가가 있는 기척이 들었다. 다가오는 발소리에 콧노래가 섞여 있었고 설마 싶었을 때 "실례합니다" 하고 현관문을 여는 소리가 들렸다. 이어서 모네가 모습을 드러냈다.

"역시 리세였군. 잘 지내?"

"……잘 지내는 것 같아 보여?"

간신히 그리 답했다. 거울을 보지 않았지만 상태가 심각한 건 확실했다. 그러려던 건 아니었지만 그런 떨떠름한 말이 나왔다.

"용케도 왔네."

"저쪽 섬에서 알게 된 아저씨가 어선을 태워줬어. 저녁 무렵에 다시 데리러 와준대. 어제 그 집에서 묵었는데 생선 요리를 이것저것 해주더라고. 쥐치 간무침이랑 곰치튀김이 맛있었어."

"뭐 하러 왔어?"

"누나를 위한 장소를 만들었어. 같이 돌아가자."

"……뭐야. 에미를 위한 장소라니."

"고분이나 피라미드 같은 거라고 할까?"

"피라미드? 너 피라미드를 만들었어?"

영문을 알 수 없었다. 조만간 미라도 손수 만들었다고 할지도 몰랐다.

"예를 든 거야. 겉보기에는 부엌인데 역할은 고분이나 피라미드 같은 거야. 누나가 살기 위한 장소지. 그렇긴 해도 누가 와서 위로받기도 하니까 휴식 기능도 있는 피라미드라고 해야 하나. 친근한 느낌을 주려고 '마치다 진료소'라고 이름을 붙였어."

갈수록 무슨 소리를 하는지 알 수 없었다. 오랫동안 사람과 대화를 나누지 않아서 이해력이 떨어졌나 하고 하마터면 내 탓으로 돌릴 뻔했다. 모네는 말을 고르고 있었다.

"제단…… 예배당? 음 성지라고 해야 하나?"

어쨌거나 모네는 내 손에 봉투를 쥐어주었다.

"……이건 뭐야?"

"파티 초대장. 우편으로 보낼 수 없어서 직접 주러 왔어."

"파티?"

"응. 누나를 위한 파티."

모네가 하려던 말을 이해한 순간 나는 고개를 돌렸다.

"날 용서 못 하는 거 아니었어?"

"응? 왜?"

얼빠진 소리를 내는 모네 앞에서 나는 할 말을 잃었다.

2년 전에 뼛가루를 나눠 가지자고 모네가 말했지만 나는 들어주지 않았다. 에미는 전부 모여 있을 때 에미인 것이다. 뿔뿔이 흩어지다니 말도 안 된다며 거절했다.

장례를 거부한 것도 나였다.

깨어나지 못한다고 해도 이 악몽을 인정하고 싶지 않았다. 악몽을 인정하면 진짜 끝이라고 생각했다. 그런 의식 따위로 이제 끝이라며 자신을 용서하고 싶지 않았다. 계속 용서받지 못한 채 있어야 한다고 생각했다.

하지만 무엇보다 용서받을 수 없다고 생각한 건…….

"나는……"

쥐고 있던 봉투가 손에서 미끄러져 거스러미가 인 다다미에 떨어졌다. 쥐고 있던 부분이 꾸깃꾸깃 구겨져 있었다. 고개를 숙인 채 얼굴을 들 수 없었다.

나는 에미를 위해 아무것도 하지 못했다. 에미의 죽음을 막을 수 있었던 건 가까이에 있던 나밖에 없었는데.

2년 전 모네는 일주일쯤 지나고 나서 귀국했다. 연락이 되었을 때는 아프리카 벽지에 있어서 돌아오는 데 시간이 걸렸다. 유품 정리 등을 같이 하는 동안에도 입 밖으로 꺼내지는 않았지만 늘 마음속으로는 나를 원망하고 있을 거라고 생각했다.

해줄 말과 행동을 좀 더 신중히 골랐어야 했던 게 아닐까.

나는 에미의 아픔을 제대로 이해하려고 노력조차 하지 않았던 건 아닐까.

"사람은 타인의 고통에는 깜짝 놀랄 만큼 빨리 익숙해져. 설령 내 자식이라도 연인이라도 그래. 다들 그건 똑같아."

모네가 불현듯 말했다. 몇 번이나 반복한 내 자문자답을 마치 보고 있는 것처럼.

말로 가슴을 얻어맞은 듯했다. 그 충격의 크기와 반비례하듯이 그 말은 순식간에 몸에 흡수되었다.

모네가 그저 사실을 말했을 뿐이라는 듯 담담해서일까. 원래 이렇게 말하는 녀석이었나. 굳이 따지자면 이건 에미가 할 법한 말과 화법이지 않나. 에미가 모네의 몸을 빌려 찾아온 걸까. 황당무계한 생각이 떠올라 혼란스러웠다.

"내가 리세의 입장이었다면 나도 아마 똑같이 느꼈을 거야."

"넌 나랑 달라."

"리세, 설마 내가 예전과 달라지지 않은 것처럼 보인다고 해서 태연하다고 생각하는 건 아니지?"

갑자기 고요한 목소리로 질문해서 무심코 모네의 얼굴을 응시했다. 그 눈이 에미를 닮았다고 처음으로 생각했다.

"지금도 하품을 할 때라든가 양파를 썰 때 눈물이 줄줄 나오기도 해. 손님이 오는데 멈출 수 없기도 하고. 슬픔을 처리하는 방법은 다들 다른가봐. 내 경우에는 누나를 위한 장소를 만드는 거였어."

모네가 웅크리고 앉아 봉투를 주워서 다시 한 번 더 내 손에 쥐어주었다.

"리세, 장례식은 싫잖아? 파티라는 것도 마음에 안 들면 다른 명칭으로 바꿔도 돼. 봄이 가까워졌으니 봄맞이 축제라든가."

그로부터 말릴 새도 없이 성큼성큼 부엌으로 들어가더니 금세 에미의 붉은 법랑냄비를 찾아서 들고 왔다.

에미의 뼛가루가 담긴 냄비였다.

"리세, 뼈 나눠 가지자."

"개 대하듯이 말하지 마."

모네로부터 냄비를 빼앗았지만 그에게 다시 홀쩍 빼앗겼다. 난롯불 같은 색의 냄비에 살포시 손을 대고서 모네는 "누나 오랜만이야. 이제 돌아와"라고 읊조렸다.

>>>>

마지막 한 사람까지 돌아가고 모네의 부엌에는 다시 우리 둘만 남았다.

'조용해졌네'라고 생각하다가 지금까지도 조용했었다는 사실을 깨닫고 쓴웃음을 지었다.

"리세."

모네가 갑자기 불러서 내 심장이 고동쳤다. 내내 아무 말도 안 했던 터라 괜히 더 놀랐다.

"리세가 만든 프리홀레스, 맛있었어."

에미를 닮은 눈이 나를 보고 말했다.

"아……."

뭐라고 대답해야 좋을지 몰라서 순간 헤매고 있는데 "에낙 스깔리, 에스토 에스 리코, 프쿠스너, 하오츠……."

모네가 웃는 얼굴로 주문을 외우기 시작했다.

"뭐야."

"맛있다를 여러 나라 말로 한 거야. 나 5개 국어밖에 못하지만 '맛있다'는 말이라면 99개 국어로 할 수 있어."

"왜 한 개 더해서 백 개로 안 만들었어?"

둘이서 에미의 냄비 뚜껑을 열었다. 희미한 그레이블루색이 섞인 그것은 지금은 그저 재로 보였다. 에미 그 자체가 아니라.

모네가 손에 든 병에 내용물을 일부 담더니 "우리 정원에 조금만 묻고 올게"라며 바깥으로 나갔다.

문득 창가에 놓아둔 흰 머그컵의 존재를 알아차리고 "아" 하는 소리가 나왔다.

완전히 잊고 있었다.

—푸르대콩을 심었는데 키우는 게 어렵네. 하나만 제대로 자랐어. 전부 다해 12알밖에 없어서 건조시켜 소중히 보관해뒀어. 오늘을 위해.

파티 준비로 콩을 불릴 때 모네가 한 줌도 되지 않는 푸른 기가 도는 콩을 꺼내왔다. 볼에 넣을 정도도 안 돼서 머그컵에서 불리고 있었다.

중요하다고 말한 주제에 딱히 눈에 띄지 않는 창가에 놓아둔 탓에 둘 다 완전 잊고 있었다. 벌써 사흘이나 방치했다.

조심스럽게 창가로 다가가 컵 속을 들여다봤다.

옅은 초록과 옅은 파랑 중간 정도 되는 희미한 색의 콩들이 물을 흡수해서 부피가 늘어 머그컵 테두리에 닿을 만큼 불어 있었다. 건조해서 단단하고 고요했던 콩들이 본래 가지고 있던 수분을 되찾아 가사 상태에서 깬 듯했다. 컵 속을 유심히 보다가 흠칫했다. 그중 콩 두세 개에서 투명하고 흰 싹이 나 있었다.

콩은 씨앗이기도 하다는 당연한 사실을 깨달았다.

그 순간 갑자기 카메라 렌즈가 바꿔 끼워진 것처럼 내 몸의 의식이 바뀌었다. 그리고 나는 자신의 바짝 말라버린 몸에 수분이 돌아오는 것을 또렷하게 느꼈다. 비유가 아니라 안구에서 손끝에 이르기까지 물기를 머금고 살아 있다는 걸 느꼈다. 어느새 눈에 비치고 닿는 주변의 모든 것이 지금까지와 다르게 느껴진다는 것을 알았다.

오늘 아침에 '무언가가 결정적으로 바뀌었다'는 감각이 되살아나서 나의 내면에서 말이 되어갔다.

또한 아침이 오는 게 절망적이지 않았던 게 오랜만이었다.

에필로그

대지의 냄비 요리

그 무렵에는 누나와 내 키가 아직 비슷했어.

여름의 끝자락이었지. 저물어가는 해는 아직 뜨거웠고. 지면이 불그스름해서 우리 그림자가 아주 짙었던 게 어째서인지 선명하게 기억나. 열 살인가 열한 살이었을 거야.

하루 종일 걸어서 지쳐 배가 고팠어. 종일 거의 아무것도 먹지 못했거든. 둘이서 요리를 하자고 정하고 보니 냄비가 없었어. 식칼도 도마도 조리 기구는 아무것도 없었어. 그런 것들은커녕 가스레인지나 수도도 없었어.

그곳은 어딘지도 모르는 솔밭 안이었거든. 조금 멀리 바다가 보이고 쏴아 하는 파도 소리도 들렸어.

나는 아무 집이나 가서 밥 좀 달라고 하면 되지 않을까? 라고 가볍게 생각했지만 누나가 엄청나게 반대했어.

"경찰에 연락하면 다시 돌아가야 해."

스페인어로 누나가 말하자 나는 그렇구나 생각했어. 그 무렵에는 우리가 나누는 말의 60퍼센트가 스페인어, 30퍼센트가 영어, 10퍼센트가 일본어였거든. 누나 목소리에는 스페인어의 어감이 제일 잘 어울렸지.

아빠와 같이 일본으로 와서 처음 1년 동안 나와 누나는 각각 다른 친척에게 맡겨졌어. 그 이후 아빠는 "새 엄마가 생겼으니 같이 살자"며 우리를 다시 거두어들였어.

떨어져있던 일 년 동안 나는 성격이 더욱 활발해져서 일본어도 유창해졌지. 하지만 누나는 껍질에 갇힌 채 일본어도 서툴게 말했어. 오랜만에 만난 누나가 거의 웃지 않고 늘 여기 없는 사람인 양 서 있는 걸 보고 어린 마음에 충격을 받았어.

젊은 새엄마, new young mom, 줄여서 NYM(님)이라고 우리끼리 불렀잖아. 님과 생활하기 시작하고서 누나는 더욱 악화되었어. 님은 누나가 말하는 일본어가 들리지 않는다든가 이상하다며 험악한 표정을 지었고, 나와 누나가 스페인어와 영어로 이야기하면 더욱 불쾌해했지.

뮤지션인 아빠는 재능이 넘치고 밝고 즐거운 사람이지만 조금 무책임한 한량이라서 우리를 님에게 맡기고 전국 투어를 다녀서 만나는 일이 드물었어.

님이 가장 싫어했던 건 분명 누나가 자신이 만든 음식을 먹지 않았던 거라고 생각해. 식사할 때 화를 벌컥 내는 일이 많았거든. "나는 열심히 노력하는데 너희는 몰라주고, 이제 다 지긋

지긋해"라며 울음을 터뜨리기도 했지.

뭐 그렇긴 할 거야. 기껏 만든 음식을 먹어주지 않으면 상처 받는 법이지.

나는 누나를 어떻게든 설득하려고 했지만 누나는 한 번 정하면 바꾸지 않는 사람이었어. 음식에서 정보를 많이 얻는 편이다 보니 님이 만든 요리는 어수선한 게 많이 들어가서 부담스러웠대.

결국 님은 요리를 아예 안 하게 되었고, 우리한테 "너희가 알아서 해"라고 말했지. 하지만 좋은 사람이었어. 식재료를 가끔 사다줬고 평범하게 이야기를 건넸으니까. ……나한테는 말이야.

자기 방이 없어서 누나와 나는 늘 부엌에 있었어. 있는 재료로 아이디어를 내서 얼마나 맛있게 만들 수 있는지 여러모로 시험해보면서 놀았어. 알뜰 요리 레시피 책을 만들어도 될 정도로 수많은 명작이 탄생했지. 지금은 거의 잊어버렸지만.

부엌이 좁아서 '좀 더 이랬으면 좋을 텐데'라는 게 여러 가지가 있었어. 둘이서 '이상적인 부엌 설계 프로젝트'를 만들어서 회의를 한 다음 그걸 설계도로 그렸어. 복도에 지금 장식돼 있잖아? 그건 시간을 꽤 들여서 짠 기획이었지.

얼마 지나지 않아 님은 "너희 아빠한테 속아서 애들을 떠안게 됐다"고 말했는데 실제로도 맞긴 했지. 그 후 님은 자취를 감췄어. 하는 수 없이 아빠한테 전화를 했더니 "투어가 앞으로 2주 남았으니 어떻게 해서든 주변에 부탁해서 헤쳐 나가도록 해. 부탁한다"라고 하더라. 뭐 하는 수 없구나 싶었지. 아빠는 다른 일에는 소질이 영 없어도 노래 재능은 엄청나서 아빠 노래를 듣고 눈물을 흘리는 사람도 많았거든. 아빠는 아빠가 해야 할 일을 해야 한다고 생각했어.

동네 사람이나 학교 선생님한테 말했더니 먹을 걸 가져다줘서 2, 3일은 버텼지만 그 이후부터는 아동보호시설에 잠시 있게 됐어.

다른 사람한테 말하면 힘들었겠다며 가엽다는 듯 말하지만 나는 전혀 괴롭지 않았어. 잘 잊기도 해서지만 무뎌서 그런 것 같아. 오히려 선생님이라든가 이웃들이 다정했고 아동보호시설은 깨끗해서 오히려 행운이라고 생각했지.

누나가 나한테 "모네는 빵 반죽 같아"라고 하더라. 납작하게 눌러도 바로 원래대로 돌아와서래. 내가 가지고 있어야 할 심각함과 섬세함이 전부 누나한테 가버렸기 때문이었어. 우리는 원래 한 사람에게 있어야 할 두 가지 요소를 두 사람이 서로 하나씩 나눠 갖고 태어난 것 같데.

우리를 데리러 온 아빠가 둘 다는 무리니까 나만 데리고 가겠다고 했어.

그랬더니 누나가 열 받아서 가출하겠다고 하더라. 집을 나간 게 아니라 시설을 나간 거였지만. 혼자 가게 둘 수는 없어서 나도 같이 가기로 했어.

버스 종점까지 가서 거기서부터 계속 걷다가 그 솔밭에 도착했지.

솔밭 안에서 밥을 짓기로 정하고서 배낭에서 채소를 꺼냈어. 흙이 묻은 감자나 가지, 아직 작은 옥수수를 말이지. 실은 조금 전에 지나온 밭에서 몰래 훔친 거였어.

"물이 나오는 장소, 어디 있으려나? 간은⋯⋯ 못 하겠네."

적어도 소금은 가지고 왔으면 좋았을 텐데 싶었어. 가위나 라이터, 갈아입을 옷 말고 가방에 넣어온 건 음료와 과자뿐이었어.

우리는 난감했지. 그때부터 어떻게 했을 것 같아?

"바다에서 씻으면 어떨까?"

누나가 말했어. 엄청난 아이디어가 생각났다는 얼굴로 말이야.

"그러면 소금 맛도 같이 날 것 같아."

"그렇구나!"

나는 누나가 천재가 아닐까 싶었어.

둘이서 두근거리는 마음으로 건너편에 보이는 바다까지 달렸어. 생각보다 멀었지만 이상하게도 피곤함을 잊고 달리는 시간이 반짝이면서 내내 이어지는 듯했어.

"이렇게 넓은 주방이 있다니 대단해."

그리 말하면서 바닷물에 채소를 씻던 누나는 엄청 활기찼어. 쿠바 노래를 부르면서 밀려오는 바다와 놀고 있는 듯했지. 예전의 누나로 돌아온 것 같아서 나도 기뻤어.

솔밭으로 돌아와 마른가지를 모아서 가방에 넣어온 라이터로 불을 지폈어.

"이 안에 넣으면 채소가 통째로 다 타겠지?"

모닥불을 보면서 우리는 생각에 잠겼지.

나뭇가지에 채소를 꿰고 불에서 조금 떨어진 곳에서 차분히 익히려고 했어. 하지만 바로 손이 아파서 버틸 수 없었지.

그 후에 어떻게 했을 것 같아? 누나가 또 아이디어를 냈어.

"땅에 식재료를 묻어서 찜으로 만드는 방법이 하와이에 있다고 아빠가 가르쳐줬잖아."

우리는 우선 뾰족한 돌을 사용해 땅에 구덩이를 파기 시작했어. 얼마 지나지 않아 구덩이 파는 일 자체에 정신이 팔리는 바람에 몹시 큰 구덩이가 생겼지.

거기서부터 '찜' 요리를 어떻게 하면 좋을까? 하는 부분에서 막다른 곳에 다다랐지.

"군고구마라는 게 있잖아? 그거처럼 하면 되지 않을까?"

내 말에 누나가 고개를 갸웃거렸어. 일본에 와서 아직 먹은 적이 없는 것 같아서 설명해줬어.

"큰 냄비 같은 것 안에 고구마랑 뜨거운 돌을 같이 넣어서 굽는 거야."

"구운 돌의 열기로 가열하는 거야? 대단해. 그래, 흙 안을 오 븐처럼 사용하면 되겠네."

둘이서 크기가 적당한 돌을 주워 모아 모닥불 안에 넣었어.

불 속에서 돌이 뜨거워지는 동안에, 팠던 구덩이 안에 솔잎을 깔고 간격을 띄어서 채소들을 늘어놓았지. 그러고서 구운 돌을 나뭇가지로 잡아서 구덩이 안에 넣었어. 나뭇가지로 하려니 돌이 자꾸 이상한 곳에 떨어져서 "위험해"라며 둘이서 난리법석을 피웠지.

구멍 위로 솔잎과 나뭇가지를 덮고 떨어져 있던 골판지를 주워서 뚜껑처럼 덮었어.

기다리는 동안에 다시 해안으로 석양을 보러 갔지. 너무 예뻐서 시간이 가는 줄 몰랐어. 태양이 보이지 않게 되고 나서야 다급히 돌아왔어.

뚜껑을 연 순간에 피어오른 냄새로 채소들이 아주 좋은 상태라는 걸 알았지.

땅에 깔아놓은 솔잎을 접시 삼아 채소들을 꺼내서 얹어나갔어. 후후 식히면서 따끈따끈한 가지와 감자를 먹었어.

믿을 수 없을 만큼 맛있었어.

채소의 부드러우면서도 달달한 맛이 전해져왔어. 고소했어. 희미하게 솔잎 향기가 나는 것도 살짝 소금 간이 된 것도 근사했고. 깜박해서 생각보다 오랫동안 방치해버렸지만 그 덕분에 더 맛있어졌던 것 같아. 그 사실이 기뻤어.

"큰 부엌이네."

누나가 그렇게 말해서 하늘을 올려다봤어. 나무들 사이로 먹을 옅게 칠하듯이 밤이 되어가는 하늘이 보이더라.

……생각해보면 그날 깨달은 것 같아.

불과 땅과 물과 바람을 사용해서 새로운 생명을 만들어내고 내 몸은 그걸 받아들이는 거야. 이 거대한 부엌에서 매일 그런 행위를 하면 이 땅은 나를 받아들이고 나와 세상은 늘 연결돼 있을 수 있을 거야. 더도 덜도 아닌 행복으로 가득 차 있을 수 있어. 나는 그렇게만 살아도 될 것 같았어.

"일본어 중에 '안배(塩梅)'라는 말이 좋아."

모닥불을 쬐면서 누나가 그러더라. 매실장아찌를 담글 때 간을 맞추는 것에서 나온 말이래. 지금은 일본어를 잘하지만 그때의 나는 몰랐던 말이야.

"안배가 잘된 바람이 필요해. 바람이 너무 강하면 불이 꺼지고 이상한 방향으로 불면 다른 것에 옮겨 붙어 불이 나. 안배가 잘돼 있다는 건 균형감이 좋다는 뜻이지. 적당한 바람과 물과 시간, 굉장한 것들이 겹치고 겹쳐서 요리는 만들어져."

불을 쬐고 있는 누나의 얼굴이 아주 신성해 보였어.

"이렇게 기적처럼 만들어 지는 건데 순식간에 사라진다는 게 너무 슬프다고 내내 생각했어. 그래도 이제 슬프지 않아. 사라지지 않는다는 걸 이제 알았으니까."

누나는 그렇게 말했어.

그러고 보니 어른이 되고 세계를 여행하면서 알게 된 건데, 땅을 판 구덩이에 달군 돌을 넣는 찜은 페루의 선주민족이 했

대지의 냄비 요리

던 파차망카라는 요리야. 파차망카는 '대지를 냄비로 삼는다'는 뜻이래. 그렇게나 멀리 떨어져 있어도 인류가 생각하는 건 비슷한가봐.

아, 불이 벌써 꺼졌네. 추워졌어. 리세, 배 안 고파?

부엌에 가서 같이 뭐라도 만들래?

옮긴이 김현화

번역도 예술이라고 생각하는 번역예술가. '번역에는 제한된 틀이 존재하지만, 틀 안의 자유도 엄연한 자유이며 그 자유를 표현하는 것이 번역'이라는 신념으로 일본어를 우리말로 옮기고 있다. 역서로는 가쿠타 미쓰요의《무심하게 산다》, 마스다 미리의《코하루 일기》, 무레 요코의《아저씨 고양이는 줄무늬》를 비롯해서《무지개를 기다리는 그녀》,《9월의 사랑과 만날 때까지》,《백화의 마법》등이 있다.

마음을 ✦ 치유하는 ✦ 부엌

초판 2024년 4월 29일 1쇄
저자 우노 아오이
옮긴이 김현화
표지·디자인 전여원
ISBN 979-11-93324-18-9 03830

출판사 북플라자
주소 서울시 강남구 논현동 118-13 5층
홈페이지 www.bookplaza.co.kr